PEUX-TU ME VOIR ?

Libby Scott
&
Rebecca Westcott

PEUX-TU ME VOIR ?

Traduit de l'anglais (Grande-Bretagne)
par Isabelle Troin

Michel LAFON

Traduit de l'anglais (Grande-Bretagne) par Isabelle Troin

118, avenue Achille-Peretti – CS 70024
92521 Neuilly-sur-Seine Cedex
www.lire-en-serie.com

Loi n°49-956 du 16 juillet 1949
sur les publications destinées à la jeunesse

À maman.
Merci de m'avoir toujours comprise
et aidée à me comprendre moi-même.
Ce livre est pour toutes les filles
qui se sentent à part, différentes :
faites de votre différence une force
et soyez courageuses !
Libby

À Adam,
qui depuis le premier magnifique jour
m'a encouragée à regarder l'horizon
plutôt que de baisser les yeux.
Rebecca

Chapitre 1

Lève les yeux. Vas-y, maintenant. Renverse la tête en arrière et regarde le plus haut possible. Encore plus haut. Si tu cherches Tally Olivia Adams, c'est là que tu la trouveras. Là où commence le ciel. Là où la gravité est la seule loi. Là où le monde semble minuscule et pas si important. Là où les possibilités sont infinies.

C'est un après-midi de fin d'été. Des nuages blancs cotonneux filent à travers l'azur, et quelque chose de frais plane dans l'air – quelque chose de nouveau. Bref, une journée normale dans une rue normale dans le jardin d'une maison normale appartenant à une famille complètement normale. Relis cette dernière phrase à voix haute. C'est drôle : si on le répète suffisamment, le mot « normal » n'en a plus l'air du tout.

Une journée normale, donc. Mais la fille qui se tient sur le toit de l'abri de jardin ne l'est pas du tout. C'est une guerrière féroce et courageuse, scrutant le royaume qui s'étend devant elle. Une alpiniste qui s'arrête pour reprendre son souffle après avoir escaladé les hauteurs vertigineuses de l'Everest. Une funambule sur le point de s'avancer sur le fil pour éblouir la foule en contrebas.

Son pied droit se lève. Il tremble légèrement tandis qu'elle contemple le vide. Un seul mouvement, et tout serait fini.

— Hé ! Descends de là !

Le cri fait vaciller Tally. L'espace d'une fraction de seconde, on pourrait croire qu'elle va dégringoler de son perchoir. Puis son pied se repose sur le toit, et elle s'assoit au bord, les jambes pendant dans le vide.

Elle jette un regard accusateur à Nell.

— Tu as failli me faire tomber. Tu essayes de me tuer ou quoi ?

Nell pose les mains sur ses hanches.

— Pour ça, tu te débrouilles très bien toute seule. Qu'est-ce que tu fais ? Tu sais que papa et maman t'ont interdit de grimper là-haut. Après ce qui s'est passé la dernière fois.

Tally hausse les épaules.

— J'aime bien être ici. Je m'entraîne à faire ce que j'ai appris à l'école du cirque la semaine dernière. Et c'est le seul endroit où j'arrive à réfléchir.

Nell tape du pied impatiemment.

— On est encore en vacances. Tu n'as pas besoin de réfléchir à quoi que ce soit. Alors, descends.

Tally se demande si sa sœur a toujours manqué d'imagination à ce point, ou si tout le monde perd la sienne au collège. Auquel cas, elle préfère rester en vacances plutôt que de retourner à l'école.

— Il paraît que quand tu entres en sixième, on te met la tête dans les toilettes, dit-elle à Nell. Si c'est vrai, je ne boirai pas de la journée pour ne pas devoir y aller ; du coup, je serai complètement déshydratée, mon cerveau ne fonctionnera pas bien, et j'échouerai probablement à tous les contrôles. Et ce ne sera même pas ma faute, parce que j'aurai juste essayé d'éviter les toilettes.

Nell ricane.

— Ça n'arrive qu'aux filles trop bavardes qui ne savent pas quand la fermer.

Une brise tiède souffle à travers le jardin, soulevant les feuilles mortes tombées sur la pelouse. Il n'y en avait pas encore la semaine dernière ; les taches brunes qu'elles forment sur le vert de l'herbe rappellent à Tally que l'été ne peut pas durer éternellement. Elle n'a plus que quelques jours à passer à la maison.

— Et si je me perds ? demande-t-elle tout bas.

Nell repousse ses cheveux en arrière et, les yeux plissés par le soleil, fixe sa sœur sur le toit.

— Alors, le monstre à deux têtes qui vit dans le local d'entretien te trouvera, répond-elle sur un ton menaçant. Il t'entraînera dans sa tanière ; il te gardera en otage au milieu des balais, des serpillières et des seaux, et tu devras rester là jusqu'à la fin de ta vie.

Tally ne cille pas. Elle n'a pas peur des monstres inventés par sa sœur. Des choses bien plus effrayantes arpentent les couloirs du collège.

— Allez, Tally, s'impatiente Nell. Descends de là. Je ne suis pas d'humeur à me faire encore engueuler par les parents parce que je ne t'ai pas surveillée. Comme si tu étais encore un bébé.

Tally la foudroie du regard.

— Je ne suis pas un bébé. Et je ne t'ai pas demandé de venir. Va-t-en, et fais comme si tu ne m'avais pas vue.

— Je te signale que tu as de la chance que ce soit moi qui t'aie trouvée et pas eux.

Nell fronce les sourcils, imaginant la dispute qui aurait suivi si ses parents avaient aperçu leur benjamine perchée là-haut.

Tally secoue la tête. De la chance d'avoir une sœur barbante qui la harcèle et gâche ses moments d'introspection ? Et puis quoi encore ?

— S'ils te voient, tu seras punie pendant une semaine, la prévient Nell. Ils ne te laisseront même plus sortir dans le jardin.

Tally détourne les yeux de sa grande sœur pour regarder la rue par-delà la clôture du jardin. Si elle se levait, elle pourrait voir entre les maisons et jusqu'au parc. Bien plus loin que Nell. Ici, elle est libre et légère.

— Ils sont où, papa et maman ? demande-t-elle.

Par-dessus son épaule, Nell jette un coup d'œil vers la maison presque entièrement dissimulée par le vieux pommier qui croule sous le poids de ses fruits. Le jardin s'est transformé en jungle cet été.

— Près du portail, en train de parler à Mme Jessop et à son horrible chien. Je ne sais pas comment elle fait pour le promener. Il est si affreux que ça en devient gênant.

— Ce n'est pas la faute de Rupert s'il n'a que trois pattes, proteste Tally. C'est toi qui es horrible. Imagine comment tu te sentirais à sa place. Tu n'aimerais pas que les gens te trouvent affreuse, pas vrai ?

Nell lève les yeux au ciel.

— Si tu le dis. Mais je ne sortirais pas dans la rue. Je n'imposerais pas ma laideur aux autres. Maintenant, descends avant qu'ils viennent par ici et te voient.

Tally ne répond pas : elle ne l'écoute pas. Au lieu de ça, elle se lève et, en équilibre sur le toit, met une main en visière pour regarder au loin.

— Je crois qu'une fête foraine est en train de s'installer dans le parc. Il y a beaucoup de gens et de caravanes, et je vois un gros camion avec des autotamponneuses à l'arrière.

La tête levée vers elle, Nell plisse les yeux.

— Hein ? Tu dois te tromper. La fête foraine ne viendra que dans plusieurs mois. Tu veux bien descendre avant de tomber ? Si tu te fais mal, c'est moi que les parents tiendront pour responsable.

— Je ne vais pas tomber. Et je te dis que je vois une fête foraine.

— Tu en es sûre ?

Nell se dresse sur la pointe des pieds pour regarder en direction du parc, mais depuis le sol, elle ne peut rien voir.

La fête foraine est l'une des rares choses qu'elles aiment toutes les deux. Peu importe que Nell ait quatorze ans et Tally seulement onze : elles adorent ça, l'une comme l'autre.

Tally cale bien ses pieds et se penche en avant pour tenter d'identifier les différents véhicules.

— Je crois que je vois le Twirler. Et un des chevaux du manège.

Un raclement de pieds se fait entendre sous elle, et soudain, la tête de Nell apparaît au sommet de l'échelle.

— Où ça ? Tu es sûre qu'ils s'installent dans notre parc ? demande-t-elle avec une pointe d'appréhension. Ce ne serait pas la première fois que Tally interprète quelque chose de travers.

— Regarde toi-même, dit sa sœur en agitant la main. Si tu ne me crois pas.

Un instant d'hésitation. Puis Nell gravit les derniers barreaux et se traîne à quatre pattes jusqu'à Tally.

— Je ne vois toujours rien.

— La maison hantée ! Là-bas !

Tally baisse les yeux vers sa sœur, un immense sourire sur son visage.

C'en est trop pour Nell. Elle se met debout, en équilibre sur le bord du toit. Elle attrape la main de Tally et la serre si fort que le sang pulse dans les doigts de sa petite sœur.

— Tu as raison ! C'est la fête foraine !

— Qu'est-ce que je te disais ?

Tally n'est pas vexée par le manque de confiance de Nell. Elle savait qu'elle avait raison.

Ensemble, elles regardent les forains décharger les camions et assembler les attractions. C'est presque de la magie, ces gros bouts de métal qui s'emboîtent pour former quelque chose d'aussi fabuleux.

— Désolée pour ce que je t'ai dit tout à l'heure à propos de la sixième, murmure Nell. Ne t'en fais pas, Tally. Je serai là si tu as besoin de moi. Et je te promets que ce n'est pas affreux. Personne ne te mettra la tête dans les toilettes. Ça va bien se passer. Le collège, c'est beaucoup moins effrayant que la maison hantée, et tu gères la maison hantée.

Tally ne répond pas, parce que c'est une remarque très ignorante de la part de sa sœur et que parfois, il vaut mieux laisser passer les remarques ignorantes. On ne peut pas comparer la maison hantée et l'école Kingswood. C'est juste impossible.

La maison hantée, c'est le truc de Tally et Nell. Elles y vont toujours ensemble. Tally adore le frisson que lui procurent la musique flippante et les effets sonores. Même après avoir fait cette attraction un nombre incalculable de fois, elle sursaute toujours dans son siège quand le squelette cliquetant jaillit devant elle à la fin. Mais, plus que tout, elle aime les règles écrites sur un panneau à l'entrée.

Ne descendez pas de la voiture.

Gardez vos mains à l'intérieur.

Interdiction de boire ou de manger dans l'attraction.

En principe, Tally n'aime pas les règles, surtout si elles viennent d'autres gens. Mais celles-ci sont spéciales. Elles l'aident et garantissent sa sécurité. De toute façon, la maison hantée, c'est pour de faux.

Mais Kingswood, c'est pour de vrai. Elle sait qu'il y aura plein de règles, et que les plus importantes ne seront affichées nulle part.

— On doit convaincre les parents de nous laisser aller à la fête foraine, dit Nell en pressant la main de sa sœur. Donc, il ne faut pas qu'ils nous voient ici.

Et parce que Tally veut y aller autant que Nell, elle laisse sa sœur l'entraîner vers l'échelle et la ramener sur la terre ferme.

Date : vendredi 29 août
Situation : grandes vacances
Comment je me sens : détendue mais un peu nerveuse – l'été ne durera pas éternellement
Niveau d'anxiété : un petit 3, avec une pointe de 4 si je pense trop à mon entrée en sixième la semaine prochaine

Cher journal,

Ici Tally. Mon vrai nom, c'est Natalia, mais mes amis m'appellent Tally, et ma famille aussi. Laisse-moi te parler d'eux. Je vis avec ma mère, Jennifer, mon père, Kevin, et ma pénible grande sœur, Nell. Elle croit qu'elle a toujours raison, et même quand c'est vrai, je fais comme si elle avait tort.

Maman m'a offert ce journal pour que je puisse écrire comment je me sens. Elle dit que ça m'aidera peut-être à comprendre comment je gère (ou pas) différentes situations, en particulier quand je suis anxieuse ou effrayée. Ce qui arrive souvent.

Une chose que tu dois savoir sur moi dès le début, c'est que je suis autiste. Plus précisément, j'ai le trouble du spectre de l'autisme, le TSA comme on dit.

Même si ça m'empêche parfois de vivre, mes parents disent que c'est un superpouvoir, et j'ai envie de les croire. Mais le reste du monde est un peu à la traîne, et certaines personnes semblent croire que les autistes appartiennent à une autre espèce. Parfois, elles me regardent comme si j'étais une extra-terrestre alors que tout ce que je veux, c'est qu'on me traite comme n'importe quelle autre fille de onze ans.

J'admets qu'une des raisons pour lesquelles on me traite parfois différemment, c'est que, la plupart du temps, je porte un masque de tigre. Ça me réconforte et ça m'aide à me sentir en sécurité. Et puis ça m'évite de devoir regarder les gens en face (Pourquoi ils y tiennent tellement ? Je ne comprends pas !) ou de faire semblant de sourire. Avec mon masque, je ne peux pas attraper de microbes, et les gens me fichent la paix quand je le porte. Que du bonheur ! Pourtant, Nell le déteste. Elle trouve embarrassant d'être vue avec moi quand je l'ai. Une fois, elle a même essayé de le planquer. Mon masque est son ennemi juré, et j'adore ça. *rire diabolique*

Il y a des choses à savoir sur mon autisme. Appelons-les : les avantages et les inconvénients. Je vais les écrire ici au fur et à mesure que j'y penserai. Et un jour, je les partagerai avec le reste du monde pour que les gens puissent voir l'autisme sous un autre angle.

Mode d'emploi de l'autisme de Tally : perceptions

Avantages : j'ai une meilleure mémoire que la plupart des gens. Mon odorat, ma vue, mon toucher et mon ouïe sont plus développés. Mon goût aussi, parfois. (Je t'avais dit que l'autisme était un superpouvoir !) Quand j'entends un morceau de musique, je peux instantanément le jouer sur mon clavier ou mon ukulélé. Je sais imiter les voix (ce qui m'attire parfois des ennuis). Je me souviens où et quand on a acheté chacune de mes peluches (et j'en ai plus d'une centaine). Et je me rappelle toujours de leurs anniversaires, sauf la fois où j'ai oublié celui de Billy (je m'en suis horriblement voulu).

Inconvénients : je ressens même les choses les plus inutiles, et c'est super énervant. Les coutures des chaussettes, un gravier dans ma chaussure, l'étiquette de mes vêtements. Si on part en vacances et que le matelas n'est pas exactement comme celui de mon lit, je n'arrive pas à dormir à cause des bosses. Maman dit que je suis comme la princesse au petit pois. Et avoir une ouïe développée, ce n'est pas toujours un superpouvoir : ça veut dire que j'entends les conversations des autres même quand je suis en haut dans ma chambre. Et quand ce sont papa et maman qui se disputent à mon sujet, c'est encore pire (mais j'avoue, je ne peux pas m'empêcher d'écouter). Si jamais je parle de ce que j'ai entendu, on m'accuse d'espionner les gens, ce qui est injuste vu que je n'y peux rien.

Chapitre 2

— Ça fait mal. Je veux l'enlever tout de suite.

Les mots ont eu du mal à franchir les dents serrées de Tally.

Maman, qui est assise par terre, lève les yeux vers elle.

— Si tu m'aides, ça ira plus vite, et on mangera un bout de chocolat pour se récompenser. D'accord ?

Les bras de Tally restent résolument croisés sur sa poitrine. Elle n'est pas idiote : elle sait bien que ça n'ira pas plus vite. Le reste de son nouvel uniforme scolaire est posé au pied de son lit. Elle doit encore essayer sa jupe, son pull et les mocassins que maman a fini par acheter sans elle parce que, comme Tally l'a entendue dire à papa, elle n'avait pas l'énergie de supporter une crise dans le magasin en plus de tout le reste.

De toute façon, si Tally l'avait accompagnée, ça n'aurait fait aucune différence : les mocassins la blesseraient quand même. Ses vieilles baskets avachies sont les seules chaussures dans lesquelles ses pieds se sentent à l'aise plutôt que prisonniers, et d'après Nell, l'académie Kingswood n'accepte pas les élèves en baskets crasseuses et dégoûtantes. Si sa sœur a reçu sur la tête l'une des baskets crasseuses et dégoûtantes en question, elle l'a bien cherché. Tally pense que la priver d'Ipad pendant toute une soirée était une punition injuste et disproportionnée.

— Tu pourrais déplier tes bras, s'il te plaît ?

— Impossible. Ils sont coincés.

Maman rit gentiment.

— Heureusement pour toi, il se trouve que j'ai un sort de décoinçage à ma disposition. (Elle lui touche un bras du bout du doigt.) Et voilà ! Tu devrais pouvoir bouger maintenant.

Tally secoue la tête.

— Non. Les sorts de décoinçage, ça n'existe pas. Je ne peux toujours pas bouger mes bras. Il n'y a rien à faire.

— Tout allait si bien, insiste maman sur un ton enjôleur. (Mais Tally entend poindre la tension dans sa voix.) Plus que quelques minutes et ce sera terminé. Il faut juste que je ferme les boutons pour vérifier que ça te va.

Tally se retient de hurler. L'étoffe raide sur sa peau la gratte et lui tient trop chaud. Elle ne comprend pas comment on peut s'attendre à ce qu'elle porte quelque chose d'aussi désagréable. Un carcan, une armure. Pourquoi en a-t-elle besoin ? Elle entre au collège, elle ne part pas à la guerre !

À moins qu'on lui cache quelque chose, ce qui ne la surprendrait pas parce que Tally soupçonne ses parents de raconter des tas de choses quand elle n'est pas dans les parages pour les écouter. Par exemple, ce qu'ils vont faire d'elle. Elle a l'impression d'être un problème perpétuel.

Dehors, le ciel s'assombrit. Contrairement au début de l'été, le dernier jour des grandes vacances ne déborde pas de potentiel. Il n'a pas le goût des crèmes glacées, ni l'odeur de l'herbe coupée chauffée au soleil. Alors que le début de l'été est rempli d'espoir, sa fin est lugubre, et elle le sait. La pluie gifle la vitre, et si Tally fixe intensément la fenêtre par les trous de son masque, elle peut voir son propre reflet lui rendre son regard. Les gouttes qui coulent sur le verre imitent les larmes silencieuses sur ses joues.

Tally renifle et lève les mains pour baisser légèrement son masque de tigre. Elle ne veut pas pleurer, mais ce n'est pas comme si elle avait le choix.

Bouger ses bras était une erreur. Maman en profite pour tirer sur les bords de la chemise et la boutonner. L'étoffe enserre le cou de Tally. L'espace d'un instant affreux, elle croit qu'elle a oublié comment respirer. Elle se dégage brusquement, et sa chaise bascule en arrière.

Sa mère se lève, rouge de colère.

— Tally ! Ta chemise !

Elle lui montre sa main, dans laquelle gisent quelques boutons. Le reste de la chemise est par terre, à côté de Tally.

— Je t'ai dit que ça me faisait mal, réplique Tally d'une voix étouffée, la tête entre ses genoux. Je te l'ai dit.

Maman prend une grande inspiration et s'accroupit près d'elle – mais sans la toucher.

— Je sais. J'aurais dû t'écouter, dit-elle tout bas. On arrête les essayages pour aujourd'hui.

— Je ne veux pas porter cet uniforme demain. Il est

horrible, et il me fait mal. Je n'arriverai pas à marcher avec, ni à suivre les cours, à manger ou même à respirer.

Tally serre ses genoux plus fort contre elle et sent le caoutchouc du masque presser contre son visage.

— Je sais.

Parfois, maman n'a pas de solution. Tally le comprend. Parfois, la seule chose que maman peut faire, c'est savoir.

— Je peux recoudre les boutons, murmure-t-elle.

— Je m'en fiche, des boutons !

— Ce sera plus facile demain matin.

C'est faux, mais parfois, quand Tally est très fatiguée, c'est plus facile d'acquiescer.

— Je suis désolée d'être un si gros problème, chuchote-t-elle, si bas que ses mots peinent à s'échapper du masque.

Mais maman les entend quand même.

— Oh, Tally. Tu n'es pas un problème, et je suis désolée de t'avoir donné cette impression. Tu es ma fille féroce et fabuleuse, et je t'aime grand comme l'océan.

Tally lève la tête vers elle, les yeux brillants sous son masque.

— Tu ne me changerais pas si tu pouvais ?

Sa mère sourit et secoue doucement la tête.

— Je ne changerais rien du tout chez toi. Tu es absolument parfaite comme tu es.

Tally la dévisage pour vérifier qu'aucune ombre de doute ne passe sur ses traits. Parce que, parfois, elle pense qu'à la place de sa mère, elle aurait peut-être envie de s'échanger contre une autre fille.

— Promis ?

Maman sourit.

— Promis. Tu veux un câlin ?

Tally acquiesce. Maman se rapproche et passe un bras autour de ses épaules. Elles restent assises par terre en silence jusqu'à ce que la porte d'entrée claque au rez-de-chaussée.

— Ça doit être Nell, dit maman en se levant et en posant les boutons sur le lit. On descend à la cuisine grignoter quelque chose ? Peut-être un bout de chocolat, vu que c'est le dernier jour des vacances ?

À partir de demain, Tally ne pourra plus aller au parc avec maman ni regarder de films avec Nell en milieu de semaine. Le chocolat la réconfortera peut-être un peu.

Pourtant, elle secoue la tête et gronde doucement.

— Les tigres ne mangent pas de chocolat. Ce sont des carnivores, donc ils mangent surtout de la viande. Et ils chassent leur nourriture. On ne peut pas chasser une barre de chocolat, pas vrai ?

Elle marque une pause. De toute évidence, ça carbure sec derrière ce masque.

— Mais peut-être que tu pourrais l'attacher au bout d'une ficelle et le traîner dans le jardin ? Comme ça, je pourrais le pister et lui sauter dessus au moment où il s'y attendra le moins.

Maman émet un son qui ressemble à un ricanement, mais qu'elle tente de faire passer pour une quinte de toux.

— Puisque les tigres ne sont pas amateurs de chocolat, pourquoi pas un steak d'antilope à la place ? Je suis à peu près sûre qu'ils adorent ça.

Tally se lève et ôte son masque.

— En fait, dit-elle en enjambant la chemise d'uniforme oubliée par terre, un bout de chocolat, ça me tente bien.

Chapitre 3

Il y a des élèves partout. Glapissant comme un clan de hyènes. Criant plus fort les uns que les autres. Riant comme si tout ça n'était qu'une gigantesque blague.

Peut-être que c'en est une ? Mais Tally ne voit pas ce qu'il y a de drôle. Les vagues sonores qui martèlent ses tympans sans répit lui donnent envie de détaler comme un lapin apeuré. Peu importe où, du moment que c'est loin d'ici. Son cœur bat à tout rompre ; elle a des fourmis dans les jambes comme chaque fois qu'elle est terrifiée.

Le collège ne devrait pas lui faire peur, mais pour Tally, c'est l'endroit le plus effrayant du monde.

La voix de Nell s'élève par-dessus le grondement de tonnerre.

— Tous les sixièmes doivent se rassembler dans le hall principal. Tu sais où c'est ?

Tally reporte son attention sur sa sœur. Nell se dandine d'un pied sur l'autre et regarde vers le portail par lequel un flot d'élèves se déverse dans la cour. Tally se demande si sa sœur a aussi mal qu'elle avec ses nouveaux mocassins.

— Je sais où est le hall principal, et je sais où est mon groupe de tutorat parce que je suis venue visiter le collège cet été avec maman, commence-t-elle.

Nell sourit d'un air approbateur.

— Mais il n'y avait pas autant de gens, ajoute Tally.

Le sourire de sa sœur cède la place à un froncement de sourcils.

— Tu connais quelqu'un d'autre ici ? Si je ne me dépêche pas, je vais rater l'arrivée de Rosa.

Tally la dévisage, les yeux écarquillés de panique.

— Maman t'a demandé de m'amener au collège. Elle t'a dit de veiller sur moi aujourd'hui, et tu as promis de le faire.

Nell soupire.

— Et je l'ai fait. Je t'ai laissée m'accompagner jusqu'ici.

— Mais je ne suis pas encore à l'intérieur, fait remarquer Tally.

Elle tire sur les bretelles de son sac à dos et se force à respirer profondément, comme elle est censée le faire quand les choses menacent de la submerger.

— Je suis encore dehors. Il pourrait m'arriver n'importe quoi.

Mais Nell ne l'écoute plus. Elle lui prend la main et lui désigne un groupe de filles de l'autre côté de la cour.

— Regarde ! C'est Layla, Ayesha et cette autre fille avec qui tu jouais avant. Comment elle s'appelle, déjà ?

Tally regarde.

— Lucy.

Nell a un sourire réjoui.

— Et ben voilà ! Tu as trois amies pour t'accompagner. Tu seras en sécurité avec elles, dit-elle en poussant sa sœur dans le dos. On se voit plus tard, d'accord ?

Ce n'est pas vraiment une question : avant que Tally puisse répondre que non, elle n'est pas du tout d'accord, Nell file à travers la cour et disparaît de sa vue.

Les mains de Tally se mettent à s'agiter en l'air dans tous les sens. Elle se force à baisser les bras avant que quelqu'un s'en aperçoive. Elle fait souvent ça quand elle est stressée ou excitée, mais ici, elle ne peut pas se le permettre. Pas devant les autres.

Tally reporte son attention sur les trois filles. Nell a raison. Layla est sa meilleure amie, et elle a très envie de la voir. Il lui suffit de rassembler son courage et de traverser la cour. Elle s'avance lentement, frémissant à l'intérieur tandis que le bruit monte en volume et dans les aigus.

— Salut, lance-t-elle si faiblement que personne ne l'entend. (Elle se racle la gorge et recommence.) Salut, tout le monde.

Layla fait volte-face, un large sourire illuminant son visage.

— Tally ! Je suis si contente que tu sois là ! Ce collège est immense !

— Tu as passé de bonnes vacances ? demande Ayesha. Tu es partie quelque part ?

Tally acquiesce et sent son cœur ralentir. Tout va bien se passer. Elle peut le faire. Elle sait comment se comporter avec les autres – elle les observe et apprend depuis qu'elle est toute petite. Elle va y arriver.

— Bien sûr, dit-elle en roulant des épaules pour ôter son sac à dos, qu'elle pose à ses pieds. On est allés à la mer pendant une semaine ; j'ai apprivoisé les chats errants qui venaient dans le jardin de la maison qu'on avait louée. Je les nourrissais tous les jours. Et quand on est rentrés, ma mère m'a inscrite à l'école du cirque. (Elle écarte grand les bras.) Vous avez devant vous une artiste de cirque certifiée. C'est dingue, non ?

Lucy rit et secoue la tête.

— C'est toi qui es dingue. Tu n'as pas changé du tout depuis l'école primaire.

Tally la dévisage, perplexe.

— C'était il y a un mois et demi. C'est impossible de changer en si peu de temps.

Lucy penche la tête sur le côté.

— Si, c'est possible, contre-t-elle avec un petit sourire. S'il t'arrive un truc vraiment énorme.

— De quoi tu parles ? Quel truc énorme ? demande Ayesha, intriguée.

Tally se réjouit de ne pas avoir dû poser la question elle-même.

Lucy fait signe aux autres de s'approcher.

— Si je vous le dis, vous devez me jurer de garder le secret.

— Juré, clament Layla et Ayesha en chœur.

Tally garde le silence parce qu'elle ne sait pas encore de quoi il s'agit et qu'elle ne veut pas faire de promesse qu'elle n'est pas certaine de pouvoir tenir.

Lucy jette un coup d'œil par-dessus son épaule pour vérifier que personne ne l'écoute.

— D'accord, puisque vous voulez tellement savoir, je vais vous le dire. Mais vous ne pouvez pas le répéter, d'accord ?

Elle marque une pause, les yeux brillants d'excitation, avant de révéler la grande nouvelle.

— Luke m'a écrit tout l'été !

Ayesha et Layla poussent des couinements et se mettent à glousser tandis que Lucy sourit de toutes ses dents.

— Luke ? Tu es sérieuse ? s'écrie Layla avant de promener un regard coupable autour d'elle. Oups, désolée. Mais c'est génial !

Ayesha se plaque une main sur la bouche.

— Tu lui plais, c'est sûr ! Il va probablement te demander de sortir avec lui !

Tally recule d'un pas, et ses épaules s'affaissent. Ça n'a rien d'énorme. Luke n'est même pas quelqu'un d'important. Une fois, il lui a envoyé un ballon de foot dans la tête. Et l'an dernier, il l'insultait chaque fois qu'elle entrait dans la classe.

— Eh, la Gogole !

Il le disait juste assez fort pour que tout le monde l'entende, hormis la maîtresse. Tally espère vraiment qu'il ne le fera plus, maintenant qu'ils sont au collège.

Layla saisit la main de Lucy et se met à sauter sur place.

— Tu lui as répondu quoi ? Je me demande s'il attendra que tu sois seule ou s'il viendra te parler devant nous. S'il fait ça à la cantine pendant la pause de midi, je meurs !

— Moi aussi ! s'exclame Ayesha.

Toutes deux tournent la tête vers Tally, qui réalise qu'elles attendent sa réaction.

— Moi aussi, répète-t-elle.

C'est affreux. Elle s'attendait à devoir parler de tout un tas de choses différentes aujourd'hui, mais pas de l'horrible Luke. Elle va avoir beaucoup de mal à faire semblant de se réjouir pour Lucy.

— Tu ne trouves pas, Tally ? lance Layla en se tournant vers elle avec un grand sourire.

Tally n'a pas écouté la suite de la conversation. Le bruit dans la cour est de plus en plus fort, et les gaz d'échappement de la route voisine lui donnent un peu mal au cœur.

Mais elle sourit à ses amies et acquiesce avec enthousiasme.

— Carrément !

Ça doit être la bonne réponse, parce qu'elles éclatent toutes de rire. Layla donne un coup de coude à Tally.

— Ça va être une année géniale, affirme Lucy, rayonnante. Je le sens !

La seule chose que sent Tally, c'est que ses mocassins compriment douloureusement ses orteils. Ça fait un peu plus mal à chaque minute, contrairement à ce que disait maman, selon qui Tally s'habituerait à les porter, et le temps d'arriver au collège, n'y penserait même plus.

Sa mère a menti.

Tally s'assoit, retire un de ses mocassins et pousse un soupir de soulagement. Puis elle saisit le haut de son horrible chaussette haute et la baisse très vite pour achever de libérer son pied.

— Tally ! proteste Layla. Qu'est-ce que tu fais ?

Tally lève les yeux. Les trois autres se sont regroupées autour d'elles. C'est à peine si elle voit encore le ciel par-delà les visages penchés sur elle, les yeux écarquillés et les bouches grandes ouvertes.

— Remets ta chaussure.

Elle cligne des yeux, tentant d'ignorer le nœud qui se forme dans son ventre chaque fois qu'on lui donne un ordre. Elle est au collège. Elle ne peut pas faire de scène.

— Non. Tu sais bien que les chaussures neuves me font mal aux pieds. C'est pour ça que Mlle Thompson m'a laissée marcher pieds nus dans la salle de classe au début du CM2.

Ayesha jette un coup d'œil nerveux par-dessus son épaule.

— Mais on n'est plus en CM2. Et si tu fais ce genre de choses ici, les gens vont se moquer de toi.

— Quel genre de choses ? interroge Tally, les yeux levés vers son amie. Mon pied me fait mal, donc, je le masse.

— Je veux dire, le genre de choses qu'on te passait en primaire, répond Ayesha sur un ton inquiet. Tu ne peux pas faire ça ici, à Kingswood. Sinon, les autres vont te harceler. Ils ne seront pas tous aussi sympas que nous.

Tally ouvre la bouche comme pour dire quelque chose, puis la referme.

Lucy secoue la tête.

— Ne nous fais pas honte, c'est tout.

Layla s'accroupit près de Tally et lui tend son mocassin.

— Fais un effort, d'accord ? chuchote-t-elle. Et tout ira bien.

Tally remonte sa chaussette et enfile sa chaussure avant de se lever. Layla est sa meilleure amie depuis qu'elles sont toutes petites. Au début, Tally l'aimait bien parce que Layla rime avec Taylor – le plus beau prénom de l'univers. Mais aujourd'hui, elle l'apprécie pour tout un tas de raisons. Layla rit toujours de ses blagues ; aide Tally quand elle est perdue et ne lui reproche jamais d'être bizarre. C'est la seule qui sache pourquoi Tally est différente, et elle s'en fiche complètement.

— Je me demande dans quel groupe de tutorat on va être.

Au grand soulagement de Tally, Lucy a décidé de changer de sujet.

— J'espère qu'on sera toutes ensemble ! s'écrie Layla.

Tally la dévisage en se demandant pourquoi elle dit ça. Bien sûr qu'elles seront ensemble. Elles ont toujours été ensemble.

— Ce serait super. Comme ça, on pourrait se soutenir, dit Lucy en jetant un bref coup d'œil à Tally.

— J'ai tellement hâte d'avoir des cours d'arts plastiques, se réjouit Layla en passant son bras sous celui de Tally. On va faire de la poterie et fabriquer de vrais bols !

Tally ouvre la bouche, mais Ayesha la prend de vitesse.

— Je vous parie que je serai nulle en poterie. Vous vous souvenez de la maquette en pâte à modeler que j'ai faite en CE2 ? C'était censé être un volcan, mais M. Hicks l'a pris pour une cuvette de toilettes !

Tout le monde rit, et Tally en fait autant, même si elle sait reconnaître une bonne blague et que ça n'en est pas une.

— J'avais tellement peur de cette rentrée ! s'exclame Layla sur un ton théâtral en pressant le bras de Tally. Je n'arrive pas à croire qu'on est réellement en sixième !

— Tu crois que ça va bien se passer ? demande Lucy en regardant autour d'elle. Certains élèves ressemblent presque à des adultes !

En silence, les filles se regardent avec un air préoccupé. Soudain, Tally est prise d'une inspiration. Elle n'avait pas l'intention de leur montrer ça aujourd'hui, mais elle connaît le pouvoir de la diversion, et elle déteste voir ses amies aussi inquiètes.

— Vous voulez voir ce que j'ai appris à l'école du cirque ?

Elle se penche, défait les boucles de son sac à dos et plonge la main à l'intérieur.

— Je ne peux pas vous faire de démonstration de trapèze, mais...

Elle se relève et agite trois objets sous le nez des autres.

— Préparez-vous à être éblouies par mes talents de jongleuse !

Puis, avant que quiconque puisse dire un mot, elle lance les objets en l'air. Une pomme. Une prune. Et enfin, une banane.

— Tally ! Tu te débrouilles super bien ! glapit Layla avant d'éclater de rire.

— C'est génial, renchérit Lucy sur un ton admiratif.

— Tu as vraiment été à l'école du cirque cet été ? demande Aeysha en battant des mains. Tu nous apprendras ?

— Une vraie magicienne ne révèle jamais ses secrets, affirme Tally en lançant les fruits de plus en plus haut.

Puis elle claironne le genre d'air qui annonce l'arrivée des clowns et se met à lever alternativement les jambes sans cesser de jongler.

— Poum pa poum pa poum pa poum pa poum !

— Tally. Arrête, dit Lucy d'une voix pressante en jetant un regard apeuré autour d'elle.

Soudain, elle n'admire plus du tout l'impressionnante habileté de Tally, qui continue pourtant à s'époumoner :

— Poum pa poum pa poum pa poum pa poum !

Tally ne voit pas ses amies reculer d'un pas.

— S'il te plaît, Tally, chuchote Ayesha. Pose ça.

— Je ne vous ai pas encore montré mon grand final, réplique Tally avec un large sourire, sans tenir compte de leurs tentatives de lui donner des ordres. Je sais jongler et danser en même temps ; regardez !

Elle lance les fruits aussi haut que possible et bondit en arrière - droit sur un groupe d'élèves qui s'immobilisent et la fixent comme s'ils n'avaient jamais rien vu de pareil. Ce qui est sans doute le cas, parce que son numéro est *vraiment* impressionnant.

Les fruits s'écrasent par terre, et les autres collégiens se mettent à rire. Mais Lucy, Layla et Ayesha, qui semblaient pourtant adorer sa prestation il y a une minute, se sont figées, l'air contrarié. Tally ne sait pas si c'est contre elle ou contre les nouveaux arrivants qu'elles sont fâchées. Alors que sa peau commence à la picoter, la cloche sonne.

Layla bondit et saisit Tally par le bras pendant que Lucy et Ayesha ramassent les fruits.

— Il faut y aller, marmonne Lucy. Ne recommence pas à faire le clown, d'accord ?

Elle rend la banane abîmée à Tally avec une petite moue d'excuse.

— Désolée. Je ne crois pas que tu pourras la manger.

Tally hausse les épaules. Elle n'en avait pas l'intention de toute façon. Ce n'est pas la faute de maman si elle en a mis une dans sa boîte à repas : Tally a oublié de lui dire qu'elle n'en mangeait plus, parce que le week-end dernier, elle a vu une vidéo sur YouTube dans laquelle une araignée émergeait de la peau d'une banane fraîchement épluchée. Elle est à peu près certaine d'en être dégoûtée à vie.

La cloche sonne de nouveau, et tous les élèves se dirigent vers la porte. Tally ramasse son sac à dos et en referme les boucles avant de le mettre sur son épaule.

— Je suis sûre que je vais me perdre, souffle Layla alors qu'elles se mettent en marche. Il y a tellement de monde !

— N'aie pas peur, lui dit Tally en jetant les fruits dans une poubelle.

Elle ne peut plus en manger aucun puisqu'ils sont tombés par terre. Même si elle les lavait, elle ne pourrait pas les débarrasser des microbes dégoûtants du collège, et il est hors de question qu'elle prenne le risque de tomber malade. Elle serait peut-être obligée d'aller à l'hôpital – un des endroits qui la terrifie le plus au monde avec ses lumières trop fortes, ses bruits agressifs et son odeur piquante de désinfectant.

— On est toutes dans le même bateau.

C'est son père qui lui a dit ça, ce matin. Ça n'a pas rassuré Tally. En fait, ça l'a agacée plus qu'autre chose, parce que son père sait très bien que Kingswood se trouve sur la terre ferme, et aussi que les métaphores l'énervent sérieusement. Mais à sa façon de sourire en le disant, elle a compris qu'il cherchait à la rassurer. Tally se souvient de l'autre chose qu'il a faite ensuite ; alors elle s'arrête, prend Layla dans ses bras et la serre le plus fort possible, parce que ça la réconforte toujours.

— Une étreinte d'ours, grogne-t-elle en prenant la même drôle de voix bourrue que son père.

— Tally ! proteste Layla.

Elle tente de se dégager en gloussant.

— Ça va aller, Tally, dit Ayesha en passant un bras sous le sien. C'est normal d'être nerveuse.

— J'essayais juste d'aider… commence Tally.

Mais Lucy l'interrompt.

— On sera là. Et si quelqu'un est méchant avec toi, on te défendra. Pas vrai ?

— Si, acquiescent les deux autres.

— Et si quelqu'un te harcèle, tu nous le dis, et on s'occupera de lui, poursuit Lucy. Mon frère m'a parlé des

e passent ici, et je ne laisserai personne te
ally. D'accord ?

L'estomac de Tally se tord douloureusement. Nell lui a promis que tout se passerait bien. Elle n'a pas parlé de harcèlement, de gens méchants ou de *choses qui se passent ici* – Tally ne sait pas en quoi ça consiste, mais ça ne lui dit rien qui vaille

Les filles arrivent à l'escalier, et les amies de Tally forment un cercle autour d'elle. L'espace d'un instant, elle imagine qu'elle est une star entourée par ses gardes du corps. C'est probablement ce que ressent Taylor Swift chaque fois qu'elle met un pied hors de chez elle.

— Ne t'en fais pas, murmure Ayesha d'une voix légèrement tremblante tandis qu'elles montent la première marche. C'est normal que tu aies peur et que tu te perdes au début, mais je suis sûre que les profs seront sympas.

Lucy prend une expression féroce.

— Il n'y a pas de raison d'avoir peur, dit-elle en ralentissant.

— On est toutes avec toi. Personne ne peut te faire de mal tant qu'on reste ensemble.

Layla presse le bras de Tally quand elles atteignent les portes. Sans savoir comment, Tally se retrouve en tête du groupe quand elles pénètrent dans le bâtiment. Elle se demande comment ses amies peuvent être aussi courageuses alors que tout ce qu'elle veut, maintenant qu'elle sait qu'il pourrait lui arriver des choses effrayantes et qu'elle risque de se perdre, c'est de s'enfuir en courant dans la direction opposée.

Les profs qui les attendent à l'intérieur leur indiquent le hall principal. Tally se rapproche de ses amies pendant que tout le monde autour d'elles commence à se pousser et à tenter de forcer le passage dans le couloir. Submergée par le bruit, elle serre les poings et fixe un point droit devant elle en espérant que ce sera plus facile si elle ne regarde pas la cohue.

Dans le hall principal, ça ne s'améliore pas. Il y a des élèves partout, tous vêtus du même uniforme noir que Tally, tous parlant beaucoup trop fort. Tally suit ses amies qui se frayent un chemin entre les gens et les sacs à dos. Elles viennent juste de trouver un petit espace libre où s'arrêter quand un bruit aigu s'élève plus loin devant elles. C'en est trop pour Tally, qui plaque les mains sur ses oreilles pour amortir ce son affreux et tourne la tête vers l'estrade.

— Silence, je vous prie.

Le micro émet un nouveau larsen, et tout le monde pousse un grognement de protestation.

— Vous pouvez arranger ça ? demande l'homme sur l'estrade en jetant un coup d'œil à celui qui tripote une console sur le côté. Bien, merci. Je suis monsieur Kennedy, le professeur principal des sixièmes comme certains d'entre vous le savent déjà. Bienvenue au collège Kingswood. C'est un nouveau départ pour chacun de vous, et si vous faites de votre mieux, nous donnerons le meilleur pour vous en retour. Travaillez dur, impliquez-vous dans la vie de l'école, et surtout, prenez vos responsabilités.

Il balaye du regard les élèves désormais silencieux.

— Vous avez une semaine pour découvrir l'établissement et apprendre à vous orienter. Après ça, j'attends de vous que vous sachiez où se trouvent vos salles de cours et que vous y arriviez à l'heure. Je n'admettrai aucune fausse excuse du genre : « Je me suis fait enfermer dans le placard des équipements au gymnase et il a fallu une heure pour que quelqu'un vienne me délivrer. » Oui, un sixième particulièrement inventif a tenté de me faire le coup l'an dernier.

Il lève un sourcil, et un petit rire parcourt l'auditoire.

— Bref.

Il se racle la gorge, et le silence se fait de nouveau.

— Dans un instant, les tuteurs appelleront les élèves de leur groupe. Quand vous entendrez votre nom, vous vous dirigerez vers le professeur concerné, rapidement et sans faire de bruit.

Les adultes alignés sur un côté de la pièce font un pas en avant. Le premier commence à lire une liste d'une voix forte.

Lucy est la première des quatre amies à être appelée. Elle jette un coup d'œil anxieux aux autres et agite la main avant de traverser le hall. Elle n'est pas encore arrivée à son tuteur que celui-ci appelle Ayesha. Lucy se retourne, un immense sourire éclairant son visage. Sans un regard pour Tally et Layla, Ayesha s'élance, rejoint Lucy et l'étreint rapidement. Puis toutes deux rejoignent le reste de leur groupe, et leur tuteur les entraîne hors de la pièce.

— Peut-être qu'on sera ensemble nous aussi, chuchote Layla. Ils s'arrangent probablement pour que chaque élève soit avec un ou une amie, tu ne crois pas ?

Tally triture ses cuticules sans répondre. Elle est trop occupée à ruminer les paroles de M. Kennedy.

Vous avez une semaine pour découvrir l'établissement et apprendre à vous orienter.

Tally n'a aucun sens de l'orientation. Elle ne parviendra pas à mémoriser le plan du collège en cinq jours seulement.

Près d'elle, Layla ramasse soudain son sac à dos. On vient de l'appeler.

— J'y vais, dit-elle. Je croise les doigts pour que tu sois avec moi.

Tally sait déjà qu'elle ne le sera pas. Elle a rencontré son tuteur pendant les grandes vacances et il est toujours debout contre le mur, en train de discuter avec un autre prof. Il avait l'air plutôt gentil, mais c'était avant que Tally ne découvre qu'aucune de ses amies ne serait dans le même groupe qu'elle.

Jamais elle ne serait venue au collège si elle avait su que tout le monde l'abandonnerait.

Tally regarde Layla se diriger vers sa tutrice, qui baisse sa liste et se détourne pour emmener son groupe. Layla lui jette un coup d'œil paniqué.

Mais elle n'est pas aussi perdue que Tally le sera, seule dans cet endroit, sans personne qui la connaît pour l'aider.

Date : lundi 1er septembre
Situation : premier jour au collège Kingswood
Comment je me sens : effrayée et nerveuse comme si les murs se refermaient sur moi
Niveau d'anxiété : 9. Je dirais même 10, mais je sais d'expérience que ça peut être encore pire

Cher journal,

Aujourd'hui était un vrai cauchemar. D'abord, j'entrais au collège. C'est terrifiant pour tous les enfants, mais encore plus pour moi : le hall principal résonnait très fort, il y avait des tas de nouveaux profs et encore plus de nouveaux élèves, un million de règles à mémoriser, la crainte de me perdre...

J'étais pétrifiée.

Des tas de questions se bousculaient dans ma tête.

Comment seront les toilettes ?

Est-ce qu'elles fermeront bien à clé ?

Est-ce qu'il y aura ces horribles sèche-mains Dyson qui font tellement de bruit ?

Qu'est-ce qui se passera si je fais une bêtise ? Par exemple, si je dis quelque chose qu'il ne fallait pas devant tout le monde ?

Ou si je ne comprends pas les instructions ?

Ou si un prof crie sur quelqu'un d'autre et que je me ridiculise en me bouchant les oreilles ?

Et si je ne supporte pas qu'on me dise ce que je dois

faire, que ça me met en colère et que je pique une crise ? C'est le pire truc qui pourrait m'arriver à l'école.

Mode d'emploi de l'autisme de Tally : évitement pathologique

Je suis atteinte de SEPD. Au début, je croyais que c'était l'acronyme d'un truc marrant, genre Super Épatant et Particulièrement Drôle. En fait, ça veut dire Syndrome d'évitement pathologique des demandes, ce qui fait tout de suite beaucoup plus sérieux.

C'est une des caractéristiques les plus importantes de mon autisme. Évitement, ça donne l'impression que je fais exprès de ne pas obéir quand on me demande quelque chose, mais en fait, je n'ai pas le choix. Du coup, je préfère appeler ça « anxiété provoquée par les demandes ». C'est ce qui m'empêche de prendre une douche, même quand je sais que j'ai besoin de me laver. C'est ce qui me fait crier sur mon père quand il me demande comment ma journée s'est passée. Quand quelqu'un me pose une question, ça m'apparaît comme une contrainte. Mon cœur se met à battre très vite ; j'ai l'impression qu'on me prive de mon autonomie, et je n'arrive pas à répondre. Les gens pensent que je ne veux pas, mais la vérité, c'est que je ne PEUX pas, et je déteste ça.

Avantages : absolument aucun. Désolée, mais l'évitement pathologique n'est pas un trait positif. C'est ce qui me fait culpabiliser le plus, parce que ça stresse beaucoup mes parents.

Inconvénients : parfois, mon SEPD m'empêche de faire des choses que j'aime vraiment. Par exemple, ma mère me dit que si je m'habille, on ira chez Starbucks, mais je suis incapable de m'habiller, donc on n'y va pas. Mes parents peuvent m'aider en faisant attention au ton de leur voix et en évitant de formuler leurs demandes comme des ordres, mais c'est dur pour eux de se le rappeler, surtout quand ils sont très occupés ou déjà tendus pour d'autres raisons.

Du coup, imagine comme le collège est pénible pour moi. En une journée, on m'a demandé plus de choses qu'à n'importe quel autre moment dans ma vie. Tais-toi, réponds à cette question, cesse de t'agiter, mets-toi en ligne ici... Mais je ne peux pas réagir comme à la maison. La peur m'oblige à jouer le rôle de la fille obéissante, sauf que je risque de basculer à chaque instant. Imagine toute une journée avec une boule d'anxiété à l'intérieur de toi. Et maintenant, essaie d'apprendre l'algèbre en même temps.

Chapitre 4

Il est tout à fait possible que le temps ait ralenti. La grande aiguille de l'horloge semble aussi peu pressée que si elle n'avait pas un travail à faire. Mais Tally sait que si elle attend assez longtemps, l'aiguille finira par atteindre sa destination. Il le faut. C'est la règle.

Tic.

Tic.

Tic.

Et alors que Tally avait fini par croire que ça n'arriverait jamais, le compte à rebours s'achève enfin.

— Nell ! C'est l'heure !

Elle s'élance hors de la cuisine et se plante au bas de l'escalier, levant le nez vers la porte de la chambre de sa sœur qu'elle aperçoit au bout du palier.

— On y va !

Pas de réponse.

— Nell !

Tally monte les marches deux par deux. Ce retard la met mal à l'aise.

— Dépêche-toi !

La porte de la chambre de sa sœur est fermée, mais Tally s'en fiche. L'horloge de la cuisine continue à égrener les secondes ; elle l'entend presque d'ici, et elle n'a pas de temps à perdre en politesse. Elle doit faire sortir Nell.

— Hé, tu n'as pas le droit d'entrer sans permission ! proteste sa sœur. Va-t-en !

— C'est l'heure d'y aller. Dépêche-toi.

Tally détaille Nell et fronce les sourcils.

— Tu n'as même pas mis tes chaussures.

Nell secoue la tête et reporte son attention sur le livre dans sa main.

— Je ne suis pas encore prête. Je veux finir ce chapitre.

Tally s'efforce de garder son calme.

— Mais ça fait plus de deux minutes. Tu as dit qu'on pourrait y aller dans deux minutes, et ça fait plus de deux minutes. Je le sais, parce que j'ai regardé l'horloge.

— Évidemment, marmonne Nell, pensant que personne ne l'entendrait.

Elle pose son livre et fait face à Tally.

— J'arrive bientôt, d'accord ? C'est promis.

— Tu es une menteuse et une tricheuse, et tes promesses ne valent rien ! hurle Tally, rouge de fureur. Tu as dit deux minutes, et ça fait deux minutes, et je veux y aller *maintenant* !

Elle serre les poings pour contenir sa terreur. Elle a supporté le collège pendant une semaine entière, et tout ce qu'elle veut, c'est que Nell tienne sa promesse. C'est le week-end. Elle a le droit d'avoir ce qu'elle veut. Sinon, c'est injuste.

— Ce n'est qu'une expression, crie sa sœur en se levant. Je ne voulais pas dire que je serais prête à partir dans exactement cent vingt secondes. C'est ridicule !

— Mais c'est ce que tu as dit ! Tu ne devrais pas dire des choses que tu ne penses pas.

Un bruit de pas résonne dans le couloir, et maman apparaît sur le seuil de la pièce. Elle tient un gros carton dans les bras. Voyant les poings serrés de Tally et l'air orageux de Nell, elle le baisse.

— Qu'est-ce qui se passe ici ? demande-t-elle en regardant ses filles tour à tour.

— C'est juste Tally qui est pénible, comme d'habi... commence Nell.

Mais l'indignation de sa sœur recouvre la fin de sa phrase.

— Elle a menti ! Elle a dit qu'elle serait prête à aller manger une glace dans deux minutes, mais ça fait deux minutes et elle n'est pas prête, alors que c'était deux minutes vraiment très longues, mais j'ai quand même attendu jusqu'à ce qu'elles soient finies. Ce n'est pas juste, et c'est sa faute !

Maman plisse le front. Tally ne sait pas si ça veut dire qu'elle est d'accord avec elle ou pas. Dans le doute, elle poursuit :

— Je ne veux plus qu'elle soit ma sœur ! Elle est méchante et horrible et complètement stupéfiante !

Nell ricane.

— Ah oui ? Je suis stupéfiante, hein ? Tu veux bien me dire ce que ça signifie, selon toi ? Je parie que tu ne le sais même pas.

— Nell ! gronde leur mère.

Mais les filles ne l'écoutent pas.

— Si, je sais ! C'est une fille stupide et chiante, autrement dit, toi !

Tally tend un doigt tremblant vers sa sœur. Nell va croire qu'elle est en colère, mais c'est faux : elle a juste peur. Ses émotions bouillonnantes sont sur le point de déborder, et elle fait de gros efforts pour les en empêcher. Si Nell se fâche, ce sera trop pour elle.

Mais au lieu de prendre un air exaspéré (les yeux plissés et les lèvres pincées), comme ça lui arrive de plus en plus souvent depuis le début de l'été, Nell a une réaction surprenante.

Elle rit.

— Tu lui dis, ou je le fais ? demande-t-elle à leur mère. Parce qu'il faut vraiment qu'elle sache que stupéfiante, ça veut dire géniale, incroyable et épatante. (Se tournant vers sa sœur, elle esquisse une courbette.) Merci pour ce merveilleux compliment.

C'est la goutte d'eau proverbiale. Tally ne peut absolument rien y faire.

— Je m'en fiche ! hurle-t-elle avec un grand geste qui fait tomber la lampe du bureau de Nell. Tu as menti, ça fait beaucoup plus de deux minutes et je te déteste, je te déteste, je te déteste !

Nell se met à crier à cause de sa lampe, et maman s'avance pour s'interposer entre elles. Sa bouche remue ; elle dit quelque chose à Nell, mais Tally ne l'entend pas. Fermant les yeux, elle se met à fredonner sa chanson, celle qu'elle a inventée et que personne d'autre ne connaît. Elle seule a le droit de la chanter, et parfois, quand tout va mal, cette chanson parvient à la réconforter.

Elle ne sait pas combien de temps elle a fredonné, mais quand elle se décide enfin à rouvrir les yeux, le monde est revenu à la normale. Le tic-tac frénétique de l'horloge s'est tu, et la lampe de Nell est revenue sur son bureau. Maman se tient devant elle, pas assez près pour la toucher, mais assez près pour que Tally sente son parfum familier. Nell est à côté d'elle.

— Nell a admis que tu avais raison, dit maman à voix basse. Elle n'aurait pas dû te dire qu'elle serait prête dans deux minutes si ce n'était pas vrai.

Tally remue ses doigts tout raides. Elle se sent soudain si fatiguée qu'elle pourrait dormir une semaine d'affilée.

— Pourquoi elle a menti ? J'aurais pu attendre trois minutes si elle me l'avait dit.

Maman pousse un soupir très léger, mais qui n'échappe pas à Tally. Elle entend tous les soupirs de ses parents, et, d'habitude, ça la met en colère. Mais elle n'a pas l'énergie de se fâcher. C'est toujours pareil après une crise, ce mélange d'épuisement, de peur et de culpabilité. Une soupe horrible qui bouillonne dans son estomac et fait frissonner sa peau.

— Nell ne t'a pas menti, répond maman. C'est une façon de parler. « Deux minutes », ça veut dire « bientôt ».

Tally fronce les sourcils et dévisage sa sœur.

— Alors, pourquoi tu n'as pas juste dit « bientôt » ?

Nell jette un coup d'œil à leur mère, qui hoche la tête.

— Je n'ai pas pensé que ça pourrait te perturber. Parfois, j'oublie ce que je peux te dire ou pas.

Tally fixe sa sœur d'un regard dur.

— Tu peux me dire n'importe quoi, du moment que c'est la vérité.

Silence. Maman presse le bras de Nell.

— Tu es prête pour aller manger une glace, maintenant ?

Nell acquiesce.

— Je finirai mes devoirs plus tard.

Elle se dirige vers la porte et s'arrête sur le seuil.

— Tu viens, Tally ?

Mais Tally ne la suit pas. Au lieu de ça, elle tourne lentement sur elle-même, le visage flasque, essayant de contenir la panique suscitée par la demande de Nell.

— Pas encore. Moi aussi, j'ai peut-être des devoirs à faire, dit-elle en balayant la pièce du regard.

Nell n'est pas le chef. Ce n'est pas à elle de décider quand Tally ira manger une glace.

Maman pose une main sur son bras.

— Tu viens juste d'entrer au collège. Tu n'auras pas de devoirs avant la semaine prochaine.

— Alors, je vais peut-être regarder une de mes émissions d'abord. On ira manger une glace après.

Silence. Tally se retourne pour sortir, puis se ravise. Elle est fatiguée, triste, et elle sait que sa mère et Nell doivent l'être aussi. Tout va toujours mieux après avoir mangé une glace, et elle veut vraiment passer une bonne journée.

— On ira dans une minute, dit-elle à sa sœur avant de sortir. Et ce sera vraiment une minute, parce que je ne suis pas une menteuse.

Sa propre chambre est une oasis de calme et de sérénité. Son masque de tigre est pendu au pied de son lit. Elle le prend et le met. Le caoutchouc est frais sur sa peau. Elle se souvient encore du jour où maman le lui a offert et où elle l'a enfilé pour la première fois. Elle se souvient de ce qu'elle a ressenti quand elle a regardé dans le miroir et vu une Fille Tigre.

Maintenant, elle est prête à sortir.

— Je ne veux pas aller chez le glacier avec elle et son masque ridicule, siffle Nell. Tu ne peux pas m'obliger, maman.

Tally l'ignore et descend l'escalier. Ses baskets gisent par terre dans le vestibule ; elle glisse ses pieds dedans et tire fermement. Elle sait faire ses lacets, quoi qu'elle ait entendu maman dire à papa, mais elle n'est pas obligée de les faire pour autant.

— Nell ! Tu viens ? appelle-t-elle en ouvrant la porte.

Sa sœur descend d'un pas lourd, comme si ses pieds avaient oublié qu'ils l'emmenaient manger un truc délicieux. Leur mère la suit en chuchotant quelque chose que Tally n'entend pas.

— On y va !

Tally sort et attend dans l'allée du jardin pendant que maman donne de l'argent à Nell et que celle-ci met ses propres chaussures. Elle se sent toujours plus courageuse quand elle porte son masque, et pendant un instant, il lui semble presque qu'elle pourrait aller seule chez le glacier.

Puis elle se souvient de la route et des voitures bruyantes. Et si une moto passait en pétaradant juste au moment où elle traverse ? Ou si elle se faisait enlever ? L'année dernière, Tally a vu un reportage sur un enfant disparu ; depuis, elle se montre encore plus prudente quand elle sort, parce qu'être arrachée à tout ce qu'elle connaît serait la chose la plus terrible qui pourrait lui arriver. Elle ajuste son masque et attend que Nell la rejoigne.

— Tu vas prendre quel parfum ? demande-t-elle dès qu'elles ont franchi le portail. Moi, je prendrai peut-être pépites de chocolat parce que j'aime le chocolat. Tu sais que c'est fait à partir d'une fève qui ressemble à un genre de petit haricot ? C'est bizarre, non ? Imagine que tu ouvres une boîte de haricots rouges et qu'ils sont tous en chocolat ! Tu crois que Heinz fabrique des haricots au chocolat ?

— Non. Et ça a l'air dégueu, répond Nell avant de lui donner un coup de coude. Tu ne mangerais jamais ça ; tu es bien trop difficile !

— J'essaierais peut-être, pour voir. Mais bon. Je ne vais sans doute pas prendre pépites de chocolat, parce que ce n'est pas le bon parfum pour aujourd'hui. Je pense que je prendrai plutôt fraise.

Elles atteignent le carrefour, et Nell appuie sur le bouton du feu tricolore. Tally surveille la route à travers les fentes de son masque.

— Mais il risque d'y avoir des morceaux dedans.

Elle hésite et se mord la lèvre. Elle ne veut pas choisir le mauvais parfum. Sa sœur et elle ne vont pas souvent chez le glacier. Il faut que tout soit parfait.

Une voiture passe en trombe. Tally recule pour s'écarter du bord du trottoir.

— Je crois que je n'ai plus envie d'y aller, dit-elle tout bas.

— Oh, Tally.

Nell lui prend la main et entrelace ses doigts avec ceux de sa sœur pour les empêcher de se crisper.

— Tu n'auras qu'à prendre vanille comme d'habitude, d'accord ? Tu adores la vanille.

Nell a raison, elle prend toujours vanille. C'est un choix sûr et réconfortant.

— Et toi, tu prendras quoi ? demande Tally.

Tout va dépendre de la réponse de Nell, même si elle n'en a pas conscience. Maintenant qu'elle y pense, Tally ne supportera pas que sa sœur choisisse le mauvais parfum. Or, Nell prend toujours pépites de chocolat. Chaque fois.

Nell garde le silence un moment. Puis elle presse la main de Tally.

— Je prendrai vanille. Comme toi.

Le feu passe au vert pour les piétons, et elles peuvent traverser en toute sécurité. Il n'y a plus de dangers nulle part quand Nell s'engage sur la chaussée en tenant toujours la main de Tally. Et sous son masque de tigre, Tally se demande si sa sœur ne *sait* pas aussi bien que maman, en fin de compte.

Chapitre 5

La porte du studio de théâtre se referme avec un claquement tandis que Mme Jarman s'avance à l'intérieur. Tous les élèves se taisent et se redressent. La réputation de leur professeure la précède, et aucun d'eux ne veut commencer la journée en récoltant une heure de retenue.

Mme Jarman frappe dans ses mains. Le son se répercute sur les murs, faisant frémir Tally.

— Bon, les sixièmes. Posez vos sacs, et au travail.

Tally reste immobile un moment pour observer ce que font les autres. Le plancher est vaste, et Mme Jarman n'a pas précisé d'endroit. Voyant ses camarades poser leurs affaires au hasard près du mur, elle traverse la pièce et trouve un coin libre en espérant que la suite du cours sera plus facile pour elle.

La porte s'ouvre à la volée, et deux filles que Tally connaît bien entrent en trombe, manquant de s'étaler par terre dans leur précipitation.

— Désolée d'être en retard, madame, halète Ayesha. On s'est perdues.

Tally agite la main, mais ni Ayesha ni Lucy ne la voient. Elles sont trop occupées à fixer Mme Jarman, qui semble réfléchir à sa réponse. Tally retient son souffle et croise les doigts. Si ses amies reçoivent une colle, ça leur gâchera la journée.

— C'est notre premier cours, finit par lâcher Mme Jarman. Donc, je suis prête à me montrer indulgente. Mais ce sera la première et la dernière fois. Encore un retard, et votre temps sera le mien, c'est bien compris ?

Les deux filles acquiescent vigoureusement. Tally se réjouit qu'elles comprennent, parce que ce n'est pas son cas. Comment Mme Jarman pourrait-elle prendre le temps de quelqu'un d'autre ? Ça n'a pas de sens, à moins qu'elle soit une sorte de vampire ou de démon suceur d'âme. Tally note mentalement de ne jamais, jamais !, arriver en retard à son cours. Jusqu'ici, cette semaine, elle a réussi à suivre un groupe de camarades de salle en salle, parce qu'elle est toujours incapable de se repérer à l'intérieur du collège et que ce serait trop horrible de se perdre. Elle n'a que quelques cours en commun avec Layla et les autres, et ses espoirs de passer toutes leurs journées ensemble se sont envolés depuis longtemps.

— Maintenant, dépêchez-vous, lance la prof. Nous n'avons pas toute la journée. Voyons si vous êtes capables de former un cercle ou quelque chose qui y ressemble.

Tally ferme les yeux et tente désespérément de bloquer le reste de la pièce pour se concentrer sur sa respiration. Mme Jarman fait tout de travers. Elle crie, elle donne des ordres, et elle dit des choses qui n'ont pas de sens. C'est supposé être un cours de théâtre, pas de gym, mais même si c'était un cours de gym, Tally sait très bien que son corps ne peut pas former un cercle ni quelque chose qui y ressemble. Personne n'en est capable, hormis les danseurs que maman l'a emmenée voir à Covent Garden à Londres. Et aussi les hérissons, les tatous et les cloportes quand ils se roulent en boule sur eux-mêmes. Tally n'est aucune de ces créatures et elle ne veut pas contrarier Mme Jarman, mais elle ne peut tout simplement pas faire ce qu'on lui demande.

Tout autour d'elle, ses camarades se poussent et se chamaillent en s'asseyant par terre. Ayesha et Lucy sont à l'autre bout de la pièce, trop loin pour qu'elle les rejoigne. Tally regarde les autres faire, regrettant que Layla ne soit pas là.

— Toi, là-bas ! appelle la prof de théâtre en pointant un ongle écarlate et pointu vers Tally.

Si elle était un animal, elle serait un rapace terrifiant.

— Viens t'asseoir en cercle avec les autres.

Si maman ou papa parlait à Tally sur ce ton, sa tête se mettrait à rugir ; son estomac se nouerait, et elle crierait qu'ils la stressent trop. Mais elle n'est pas à la maison. Elle est au collège, et ici, elle doit faire semblant d'être normale. Peu importe ce que ça lui coûte, on n'a pas le droit d'être autre chose à l'école.

Tally déglutit péniblement et s'efforce d'ignorer la pression qui enfle derrière ses yeux. La salle se brouille devant elle. Pivotant en quête d'un endroit où se cacher, elle trébuche. Elle voudrait tant fredonner sa chanson ! Mais elle ne peut pas prendre le risque que les autres l'entendent. Alors, elle se mord les lèvres et tente de garder son calme.

— Ici ! aboie Mme Jarman en désignant une ouverture dans le cercle.

Tally lève les yeux. Une fille qu'elle ne connaît pas lui sourit en se poussant pour lui faire de la place. Tally se laisse tomber à côté d'elle, la tête remplie de brouillard et les mains tremblantes. Un coude s'enfonce dans ses côtes.

— Tiens, c'est la gogole, chuchote une voix sur sa gauche.

Elle n'a pas besoin de lever la tête pour savoir qui c'est.

— Bien. Maintenant que nous avons enfin réussi notre première mission, nous allons jouer à un petit jeu pour briser la glace.

Mme Jarman fait le tour du cercle en fixant chacun des élèves avec ses petits yeux en boutons de bottine. Elle a un grand nez crochu et, plus Tally la regarde, plus elle trouve que sa prof ressemble à un oiseau de proie.

— Ça s'appelle : le Meilleur Sandwich du Monde, poursuit Mme Jarman.

Le plancher est dur et inconfortable. Tally cherche des chaises, mais n'en voit aucune. Ce n'est pas bon du tout. En primaire, elle avait toujours le droit de s'asseoir sur une chaise parce que ses jambes n'aiment pas être complètement pliées, et que c'est dur de se concentrer quand vos jambes protestent.

— Je m'appelle Jenna, et le meilleur sandwich du monde contient de la pâte à tartiner.

Le jeu a commencé.

— Je m'appelle Ameet, et le meilleur sandwich du monde contient de la pâte à tartiner et des cornichons !

Tout le monde ricane. Mettant le problème des chaises de côté, Tally décide d'écouter.

— Je m'appelle Ayesha, et le meilleur sandwich du monde contient de la pâte à tartiner, des cornichons et du pop-corn.

Non. Impossible. Ces ingrédients ne vont pas du tout ensemble, son amie devrait le savoir.

— Je m'appelle Simon, lance le garçon assis à côté d'Ayesha, et le meilleur sandwich du monde contient de la pâte à tartiner, des cornichons, du pop-corn et de la mayonnaise !

L'estomac de Tally s'agite.

— Je m'appelle Aleksandra, dit la fille souriante qui lui a fait de la place. (Elle parle très fort.) Et le meilleur sandwich du monde contient de la pâte à tartiner, des cornichons, du pop-corn, de la mayonnaise et des rognures d'ongles !

Les autres se mettent tous à rire comme s'ils ne réalisaient pas le problème. Non seulement le mélange qu'ils décrivent est horrible, mais ils mentent. Ils mentent tous.

C'est le tour de Tally. Elle attend que ses camarades se soient tus. Puis elle fixe Mme Jarman qui se tient à l'extérieur du cercle, adossée au mur du studio.

— Je m'appelle Tally Olivia Adams, dit-elle fermement. Et le meilleur sandwich du monde ne contient aucune de ces choses. Le meilleur sandwich du monde contient du fromage. (Elle balaye du regard ses camarades désormais silencieux.) Juste du fromage. Rien d'autre, et sûrement pas du pop-corn ou des rognures d'ongles, crache-t-elle comme si cette idée la rendait malade. Je l'ai vu à la télévision. On a posé la question à des tas de gens, et ils ont tous dit que leur sandwich préféré était au fromage.

Une pause. Puis Mme Jarman adresse un grand sourire à Tally en s'écartant du mur.

— Excellent !

Elle entre dans le cercle et pivote lentement sur elle-même pour regarder chaque élève tour à tour.

— N'ayez jamais peur de dire ce que vous pensez dans un cours de théâtre. C'est comme ça qu'on obtient la plus grande intensité dramatique : quand tout le monde dit exactement ce qu'il pense. Ne soyez pas des moutons, jeunes sixièmes ! Faites preuve de courage ! clame-t-elle en agitant les mains en l'air.

— Du courage, tu parles, siffle Luke alors que Mme Jarman se détourne. Je t'ai vue trembler quand elle t'a dit de t'asseoir, gogole.

Mais Tally s'en fiche. Mme Jarman a trouvé sa réponse excellente. Un adjectif qu'on ne lui applique pas souvent. Tally détaille la prof de théâtre en se demandant si, plutôt qu'une vieille buse déplumée, elle ne serait pas un magnifique aigle doré.

— À présent, vous allez former des groupes et exécuter les instructions qui se trouvent dans les enveloppes que je vais vous distribuer, lance Mme Jarman.

— Qu'est-ce qu'on s'ennuie, geint Luke.

— Pardon ? aboie Mme Jarman.

Luke se décompose.

— Rien, madame.

La prof fond sur lui, et tout le monde se fige.

— J'ai cru comprendre que tu trouvais mon cours ennuyeux.

Luke ouvre la bouche, mais aucun son n'en sort. Tally se demande s'il a perdu l'usage de la parole, et elle croise les doigts dans son dos.

— Très bien, susurre Mme Jarman d'une voix doucereuse qui ne colle pas avec le regard noir qu'elle jette à Luke. (Tally trouve ça un peu perturbant.) Si l'un de vous a une suggestion à faire sur la façon dont je pourrais m'améliorer en tant que professeure, qu'il n'hésite pas à l'écrire sur un Post-it qu'il glissera dans ma boîte à idées.

Elle tend un doigt vers l'autre bout de la pièce, et un gloussement nerveux monte du cercle des élèves. Tally tourne la tête, mais ne voit rien d'autre qu'une corbeille à papiers.

La prof frappe dans ses mains, encore plus fort que la première fois.

— C'est bon, on peut passer à autre chose ? Bien. Maintenant, répartissez-vous en groupes de quatre et commencez à vous conduire comme des élèves de sixième, pas comme des gamins de primaire.

— Aleksandra ! On se met ensemble ?

— On est déjà avec Ameet, il ne nous faut plus qu'une seule personne. Ayesha, amène Tally.

La pièce se remplit de brouhaha. Quelqu'un prend le bras de Tally et la traîne dans un coin, où Lucy déchire déjà une enveloppe et commence à lire les règles du jeu suivant.

Mais Tally n'est pas vraiment là. Dans sa tête, elle rédige une liste de toutes les suggestions qu'elle pourrait faire à Mme Jarman pour améliorer ses cours de théâtre. Parce que la prof a demandé des idées, et que Tally est toujours extrêmement serviable.

Sa première suggestion est si évidente qu'elle devrait la lui dire tout de suite, mais elle n'en fera rien parce que Mme Jarman a été très claire sur la marche à suivre : écrire les choses sur un Post-it et mettre celui-ci dans la boîte à idées.

Ce qu'elle a bien l'intention de faire, dès qu'elle aura réussi à déterminer où se trouve la boîte en question.

Date : lundi 8 septembre

Situation : cours de théâtre

Niveau d'anxiété : J'ai commencé à 8 parce que Mme Jarman criait beaucoup et demandait trop de choses, mais j'ai fini à 5, ce qui n'est pas si mal. Surtout que quand je suis à 8, ça se termine généralement par une crise.

Cher journal,

Coucou. C'est encore Tally. Aujourd'hui, je m'ennuyais beaucoup après les cours. Puis je me suis souvenue que je devais fabriquer une boîte « Comment devenir une meilleure prof » pour Mme Jarman. Alors, j'ai demandé un carton à chaussures à maman, et je l'ai décoré avec des crayons de couleur, de la peinture et des paillettes. Je m'en suis mis partout ; à la fin, je ressemblais à un perroquet ! Mais ça en valait la peine. Mme Jarman va l'adorer ; elle est beaucoup plus jolie que la corbeille à papiers qu'elle nous a montrée. D'ailleurs, je n'ai toujours pas compris pourquoi elle nous l'a montrée.

Les gens sont vraiment bizarres. Je croyais que le cours de théâtre serait terrifiant pour moi, mais en fait, je pense que ça va bien se passer. Et maintenant que j'ai survécu au premier, je dois juste éviter de piquer une crise au collège.

Mode d'emploi de l'autisme de Tally : les crises

En quoi ça consiste ?

Ce n'est pas la même chose qu'être de mauvaise humeur, et ça n'a rien à voir avec l'Évitement pathologique. Je fais une crise – on parle aussi d'« effondrement » – quand je suis à bout, qu'il n'y a pas moyen de revenir en arrière et que mon cerveau refuse de continuer à fonctionner. C'est terrifiant, et je tente d'éviter autant que possible.

Ça ressemble beaucoup à un caprice, non ?

Certaines personnes pensent que je pourrais me retenir de piquer une crise, que je ne suis qu'une gamine qui fait un caprice. Mais je n'aime pas ce mot, parce qu'il donne l'impression que je le fais exprès. Je trouve qu'on devrait appeler ça une panne due au stress. Qui ferait exprès de tomber en panne ? Je ne choisis pas de faire une crise ; simplement, ça arrive quand j'ai atteint mon point de rupture, que personne ne m'a aidée et que je ne peux plus me retenir.

Certains autistes disent qu'ils ne sont plus eux-mêmes pendant une crise. Moi, j'ai généralement conscience de ce qui se passe autour de moi, et je sais que je ne devrais pas faire ça, mais c'est plus fort que moi. Ne pas contrôler tes actions, quand tu sais qu'elles ne sont pas « acceptables », c'est terrifiant. Je déteste ça.

Comment tu te sens après ?

Je me sens seule, je culpabilise et j'ai l'impression que tout le monde m'en veut. Même si j'ai l'air calme, c'est un peu comme si une guerre se poursuivait dans ma tête. Après coup, je me promets que, la fois suivante, je ravalerai ma colère et ne dirai pas de choses que je ne pense pas. Mais sur le moment, c'est comme si un diable et un ange se battaient sur mon épaule, et que le diable gagnait toujours.

Qu'est-ce qui peut t'aider dans ces moments ?

Ce dont j'ai besoin quand une crise approche, c'est que quelqu'un, généralement ma mère, intervienne pour calmer le jeu. Mais elle n'est pas toujours là, et c'est dur. Donc, je monte dans ma chambre et j'essaie de m'absorber dans mes activités préférées, comme jouer du ukulélé, pour m'apaiser.

Je ne sais pas exactement à qui va servir ce mode d'emploi. Je le donnerai peut-être à Nell, puisqu'elle a du mal à me comprendre. Ou on ne sait jamais : peut-être qu'un jour, on publiera mes mémoires, et je deviendrai célèbre pour avoir aidé les gens à mieux comprendre l'autisme. Donc, si vous lisez ça et que vous n'êtes pas moi, s'il vous plaît, faites passer pour que tout le monde puisse apprendre. Et pour que Taylor Swift entende parler de moi.

Chapitre 6

La pluie s'est enfin arrêtée. Tout a l'air frais, propre et neuf, comme si on avait relooké le monde. Depuis le toit de l'abri de jardin, le tigre surveille son territoire. La fête foraine est toujours là, mais plus pour longtemps. Elle s'en va demain, et maman a promis que les filles pourraient y aller ce soir – mais seulement si tout se passe bien aujourd'hui.

Le tigre lève le nez et inspire profondément. Tout se passera bien. Par une aussi belle journée, c'est obligé.

— Tally ! Je pars dans deux minutes, et si tu n'es pas prête, j'y vais sans toi.

La brise lui apporte la voix de Nell, pareille à une feuille morte tombée d'un arbre. Non, la comparaison n'est pas bonne. Tally apprend les images en cours d'anglais, et celle-ci ne fonctionne pas. Elle doit recommencer.

Nell gronde comme un orage qui approche.

Tally sourit par-devers elle sous son masque. C'est beaucoup mieux. Elle aime les images qui ne tentent pas de se faire passer pour ce qu'elles ne sont pas, contrairement aux métaphores.

— Je suis sérieuse ! Maman a dit que si tu veux aller à la fête foraine ce soir, tu as intérêt à ne pas me mettre en retard pour le collège !

Nell tape du pied, et le bruit fait écho à l'irritation dans sa voix.

En équilibre sur le toit, le tigre se redresse de toute sa hauteur intimidante.

— Je m'en fiche ! Je ne veux pas aller au collège, et à la fête foraine non plus ! Pas avec quelqu'un d'aussi horrible que toi !

En contrebas, Nell hausse les épaules.

— Tant pis pour toi. Moi, j'irai, et tout le monde dit que c'est génial. Apparemment, la maison hantée est encore mieux que d'habitude.

Le vent forcit, apportant à Tally les odeurs de la fête foraine. Le parfum sucré de la barbe à papa et celui, fumé, du stand de hot dogs ont quelque chose de chaud, de mystérieux et de dangereux. C'est comme une invitation. Tally veut absolument y aller.

— Je suis prête ! s'écrie-t-elle en se hâtant de descendre l'échelle pour suivre sa sœur à travers le jardin. Mais je ne viens pas parce que tu me l'as ordonné, d'accord ? Je viens parce que j'ai envie. Ce n'est pas du tout la même chose.

— Je sais, acquiesce Nell en poussant la porte de derrière. Mais avant de partir, tu pourrais peut-être enlever ton masque de tigre. Du moins, si tu en as envie.

Tally s'arrête et se repasse les mots dans sa tête pour vérifier que Nell ne choisit pas à sa place.

— Je l'enlèverai dans une minute, dit-elle en ôtant ses bottes en caoutchouc. Après m'être brossé les dents.

— Tu ne t'es même pas encore brossé les dents ? glapit maman en entrant dans la cuisine et regardant nerveusement autour d'elle, comme si elle avait perdu quelque chose d'important. Tu as exactement deux minutes pour te laver, ma jeune demoiselle. Sans ça, pas de fête foraine ce soir.

Sous le masque, Tally plisse les yeux, essayant de garder son calme. Elle a déjà décidé de se brosser les dents – sa mère n'a pas besoin de lui crier dessus.

— Je te déteste, chuchote-t-elle tout bas pour que maman ne l'entende pas.

Ces mots la rendent triste, et Tally ne veut pas que sa mère soit triste. Mais une fois qu'ils apparaissent dans sa tête, elle doit les laisser sortir. Sinon, ils pourrissent en elle et deviennent bien pires.

— Fais ce que tu veux, Tally, lance Nell. C'est ton choix. Mais moi, je pars dans une minute.

— Je veux aller à la fête foraine.

Par les fentes de son masque de tigre, Tally voit sa sœur lever les sourcils.

— Alors, choisis ça. Mais dépêche-toi, d'accord ?

Tally fonce vers l'escalier en retirant son masque. Elle choisit de se brosser les dents, et c'est son choix d'arriver à l'heure au collège plutôt que de mettre Nell en retard parce qu'elle ne veut vraiment, vraiment pas être privée de fête foraine ce soir.

— Merci, Nell, dit maman dans son dos. Tu as mieux géré que moi.

Tally plaque une main sur sa bouche pour réprimer un sanglot. Elles ne comprennent pas. Elles croient qu'elle fait sa difficile. Elles tentent de comprendre, Tally le sait, mais comment pourraient-elles savoir ce que ça fait d'être obligée de dire non quand on voudrait dire oui ? Ça l'attriste à un point dont elles n'ont aucune idée.

Il lui faut environ quarante-trois secondes pour remuer la brosse à dents à l'intérieur de sa bouche et s'asperger le visage d'eau. Ce qui lui en laisse dix-sept pour passer dans sa chambre, attraper son sac à dos et dévaler les marches jusqu'à la porte d'entrée près de laquelle l'attend Nell.

— Je suis là, halète-t-elle en saisissant ses chaussures d'uniforme. Tu peux arrêter le chrono.

Nell détaille ses cheveux d'un air critique.

— Tu comptes vraiment aller au collège comme ça ?

Tally enfile ses mocassins et baisse les yeux. Ses vêtements sont dans le bon sens, et elle a correctement noué sa cravate. Elle n'a pas oublié de mettre son chemisier comme la semaine dernière, même si le col la serre toujours trop.

— Oui. Tu voudrais que j'y aille comment ?

Avant que Nell puisse répondre, maman entre dans le vestibule avec deux boîtes à repas.

— Tenez, les filles. Passez une bonne journée.

Tally se redresse, prend sa boîte d'un geste vif et soulève le couvercle pour jeter un coup d'œil soupçonneux à l'intérieur. Hier, sa mère a interverti les boîtes, et Tally a hérité de la répugnante salade de thon de Nell à la place de son bon vieux sandwich au fromage. Le temps de rentrer chez elle l'après-midi, elle était morte de faim et très fâchée.

— À plus ! lance Nell en ouvrant la porte. Et n'oublie pas la fête foraine ce soir.

Maman sourit et étreint rapidement Tally.

— Je n'oublierai pas. Et vous, n'oubliez pas que tout doit bien se passer aujourd'hui, d'accord ?

Tally acquiesce. Sa boîte contient bien un sandwich au fromage, et aucune nourriture interdite comme le yaourt (répugnant, sauf si on le mange quand il sort juste du frigo et qu'il est encore bien froid) ou des raisins secs (qui ont un goût de fruit périmé et restent coincés entre vos dents). Aujourd'hui sera une bonne journée.

Dehors, la pluie a rendu le bitume glissant. Les deux filles marchent côte à côte jusqu'à ce qu'elles aient traversé l'avenue. Puis Nell sort son téléphone et se met à en tapoter l'écran. Tally se laisse distancer, sautant par-dessus les flaques et se demandant si les forains essuieront les sièges des manèges, parce que personne n'a envie d'avoir les fesses mouillées.

Nell finit par empocher son téléphone, et se tourne vers Tally.

— Dépêche-toi, la presse-t-elle. Il faut que je parle à Rosa avant le début de notre groupe de tutorat.

Tally s'arrête et pointe l'index vers le trottoir.

— Regarde ça, Nell !

Sa sœur souffle d'un air agacé. En temps normal, Tally lui dirait qu'elle ressemble au grand méchant loup quand il s'apprête à détruire la maison en paille du petit cochon. Mais à cet instant, elle est trop absorbée par le spectacle qui s'offre à elle.

— Pouah, c'est dégueu ! commente Nell, qui l'a rejointe, en fronçant le nez. Viens !

— Ce n'est pas dégueu. C'est une créature vivante, répond Tally tout bas.

Elle s'accroupit pour observer le ver de terre. C'est le plus gros qu'elle ait jamais vu, et il est couché sur le trottoir, là où n'importe qui pourrait lui marcher dessus.

— Il faut que tu bouges de là, lui dit-elle.

Mais le ver de terre ne l'écoute pas. Ou peut-être qu'il n'aime pas qu'on lui donne des ordres. Tally peut le comprendre, et elle ne veut pas le brusquer, mais parfois, on n'a pas le choix dans la vie. Pas si on veut éviter qu'il nous arrive quelque chose de mal. Maman et papa ont une liste de choses non négociables. Peu importe que Tally crie et pleure, elle doit quand même les faire : porter sa ceinture de sécurité en voiture, autrement elle pourrait mourir ; ne pas frapper les gens même si elle est très fâchée, parce que c'est interdit ; ne pas sortir de la maison au milieu de la nuit, même si c'est juste pour aller s'allonger sur le toit de l'abri de jardin et regarder les étoiles.

— Bouger d'ici, ce n'est pas négociable, petit ver, chuchote Tally en se penchant pour qu'il puisse l'entendre. Tu ne peux pas rester.

— Tally, on va être en retard ! aboie Nell. Viens, ou j'appelle maman.

— S'il te plaît, rampe sur le côté, supplie Tally. Autrement, tu vas te faire écraser, et un ver ratatiné n'est pas un ver heureux.

— Une sœur ratatinée n'est pas une sœur heureuse non plus, marmonne Nell. Pourtant, c'est ce qui va t'arriver si tu ne viens pas. Tout de suite.

Il n'y a rien de pire que d'être touché par quelqu'un quand vous ne voulez pas qu'on vous touche. Tally le sait. Mais c'est la seule option. Elle n'a pas le choix. Entre deux doigts, elle attrape le ver aussi délicatement que possible, se relève et se dirige vers la pelouse qui borde le trottoir pour le mettre en sécurité.

— Voilà, lui dit-elle. Comme ça, aucune voiture ne te roulera dessus, et aucun passant ne te piétinera.

— Enfin, se réjouit Nell.

Mais Tally l'a déjà dépassée.

— Tu viens ? crie-t-elle par-dessus son épaule. On va être en retard si tu ne te dépêches pas.

Chapitre 7

Ils aperçoivent la foule avant même d'atteindre le parc – des hordes de gens qui poussent et se bousculent pour franchir le portail d'entrée. Tally a un mouvement de recul et s'agrippe à la main de papa.

— J'ai changé d'avis, dit-elle en lui pressant les doigts. Je veux rentrer à la maison.

Papa s'arrête et se penche vers elle.

— D'accord. Mais c'est dommage, parce que je voulais vraiment aller sur la Maxi-Chenille, et tu sais que ni maman ni Nell ne voudront m'accompagner. Elles détestent les manèges qui vont vite. Tu es la seule qui veut bien les faire avec moi.

Tally hésite. C'est vrai que maman et Nell ne montent sur rien de plus rapide que les tasses à thé.

Papa agite la main pour attirer l'attention de maman.

— Ce n'est pas grave, ma chérie. Si tu n'es pas d'humeur, on va rentrer tous les deux. On n'aura qu'à revenir la prochaine fois que la fête foraine sera en ville, dit-il en jetant un regard vers les grilles au-delà desquelles règne une vive animation.

La prochaine fois. Ça veut dire attendre, et Tally sait combien c'est dur.

— Peut-être qu'on peut entrer un petit moment, dit-elle lentement. Juste pour que tu jettes un coup d'œil.

Papa lui adresse un sourire rayonnant.

— Ce serait super.

Maman et Nell ont rebroussé chemin jusqu'à l'endroit où Tally et papa sont arrêtés.

— Tout va bien ? Il faut qu'on rentre à la maison ?

Papa secoue la tête.

— Pas tout de suite. On va d'abord jeter un coup d'œil à l'intérieur. Juste quelques minutes.

— Quoi ?! proteste Nell en le foudroyant du regard. On ne peut même pas faire de manège ? C'est trop nul !

Papa se penche vers elle pour lui chuchoter quelque chose. En temps normal, ce manque de politesse mettrait Tally en colère. Mais là, il y a trop d'agitation pour qu'elle se soucie de ce que dit papa. Les grilles du parc sont juste devant eux, et avant qu'elle ne puisse se raviser, ils les ont franchies et pénètrent dans la fête foraine.

Tally s'arrête. Un garçon derrière elle la bouscule.

— Avancez ! crie quelqu'un d'autre.

On la pousse en avant, et la main de papa lui échappe.

Il y a du bruit partout. Tally pivote sur elle-même, tentant d'apercevoir ses parents ou sa sœur, mais tout ce qu'elle voit, ce sont les lumières stroboscopiques qui clignotent sur le visage des inconnus alentour. Elle ouvre la bouche pour appeler à l'aide, mais une main se pose sur son épaule, et le son s'étrangle dans sa gorge. Elle savait que c'était une erreur d'entrer. Il y a trop de monde. On va la kidnapper, et son père regrettera de l'avoir forcée à venir. Il détestera la fête foraine jusqu'à la fin de sa vie parce que ça lui rappellera le jour où il a perdu sa fille, devenant le pire père du monde.

— On monte sur la colline ? C'est un peu plus calme là-haut, et on pourra voir toute la fête foraine.

Tally fait volte-face et foudroie son père du regard.

— Tu m'as lâchée ! J'ai cru qu'on allait m'enlever ! Tout le monde me regardait et se moquait de moi. C'était horrible ! Comment tu as pu faire ça ?

Avec un petit sourire, papa lui prend la main.

— Tu as lâché ma main il y a environ cinq secondes. À aucun moment je ne t'ai perdue de vue.

Tally secoue la tête et fronce les sourcils, mais déjà, papa suit maman et Nell vers la colline. Si elle ne veut pas qu'il l'abandonne de nouveau, elle n'a pas d'autre choix que de se laisser entraîner.

Mais elle n'est pas forcée d'aimer ça. Et elle n'est pas forcée de s'amuser. Personne ne peut l'y obliger. Si elle veut rentrer à la maison, ses parents seront forcés de la ramener, parce que c'est une règle importante et qu'ils savent ce qui se passera s'ils la forcent à rester.

— Regardez ça ! lance Nell, très excitée.

Tally ne lève pas les yeux. Non, elle ne regardera pas. Pas alors qu'aucun membre de sa soi-disant famille ne l'aime assez pour s'inquiéter quand elle disparaît et manque d'être kidnappée.

— Oh mon Dieu, ça a l'air terrifiant, s'écrie maman.

Elle a bien raison. Il y a beaucoup de choses terrifiantes dans cette fête foraine. Qu'est-ce qui leur a pris de l'amener ici ?

— Tu crois que tu pourrais monter là-dessus, Nell ?

Nell rit en réponse, et Tally donne un coup de pied dans la terre en se demandant de quoi ils parlent.

— Tu plaisantes ? Pas question ! Les cabines tournent beaucoup trop vite !

— Et elles montent et descendent en même temps, renchérit papa. Non, ce genre de manège est réservé aux gens qui aiment la vitesse et qui n'ont pas le vertige.

Il presse la main de Tally si brièvement qu'elle croit l'avoir imaginé.

— Eh bien, ce n'est pas du tout pour moi, affirme maman. J'ai mal au cœur rien que de le regarder.

Tally comprend ce qu'ils essaient de faire, mais elle n'y tient plus. Elle lève la tête pour voir de quoi ils parlent. Droit devant elle se dresse un manège inconnu. Étincelant de lumières multicolores, il se découpe contre le ciel nocturne. C'est la plus belle chose qu'elle ait jamais vue.

— On s'approche pour mieux voir ? suggère papa.

Tally acquiesce.

— Mais cette fois, ne me lâche pas la main, d'accord ?

Ils descendent la petite colline et s'enfoncent à nouveau dans la foule. Tally s'accroche à la main de papa. Suivant maman et Nell, ils se frayent un chemin jusque vers l'incroyable attraction.

— Je peux aller faire un tour d'autotamponneuses ? demande Nell en s'arrêtant.

Tally tire sur la main de son père.

— Non. On va là-bas.

— Ce n'est pas à toi de décider, réplique Nell avant de se tourner vers leur mère. S'il te plaît ? Je vois Rosa et les autres. Je peux rester avec elles pendant que vous irez avec Tally.

Maman fronce les sourcils puis les lève en regardant papa comme si elle lui posait une question.

— Je suppose que oui, répond-elle lentement. Mais tu dois me promettre de ne pas sortir du parc et de nous rejoindre dans... Oh, je ne sais pas. On lui laisse combien de temps ?

Papa dévisage Nell.

— Il te faut combien de temps ?

Nell lui sourit.

— Deux heures ?

Papa rit et secoue la tête.

— C'est trop long. Si je vous laisse rester ici deux heures entières, vous allez me ruiner.

— Et si on se donnait rendez-vous près du carrousel dans une heure, et pas une minute de plus ? suggère maman. Tu as ton téléphone et ton argent de poche ?

Nell opine.

— Merci ! Vous êtes les meilleurs !

Elle s'éloigne en courant. Tally et ses parents la regardent se jeter au cou de sa meilleure amie en couinant de joie.

— Apparemment, nous sommes les meilleurs, dit papa à maman. Tu te rends compte ? Je le lui rappellerai quand elle nous dira qu'on ne lui laisse jamais rien faire.

Maman rit.

— Elle mérite une soirée de détente avec ses amies.

Une soirée de détente. Tally sait ce que ça signifie : ça lui fait des vacances d'elle. Et ça lui donne envie de pleurer.

Papa lui lâche la main pour passer un bras autour des épaules de maman.

— Alors, on va tester ce manège ? demande-t-il. On a une heure à tuer.

Ils se remettent en marche. Tally jette un dernier coup d'œil à Nell, qui parle et rit avec ses amies sans même penser à sa sœur qu'elle vient d'abandonner.

— Je suppose qu'on ne fera pas la maison hantée ensemble cette année, marmonne-t-elle avec un regard noir. Je suppose que je vais juste *tuer le temps* avec les parents pendant que tu t'amuses avec tes copines.

— Tu viens, Tally ? appelle papa. Je veux voir si ce manège est vraiment aussi excitant que ça. Je me sens assez courageux pour essayer.

Tally les rattrape en courant, s'efforçant d'ignorer ce qui l'entoure. Le bruit. La foule. Le froid qui s'insinue dans ses os et lui donne envie de pleurer.

Mais soudain, deux choses se produisent qui effacent tout le reste : l'attraction se dresse devant elle, et elle entend crier son nom.

— Tally ! Tu es là ! C'est génial ! On le fait ensemble ?

Le visage radieux de Layla émerge de la nuit. Derrière elle, Ayesha et Lucy dévorent une barbe à papa. Elles sourient à Tally et agitent la main.

— C'est le Danseur du Ciel, crie Lucy en désignant le manège. Mon frère l'a déjà fait, et il dit que ça fout la trouille, mais que c'est génial !

Le Danseur du Ciel. Quel nom parfait !...

— Si on veut y aller, il faut faire la queue, déclare Ayesha.

Tally tourne la tête. Beaucoup de gens attendent déjà, et la file s'allonge à chaque instant. Visiblement, le Danseur du Ciel est l'attraction la plus populaire de la fête foraine.

— Tu veux le faire avec tes amies ? demande papa. Tu peux, si tu veux.

L'espace d'un instant, Tally a oublié la présence de ses parents. Elle leur sourit, puis se souvient, et son visage s'affaisse. Ce n'est pas parce que Nell l'a oubliée qu'elle peut oublier papa. Elle tire sur sa main pour l'entraîner sur le côté, là où personne ne pourra les entendre.

— Tu voulais monter sur le manège le plus rapide de la fête foraine, lui rappelle-t-elle.

Papa secoue la tête.

— Je me suis trompé. En fait, ce que je veux vraiment, c'est regarder ma fille qui n'a peur de rien s'amuser avec ses amies.

Tally fronce les sourcils.

— Nell est allée aux autotamponneuses. Tu n'as qu'à la rejoindre. C'est ton choix.

La bouche de papa frémit comme s'il se retenait de rire. Il se penche et pose ses mains sur les joues de Tally. Il fait toujours ça avant de lui dire combien il l'aime.

— C'est de toi que je parlais. Ma Fille Tigre.

Tally réfléchit un moment.

— Oh ! Mais j'ai peur d'un tas de choses.

Papa la lâche et sort de l'argent de sa poche.

— D'accord. Alors, ma fille courageuse. Parce que tu es courageuse, Tally. Tu as peur, mais tu continues quand même à avancer, et ça me rend très fier d'être ton père.

Il lui donne l'argent et recule.

— Maman et moi, on va rester ici pour te regarder.

Tally hoche la tête et se retourne pour rejoindre Layla et les autres dans la file d'attente. Puis elle se ravise.

— Tu sais, je n'ai pas peur de monter sur ce manège, dit-elle à son père. Je préfère préciser, pour ne pas que tu croies que je suis courageuse alors que ce n'est pas le cas. J'aime les manèges qui vont vite et qui secouent. Alors, ne te fais pas d'idées, d'accord ?

Papa sourit et lui adresse un salut militaire. Tally glousse. Parfois, il fait l'idiot, et elle ne comprend pas toujours de quoi il parle, mais ça n'a pas l'air de le déranger qu'elle aille sur le manège avec Layla plutôt que lui. Et ça l'arrange bien, parce que la dernière chose qu'elle veut, c'est rendre son père triste.

La file est longue, mais ses amies ne manifestent aucun signe d'impatience. Sans doute parce qu'elles sont très occupées à parler de l'horrible Luke qui a envoyé un message à Lucy pour lui dire qu'il viendrait à la fête foraine et qu'ils pourraient se retrouver sur place.

— C'est tellement romantique, se pâme Ayesha quand Lucy raconte qu'il a promis de lui gagner un ours en peluche dans une baraque de jeux.

— Carrément, souffle Layla. J'ai du mal à croire qu'il ne t'a pas encore demandé de sortir avec lui. Il va peut-être le faire ce soir.

— Super romantique, acquiesce Tally en souriant autant qu'elle peut et s'efforçant d'ignorer que la personne derrière elle vient de lui donner un coup de coude. Peut-être qu'il t'offrira des chocolats et des fleurs. Ce serait encore plus romantique.

Ayesha rit.

— Tu as l'air bien renseignée, Tally ! Qui t'a offert des chocolats et des fleurs ?

Tally se rembrunit.

— Personne.

— Oh, allez, glousse Lucy. On est entre nous. Tu peux nous dire sur qui tu as des vues !

Soudain, le brouhaha de la fête foraine lui semble assourdissant.

— Personne. Ferme-la, Lucy. Ne raconte pas de mensonges sur moi.

Son amie lève les mains.

— Hé, calme-toi ! Ce n'était qu'une blague. Y en a qui n'ont vraiment aucun sens de l'humour.

— Bref, peut-être que Luke viendra avec un bouquet de roses rouges, intervient Ayesha. Qu'il aura acheté au supermarché en bas de la rue. Ce serait mignon, non ?

Tally se réjouit de ce changement de sujet.

Layla ricane.

— Tu imagines, si Luke te propose un rencard devant tout le monde ?

Lucy rougit. Elle regarde autour d'elle et secoue la tête.

— Chuuuut, les filles ! Quelqu'un pourrait vous entendre.

Vu les hurlements qui s'échappent du Danseur du Ciel, Tally en doute.

— Je crois qu'il va te demander de l'épouser. Ici, au milieu de la fête foraine !

Bien entendu, elle ne le pense pas vraiment. Mais elle est à court d'idées pour poursuivre cette conversation, et elle ne veut pas que les autres recommencent à dire qu'elle a des vues sur un garçon, parce que c'est faux et que ce serait horrible. Alors, elle doit faire en sorte qu'elles continuent à parler de Lucy et de cet affreux Luke. Et le seul moyen d'y arriver, c'est d'en rajouter une couche.

Mettant un genou en terre, Tally lève les yeux vers Lucy. Les autres filles en restent bouche bée.

— Lucy, veux-tu me prendre pour époux, moi Luke, et m'aimer dans la santé et dans la maladie, jusqu'à ce que la mort nous sépare ? Amen.

Ce qui, si on y réfléchit bien, est un peu déprimant. Tally ne veut pas partir du principe que les gens qu'elle aime seront malades. Luke, par contre… ça ne serait pas si grave.

Lucy tire frénétiquement sur son bras.

— Lève-toi ! siffle-t-elle entre ses dents.

— Aïe ! Tu me fais mal, proteste Tally, qui se lève en se frottant le bras. Tu n'étais pas obligée de me brutaliser comme ça.

— Tu lui faisais honte, explique Layla. Et si Luke t'avait vue ?

Tally hausse les épaules.

— Il n'est pas encore là.

Les autres filles se remettent à bavarder. Tally reste un peu en retrait, essuyant la boue de son genou. Ce n'était qu'une blague. Y en a qui n'ont vraiment aucun sens de l'humour.

Enfin, elles arrivent en tête de la file d'attente. Tally observe le manège qui tourne pour savoir exactement à quoi s'attendre. Chaque cabine est assez grande pour deux personnes ; elle se balance d'un côté puis de l'autre jusqu'à avoir assez d'élan pour faire un tour complet sur elle-même. À en croire les sons qui s'en échappent, c'est absolument et délicieusement terrifiant.

— Vous deux, ici.

L'homme qui place les gens fait signe à Tally et Layla. Elles s'avancent et s'assoient. Il leur montre comment attacher leur ceinture de sécurité et leur dit qu'elles ne doivent sous aucun prétexte la défaire avant l'arrêt du manège. Tally jette un coup d'œil vers ses parents qui attendent sur le côté, et tous deux lèvent le pouce. Porter la ceinture de sécurité est une chose non négociable, Tally le sait, et elle se réjouit de n'avoir pas eu à réfléchir si elle devait accepter de la mettre ou non.

Puis la porte grillagée de la cabine se referme, et Tally et Layla commencent à monter. En dessous d'elles, Lucy et Ayesha prennent place dans la cabine suivante, et une nouvelle secousse les propulse un cran vers le haut.

— J'espère que ça ne va pas être comme ça pendant tout le tour, se plaint Layla en agrippant les barreaux devant elle. Je n'aime pas être secouée.

Tally ne dit rien. Elle est trop occupée à scruter la fête foraine en contrebas. En plissant les yeux, il lui semble apercevoir sa rue au loin, et plus elles prennent d'altitude, plus le calme se fait dans sa tête. Tout lui paraît léger et limpide.

La cabine atteint le sommet du manège et entame lentement sa redescente. Quand Layla et Tally arrivent en bas, le forain actionne un interrupteur. La dernière chanson de Taylor Swift se diffuse dans la nuit ; le manège prend de la vitesse et les cabines commencent à se balancer à droite et à gauche tout en montant puis en descendant de l'autre côté. Tally se penche d'avant en arrière pour accentuer le mouvement.

— Aaaaah ! s'écrie Layla en lui agrippant le bras. Ne fais pas ça !

— Arrête de hurler ! proteste Tally. Tu me casses les oreilles !

Layla acquiesce et pince les lèvres. Puis elle ferme les yeux et agrippe le bras de Tally de toutes ses forces.

Tally sourit. Voilà pourquoi Layla est sa meilleure amie : elles adorent toutes les deux ce genre de manèges autant qu'elles s'adorent mutuellement.

Tally continue à se balancer de toutes ses forces au point que la cabine se retourne presque. Près d'elle, Layla grogne tout bas. Tally ouvre la bouche et hurle de toutes ses forces :

— Wouhouuuuuuuuuu !

Son cri s'envole et se répercute à travers tout le parc.

C'est parfait. Absolument parfait.

Son estomac se tord jusqu'à ce que le manège ait pris assez de vitesse et que les cabines effectuent un tour complet sur elles-mêmes. Tally ouvre grand les yeux pour ne manquer aucun détail tandis que le sol file sous sa tête et que l'obscurité nocturne danse à ses pieds. C'est comme si elle marchait parmi les étoiles.

Trop tôt, le manège ralentit et s'arrête. Tally donne de la voix jusqu'à la dernière seconde.

— C'était génial, déclare-t-elle quand la cabine s'immobilise. Viens, on le refait !

Layla cligne des yeux, l'air hébétée.

— Je ne peux pas, marmonne-t-elle. Ça fait trop peur.

Tally secoue la tête, un immense sourire illuminant son visage.

— Pas du tout. C'est le meilleur manège du monde, et il faut absolument le refaire, d'accord ?

Layla renifle et dévisage le forain qui attend qu'elles se décident.

— Tu promets de ne pas te balancer cette fois ? demande-t-elle à son amie. Je n'aime pas quand ça secoue autant.

Tally éclate de rire.

— Mais je veux que ça aille vite et qu'on soit secouées. Sinon, ça ne retourne pas mon estomac comme il faut.

Layla acquiesce, résignée, et s'agrippe très fort à la barre de sécurité tandis que leur cabine recommence à monter.

— Je suis littéralement la meilleure amie du monde, dit-elle à Tally. Et tu es vraiment bizarre d'aimer ce truc.

Ravie, Tally renverse la tête en arrière pour regarder le ciel. C'est Layla qui est bizarre de paniquer pour si peu, mais elle ne le lui dira pas avant de l'avoir convaincue de faire un troisième tour.

Cher journal,

Papa et maman essaient vraiment de m'aider, mais ce n'est pas toujours facile. Alors ce soir, au lieu de raconter ma journée, je vais écrire une liste de choses à faire et à ne pas faire pour les parents d'un enfant autiste. Je la collerai sur le frigo et je n'aurai plus qu'à la leur montrer quand ils ne comprendront pas.

OUI : Adaptez-vous à ses besoins quand vous pouvez. Choisissez vos batailles.

NON : En cas de dispute, ne vous en mêlez pas. Calmez le jeu et offrez-lui une porte de sortie.

NON : Ne lui dites pas qu'il est différent, mais qu'il est unique.

OUI : Montrez-lui combien vous l'aimez. Parfois, les mots ne suffisent pas.

OUI : Acceptez ses difficultés et trouvez un moyen d'en faire des atouts.

NON : Ne lui dites pas de regarder les gens dans les yeux car c'est problématique pour beaucoup d'enfants qui ont le TSA. Faites en sorte qu'il soit détendu, et il y aura de plus grandes chances qu'il le fasse spontanément.

NON : Ne lui donnez pas d'ordre, car il risque de s'y dérober instinctivement.

OUI : Dites les choses exactement telles qu'elles sont et telles que vous les pensez. N'utilisez pas de métaphores et ne soyez pas sarcastiques.

Enfin, coupez les étiquettes de TOUS leurs vêtements.

Chapitre 8

Il pleut encore. C'est le genre de pluie qui ne se contente pas de tremper vos vêtements : elle s'infiltre jusque dans vos os pour vous glacer et vous faire craquer de partout. Les couloirs sont pleins de gens qui cherchent un endroit où s'asseoir pour bavarder avant le prochain cours.

— Tally ! Par ici !

Layla agite la main et tente d'attirer l'attention de Tally, mais celle-ci a autre chose à faire. Quelque chose de beaucoup plus important que discuter du dernier message *incroyable* que Luke a envoyé à Lucy, Luke qui n'est pourtant même pas venu à la fête foraine. Alors, elle ignore Layla et se fraye prudemment un chemin entre les jambes tendues et les sacs abandonnés, jusqu'à l'escalier. Puis elle monte à l'étage au-dessus, qui n'abrite que la bibliothèque et le studio de théâtre. À cette heure, il n'y a personne.

Tally se dresse sur la pointe des pieds et regarde par la vitre à l'intérieur de la salle de théâtre. La pièce est vide ; Mme Jarman doit se trouver en salle des profs avec ses collègues. Tally pousse la porte et se faufile rapidement à l'intérieur. Elle n'a pas beaucoup de temps avant que la cloche ne sonne.

Le bureau de Mme Jarman est dans un désordre incroyable, jonché de livres, de bouts de papier et d'objets bizarres. Tally examine une fausse moustache et un chapeau melon, se demandant si Mme Jarman les porte le week-end. Il ne reste pas un centimètre carré de libre, et ce bazar met Tally mal à l'aise. Donc, sans se demander si elle en a le droit, elle se met à ranger. Elle empile les livres d'un côté et dispose les autres objets de l'autre. Puis elle plonge la main dans son sac, en sort prudemment la boîte qu'elle a mis si longtemps à fabriquer l'autre soir et la pose au milieu de l'espace dégagé.

Cela fait, elle entreprend de mettre de l'ordre dans le reste du bureau. Elle jette les papiers froissés à la poubelle et aligne proprement les dossiers suspendus. Alors qu'elle croit en avoir fini, elle avise le pot à crayons. Certains sont à l'envers, et quand elle les sort pour les remettre à l'endroit, elle découvre que la plupart ont la mine cassée ou usée – ce qui est ridicule, puisque à côté il y a un taille-crayons électrique probablement très cher. Le genre qui fait rêver Tally.

— Je vais juste en tailler un, se dit-elle en jetant un coup d'œil vers la porte. Pour voir s'il marche bien.

Elle insère un crayon dans le trou, et l'appareil se met aussitôt à tourner en tirant légèrement sur le crayon à mesure qu'il rogne le bois. Tally ressort le crayon et admire sa mine parfaitement taillée. Souriant, elle le remet dans le pot. Le seul problème, c'est que maintenant, les autres crayons souffrent de la comparaison.

Alors, elle en taille un autre, puis encore un autre. Le bourdonnement de l'appareil est complètement addictif. Très absorbée par sa tâche, elle n'entend pas la porte du studio s'ouvrir, ni des pas traverser la pièce. Elle ne se rend compte qu'elle n'est plus seule qu'au moment où Mme Jarman se racle bruyamment la gorge, manquant de la faire hurler de frayeur.

— Tu peux m'expliquer ce que tu fabriques ?

Tally fait volte-face, un crayon à la main. Mme Jarman la toise avec une drôle d'expression, et Tally n'arrive pas à deviner ce qu'elle pense. Elle n'avait pas l'intention d'être encore là à son retour, et elle n'a rien préparé à lui dire. Donc, elle va devoir improviser, ce pour quoi elle n'est pas douée quand il s'agit de parler à des adultes. Mais puisqu'elles se trouvent dans le studio de théâtre, ça passera peut-être, parce que Tally est très bonne actrice.

— Euh... Je taille vos crayons, madame, dit-elle en brandissant la pièce à conviction. Ils étaient tout usés, et maintenant, les mines sont bien pointues.

Mme Jarman pose les mains sur ses hanches.

— Je vois bien, mais ce n'est pas ce que je te demandais. Pourquoi es-tu venue ici pendant la récréation ?

Tally fronce les sourcils, puis se rappelle que les adultes n'aiment pas qu'elle fasse ça. Alors, elle se force à adresser un grand sourire à sa prof.

— Je taille vos crayons, répète-t-elle plus fort. Et je fais un peu de ménage.

Elle s'écarte du bureau en le désignant d'un grand geste pour que Mme Jarman puisse admirer son travail. La prof cligne des yeux et se rembrunit.

— Où sont mes évaluations ? demande-t-elle en s'avançant et en soulevant les livres de la pile. Qu'est-ce que tu en as fait ?

— Ne vous en faites pas, la rassure Tally sans cesser de sourire. J'ai mis tous les déchets à la poubelle. Y compris les trognons de pomme moisis qui traînaient par là. Je n'avais pas envie de les toucher, alors j'ai tiré ma manche sur ma main avant de les attraper. Comme ça.

Elle fait une démonstration à Mme Jarman, qui grimace.

— Tu as jeté mes évaluations ?

Marmonnant entre ses dents, elle se dirige vers la corbeille à papiers qui déborde dans un coin de la pièce. Tally ne comprend pas ce qu'elle dit, mais elle doit lui être très reconnaissante.

Mme Jarman ressort la pile de feuilles froissées de la poubelle et revient vers Tally avec une mine sévère. Elle ouvre la bouche pour parler, puis aperçoit la boîte à chaussures sur son bureau et se fige. Son regard va et vient entre Tally et la boîte.

— C'est quoi, ça ?

Tally se demande si Mme Jarman n'aurait pas besoin de lunettes de lecture, parce que c'est écrit en majuscules sur le côté. Elle envisage de lui suggérer de prendre rendez-vous chez l'ophtalmo, puis se rappelle combien elle-même déteste ça. La dame lui fait toujours mettre d'horribles lunettes en métal très lourdes avant de lui braquer une lumière trop vive dans les yeux. Ça lui fait mal, mais Tally ne veut pas se plaindre parce que la dame fait juste son travail et que si elle savait à quel point Tally déteste aller la voir, elle pourrait mal le prendre. Alors, elle reste assise sans bouger et s'efforce de retenir ses larmes.

C'est peut-être pour ça que Mme Jarman n'a pas fait d'examen récemment. Mieux vaut ne pas mentionner sa vue défaillante.

— C'est une boîte à idées, répond Tally, qui a pitié d'elle. Vous avez dit qu'on pouvait vous faire des suggestions pour améliorer vos cours et les mettre dans votre boîte à idées, mais quelqu'un a dû la voler parce que j'ai cherché partout et je ne l'ai pas trouvée.

Elle dévisage Mme Jarman en quête d'une expression ravie. La prof a les lèvres entrouvertes et les yeux écarquillés.

— C'est une blague ? lâche-t-elle à voix basse.

Le fait qu'elle ne crie pas devrait rassurer Tally, mais il lui semble que quelque chose cloche. Que la voix de Mme Jarman contient quelque chose de dangereux, encore plus redoutable que le vent qui s'est mis à hurler dehors.

Visiblement, la prof ne comprend pas la signification du cadeau de son élève. Et même si les jambes de Tally la picotent jusqu'au bout des orteils et qu'elle a vraiment très envie de partir, elle sait qu'elle doit s'expliquer.

— Je vous ai fabriqué une nouvelle boîte, dit-elle en agitant les mains comme les danseurs dans les comédies musicales, pensant que ça plaira à une prof de théâtre. Et puis, elle a envie de battre des bras comme toujours quand elle est nerveuse.

— Ta-da ! Et j'ai mis ma première suggestion à l'intérieur, mais vous n'êtes pas obligée de la lire maintenant. Je déteste quand les gens me disent que je dois lire un truc tout de suite ; ça brouille les mots et ça les rend impossibles à déchiffrer.

Silence. Les seuls bruits sont le martèlement de la pluie à la fenêtre et le sifflement du vent dans les couloirs. De gros nuages masquent le ciel, et la journée paraît plus sombre tout à coup. Tally s'enveloppe de ses bras, se demandant si elle doit ajouter quelque chose ou si Mme Jarman préférerait qu'elle lui fasse une démonstration de ses talents de jongleuse. C'est quand même un spectacle largement aussi intéressant qu'une pièce de théâtre.

— Tu te trouves drôle ?

Tally fixe sa prof et déglutit péniblement.

— Non. Mais je peux essayer de vous raconter une blague, si vous voulez.

Une lueur flamboyante danse dans les yeux de Mme Jarman.

— C'est un pari, c'est ça ? Quelqu'un t'a lancé un défi ? dit-elle en prenant la boîte et en la secouant. Si tu as écrit quelque chose d'injurieux, tu vas avoir de gros ennuis. Mieux vaudrait que tu avoues tout de suite.

Tally secoue la tête.

— Personne ne m'a lancé de défi. Vous avez dit qu'on pouvait vous faire des suggestions, madame.

Mme Jarman hésite et plante son regard dans celui de Tally comme si elle tentait de voir à l'intérieur de sa tête. Pour ne pas se dérober à son examen, Tally utilise le truc que maman lui a appris : elle fixe un point entre les yeux de la prof, au-dessus de son nez. Comme ça, elle ne se sent pas mal à l'aise, et Mme Jarman ne la trouve pas malpolie.

La cloche sonne. Mme Jarman fait claquer sa langue.

— Tu peux y aller. Mais nous n'en avons pas terminé, ma jeune demoiselle.

Tally hoche la tête et ramasse son sac. Elle se doute bien qu'elles n'en ont pas terminé. Elle n'a donné qu'une seule suggestion à Mme Jarman – elle en a encore des tas d'autres en réserve.

Chapitre 9

Telles les bulles d'un soda, les mots s'élèvent jusqu'à l'étage et s'infiltrent par l'interstice sous la porte de la chambre de Tally. Elle voudrait les ignorer parce que son livre est vraiment bien et qu'il ne lui reste plus que quelques pages avant la fin, mais les mots ne l'entendent pas de cette oreille. Ils crépitent et bourdonnent au-dessus de sa tête, juste hors de sa portée.

Au bout d'un moment, Tally pose son livre et se redresse en soupirant. Elle n'arrivera jamais à les ignorer pour se concentrer sur sa lecture. Pas alors qu'ils lui soufflent qu'elle devrait écouter ce qui se dit, juste au cas où.

Elle marche en silence sur la moquette jusqu'à la porte et en baisse la poignée. Sur le palier, les mots s'ordonnent, se rassemblent par groupes.

— Tu plaisantes ?

Ces deux-là ont jailli de la bouche de maman. Ils sont durs, mais cassants comme des brindilles.

— Qu'est-ce qui t'a pris ?

— Je me suis dit que si Mme Jessop refusait de monter dans l'ambulance, elle risquait d'avoir de plus gros problèmes qu'une hanche cassée.

Papa marque une pause, et Tally se penche en avant.

— Elle n'a pas voulu partir de chez elle tant qu'on n'aurait pas trouvé de solution. Et je n'en voyais pas d'autre.

Maman grogne.

— Tu as raison. C'est juste un peu soudain.

— Je sais que ce n'est pas l'idéal, mais c'est temporaire.

Tally se lève, retourne dans sa chambre et pousse la porte derrière elle avec son pied. Fausse alerte. Ses parents ne parlent de rien d'intéressant ou d'important. C'est juste une de ces conversations ennuyeuses qu'ils semblent avoir tout le temps. Mais parfois, ils parlent d'elle et du meilleur moyen de « gérer » son comportement, et elle a besoin d'entendre.

Le soir au dîner, papa remplit trois grands bols du fameux chili au bœuf de Mamie Lola pendant que maman tend à Tally une assiette de riz avec du jambon haché sur un côté. Le chili sent bon, mais Tally l'a goûté une fois, et la texture des haricots lui a déplu. Elle a tenté de le dire à sa mère, qui n'a pas écouté, et le fameux chili au bœuf de Mamie Lola a fini par terre. Mais c'était il y a une éternité, du temps où ses parents tentaient encore de la forcer à faire des choses contre son gré.

C'est un peu mieux maintenant, même si les gens voient un diagnostic plutôt qu'une personne quand ils la regardent.

— J'ai vu une ambulance dans la rue tout à l'heure, lance Nell en se servant du riz. Vous savez ce qu'elle faisait là ?

Papa opine.

— C'était pour la pauvre Mme Jessop. Elle est tombée et s'est fait mal à la hanche. Il a fallu l'emmener à l'hôpital.

— Je peux avoir du jus d'orange ? réclame Tally. J'ai la bouche sèche.

Elle ne veut pas penser à l'hôpital qui lui fait peur.

— Je peux avoir du jus d'orange, *s'il vous plaît*, corrige automatiquement sa mère. Oui, dans une minute. Avant ça, il faut qu'on vous parle de quelque chose, les filles.

— Ça va aller, pour Mme Jessop ? interroge Nell, l'air inquiète.

— Mais j'ai soif *maintenant*, insiste Tally en posant sa fourchette sur la table et en fixant sa mère.

— Elle est entre de bonnes mains, dit papa à Nell. Et au bon endroit.

— S'il vous plaît, je peux avoir du jus d'orange ? *S'il vous plaît ?*

Papa jette à maman un bref coup d'œil que Tally ne parvient pas à interpréter, mais il ne se lève pas pour aller chercher le jus d'orange.

— Mme Jessop est vraiment vieille, dit Nell, les sourcils froncés. (Tally ne comprend pas pourquoi ils parlent encore de ça.) Et le corps des personnes âgées met très longtemps à guérir.

— J'ai toujours soif, claironne Tally.

— Je suis certaine qu'elle va s'en remettre, affirme papa. Mais en son absence, nous devons faire notre devoir de voisins et lui donner un coup de main.

Nell semble aussi perplexe que Tally.

Maman se racle la gorge.

— Ce que votre père essaye de dire, c'est que nous allons avoir un invité qui va habiter à la maison pendant un petit moment.

Ça ne dit rien qui vaille à Tally. Oui, Mme Jessop leur dit toujours bonjour quand elle les voit, et parfois, quand elle fait de la pâtisserie, elle leur apporte des biscuits. Mais Tally ne la connaît pas très bien. Pas assez pour vivre sous le même toit qu'elle, en tout cas.

— Je veux du jus d'orange tout de suite parce que j'ai soif, et je n'arrête pas de demander mais vous n'allez pas m'en chercher. Vous ne m'écoutez pas même si j'ai dit s'il vous plaît deux fois, s'emporte-t-elle.

— Tu peux bien attendre qu'on ait fini, Tally, réplique papa d'une voix tendue comme un élastique. On parle d'une vieille dame qui a besoin d'aide, pas de toi et de ton besoin impérieux de jus d'orange.

Ses joues virent au même rouge que les panneaux de stop.

Quand il fait cette tête, ça veut dire :

Arrête Tout De Suite.

Fais Ce Que Je Te Dis.

Ne Fais Pas Ce Que Tu Veux Faire.

Tally ferme les yeux. Il n'aurait pas dû dire ça.

Maman ajoute quelque chose, mais la voix de Tally couvre la sienne.

— Ce n'est pas juste que je doive partager ma maison avec une vieille dame que je ne connais même pas, et ce n'est pas juste que vous n'alliez pas me chercher à boire alors que j'ai demandé poliment comme vous vouliez. Et tu n'aurais pas dû me dire d'attendre parce que, du coup, je ne peux pas et c'est entièrement ta faute !

Elle s'interrompt pour foudroyer papa du regard.

— Tu es méchant et je te déteste. Ce n'est pas ma faute si Mme Jessop est tombée, alors pourquoi on est obligés d'en parler et de faire semblant que ça nous intéresse alors qu'elle ne fait pas partie de notre famille ?

Une nouvelle pause pour reprendre son souffle. Tally se lève et se met à faire les cent pas dans la cuisine. Les mots se déversent de sa bouche comme s'ils n'allaient plus jamais s'arrêter, et même si sa vision est un peu floue, elle voit l'air triste de papa. Ce qui la met encore plus en colère, parce que c'est elle qui devrait être bouleversée, pas lui. Ce sont ses jambes qui refusent de rester assises, ses bras qui veulent battre l'air sans qu'elle puisse rien y faire parce que si elle ne s'autostimule pas, son agitation n'aura nulle part où aller.

Alors, elle continue à aller et venir en criant jusqu'à ce que ses jambes tombent en panne d'énergie et sa bouche, de mots. Puis elle s'affale sur sa chaise et pose sa tête sur la table pour tenter de calmer son cerveau.

Un bruit de couverts lui fait lever les yeux. De l'autre côté de la table, le bol de Nell est vide, et sa sœur s'essuie la bouche. Il ne reste pas une seule miette du fameux chili de bœuf de Mamie Lola.

— Mme Jessop n'a pas de famille, lance-t-elle à Tally sur un ton méprisant. Et certains d'entre nous n'ont pas à faire semblant de s'intéresser aux autres.

Tally n'aime pas les mots de Nell. Elle s'intéresse à des tas de trucs. En fait, maman lui répète souvent qu'elle prend tout trop à cœur. Et elle se rend compte qu'elle vient de dire des choses pas très gentilles, mais quand elle fait une crise, elle ne pense pas toujours les mots qui sortent de sa bouche. Du moins, elle peut les penser sur le coup, mais pas après. Nell devrait le savoir. Parce que Tally ne se soucie pas nécessairement des mêmes choses que les autres, les gens croient qu'elle est égoïste et qu'elle ne s'intéresse qu'à elle-même, ce qui n'est pas vrai du tout.

Maman regarde papa.

— Pas la peine de réagir comme ça. Tu aurais pu lui expliquer plus calmement.

Papa ouvre la bouche, mais aucun son n'en sort, et il finit par la refermer. Puis il secoue la tête, repousse son bol à moitié plein et ferme les yeux comme s'il tentait de s'imaginer ailleurs. Il fait souvent ça quand Tally stresse, et elle voudrait bien qu'il évite. C'est tellement plus difficile de se contrôler quand il pense qu'elle ne *veut* pas, alors que parfois, elle ne *peut* pas.

Maman se lève et se dirige vers l'évier.

— Ce n'est pas Mme Jessop que nous allons accueillir, dit-elle en gardant le dos tourné vers la table. Mais il faut qu'on s'occupe de son chien, Rupert. Personne d'autre ne peut le prendre pendant le séjour de Mme Jessop à l'hôpital, donc, papa a dit qu'on s'en chargerait. Juste un petit moment, le temps que Mme Jessop soit de nouveau sur pied.

Elle se retourne et tend un verre à Tally.

— Voilà ton jus d'orange.

Tally la gratifie de son plus beau sourire.

— Il va dormir où, Rupert ? demande-t-elle en buvant une gorgée. Il va rester combien de temps ?

— Jusqu'à ce que Mme Jessop aille mieux.

Maman prend le bol de papa et jette le reste de chili à la poubelle. Papa a rouvert les yeux, mais il ne proteste pas, et Tally se demande s'il ne déteste pas le fameux chili au bœuf de Mamie Lola autant qu'elle, sans oser le dire.

— On l'amènera ici tout à l'heure, et il dormira dans la buanderie.

— Je vous préviens, je ne le promène pas, lance Nell en repoussant sa chaise. Je ne veux pas qu'on me voie avec un chien à trois pattes.

Maman soupire.

— Personne ne te demande de t'en occuper. En fait, je préfèrerais que ta sœur et toi ne vous approchiez pas trop de lui. Il ne réagit pas toujours bien vis-à-vis des inconnus. C'est pourquoi j'étais un peu surprise que ton père ait proposé de s'occuper de lui.

— Visiblement, je fais tout de travers aujourd'hui, marmonne papa. Même quand je tente juste d'aider une vieille dame.

— Ce n'est pas ce que je voulais dire, aboie maman. C'est juste une complication de plus. On n'avait pas vraiment besoin de ça en ce moment.

Tally se redresse et sourit de toutes ses dents.

— Je le sortirai tous les jours ! Je m'en fiche qu'il n'ait que trois pattes !

Nell ricane, et maman hésite un instant avant d'acquiescer.

— On verra comment ça se passe, d'accord ?

Mais Tally s'y voit déjà. Elle promènera le chien et fera toutes les choses que font les bons voisins pendant que Mme Jessop sera à l'hôpital. Elle donnera un coup de main (elle ne sait pas trop où, mais elle trouvera bien). Et tout le monde sera très content d'elle.

Date : vendredi 19 septembre
Situation : on va avoir un chien !! (Pas pour toujours, juste pour un petit moment, mais quand même)
Taux d'anxiété : 2 sur 10. Parce que tout va toujours mieux avec un chien, même quand papa est en colère contre moi et que ça me rend triste et fâchée

Cher journal,

Je suis super excitée que Rupert arrive aujourd'hui. J'ADORE LES ANIMAUX. Ils sont comme des amis qui ne vous jugent jamais. Hier, je regardais des chiens dans le parc ; en arrivant, ils se sont précipités les uns vers les autres et ils sont tout de suite devenus copains. Pas besoin de bavarder ou de faire semblant. Je suis jalouse qu'ils s'entendent aussi facilement. J'ai remarqué que certains agitent la queue pour montrer qu'ils sont dans de bonnes dispositions – j'aimerais pouvoir faire pareil, mais je n'ai pas de queue. L'équivalent humain, c'est de sourire, donc, j'essaie de le faire quand j'y pense. De quelle autre manière les chiens se font-ils des amis ? Ah oui : ils se reniflent le derrière. Je devrais peut-être essayer ça demain. Je courrai partout dans la cour en reniflant le derrière des autres élèves. Je suis sûre que ça marchera super bien. Ha ha, je plaisante.

Les animaux sont incompris, comme moi. Ce matin, je regardais une émission qui s'appelle *C'est le chat ou moi*, avec des chats qui se conduisent très mal. En général, ils sont juste anxieux et incompris. Quand leurs propriétaires arrêtent de les punir et commencent à les traiter différemment, plus gentiment et avec plus de tolérance, leur comportement s'améliore beaucoup. Les profs devraient regarder ce genre d'émissions. J'dis ça, j'dis rien.

Mode d'emploi de l'autisme de Tally : L'autostimulation

Avantages : c'est un mécanisme de gestion de mes émotions qui consiste à faire des gestes, produire des sons, ou tripoter un objet. Pendant très longtemps, je n'ai pas su que ça avait un nom et que des tas d'autistes le faisaient pour se rassurer. Il existe des stims inoffensifs – par exemple, imiter des bruits de percussions avec sa voix, ce que j'ai souvent besoin de faire parce que ça m'aide à me concentrer. Quand je suis stressée, je bats des bras ou j'agite les mains. Mais parfois, je le fais aussi quand je suis excitée.

Inconvénients : le problème avec les stims, c'est que les autres n'aiment pas quand je les utilise. Ça les irrite ou ça les gêne, et ils ont l'air de croire que je fais ça juste pour les embêter. Certains profs me crient dessus quand je fredonne ou gigote sur ma chaise, ce qui me stresse et augmente mon besoin d'autostimulation. Et comme je ne peux plus utiliser mes bons stims parce qu'ils se voient trop, je passe aux mauvais stims, plus subtils, que les gens remarquent moins. Je me ronge les ongles, je tire sur les petites peaux autour, je me pince, ce genre de choses. Apparemment, ça ne dérange personne, ce qui est bizarre parce que ça me fait beaucoup plus de mal. Je me retrouve avec des bleus, d'autres marques sur la peau et les doigts en sang. Une fois, j'ai perdu l'ongle de mon majeur : j'avais tellement abîmé la peau autour que ça s'est infecté et que mon ongle a noirci. Le docteur a dit que j'aurais pu faire une septicémie. Donc, certaines personnes peuvent involontairement vous faire mourir d'une infection plutôt que de vous laisser fredonner ou taper du pied. Pour résumer, L'AUTOSTIMULATION SAUVE DES VIES.

En fait, plus j'y pense, plus je me dis que beaucoup des avantages et des inconvénients de l'autisme ne viennent pas de l'autisme en soi, mais de la façon dont les gens autour y réagissent. J'en suis vraiment persuadée.

Chapitre 10

— Debout, Tally !

Maman entre dans la chambre d'un pas décidé et ouvre grand les rideaux, révélant un ciel gris et lugubre.

— Allez, ma chérie, debout ! Tu ne dois pas être en retard à l'école. Papa est déjà parti au travail.

Tally s'enfouit sous sa couette et la serre plus fort contre elle.

— Ferme les rideaux ! crie-t-elle d'une voix étouffée, mais assez forte pour que sa mère l'entende. Je ne suis pas prête à me lever ; il y a trop de lumière et à cause de toi, ça va être une mauvaise journée !

Elle entend un soupir, puis le bruit des rideaux glissant le long de la tringle.

— Voilà. Tu peux ouvrir les yeux, l'informe sa mère.

Tally serre les paupières plus fort.

— Je ne vais pas réussir à sortir de mon lit aujourd'hui, marmonne-t-elle. Il faut que tu préviennes le collège que je ne viendrai pas.

Le matelas s'enfonce sous elle alors que maman s'assoit sur le bord. Tally sent une main lourde et chaude dans son dos. Il n'est pas question qu'elle se lève, pas quand son lit est si douillet.

— Tu dois aller à l'école, insiste calmement sa mère. C'est la loi. Si tu n'y vas pas, j'aurai des ennuis.

Tally hausse les épaules. Maman lui a déjà dit ça, et elle ne pense pas que ce soit vrai, parce que ce serait injuste. Sa mère ne peut pas l'emmener de force à l'école, donc, elle ne devrait pas être punie pour les absences de Tally.

— Je ne me sens pas bien, grogne Tally, la couette étouffant toujours sa voix. On ne doit pas aller à l'école si on est malade. C'est le règlement.

Maman soupire de nouveau.

— Tally, tu n'as rien du tout. Mais, au cas où, il va falloir que tu sortes la tête pour que je prenne ta température.

C'est une demande raisonnable. Tally se tortille pour remonter vers le haut de son lit et émerge des couvertures.

— C'est peut-être la dengue, dit-elle en écarquillant les yeux. J'ai lu un article là-dessus hier. Je ne peux absolument pas aller au collège si j'ai ça.

Maman penche la tête sur le côté.

— Tu as des plaques rouges ?

Tally replonge sous la couette pour jeter un coup d'œil à son ventre.

— Non, répond-elle en émergeant à nouveau.

— Est-ce que tes bras et tes jambes te font mal ?

Tally fait un signe de dénégation, et sa mère la dévisage pensivement.

— Mmmh. Je sais que tu n'as pas vomi, parce que tu m'aurais appelée, dit-elle en posant le dos de sa main sur le front de Tally. Et tu n'as pas l'air d'avoir de température.

Elle se lève.

— Ouf ! Tu n'as pas la dengue. Maintenant, tu veux mettre ton uniforme avant le petit déjeuner, ou après ?

Tally réfléchit une seconde.

— Ni l'un ni l'autre.

Maman opine.

— D'accord. Mais juste au cas où, le chien de Mme Jessop est en bas dans la buanderie. Si tu t'habilles maintenant, tu auras peut-être le temps de lui faire un coucou avant de partir au collège.

Elle se détourne et sort sans même attendre de voir ce que Tally choisira.

Tally repousse la couette et enfile son uniforme le plus vite possible. Puis elle court à la salle de bains et s'asperge le visage avec un tout petit peu d'eau parce que maman dit qu'elle doit faire un effort maintenant qu'elle est en sixième. Sa brosse à cheveux est toujours au même endroit sur l'étagère ; Tally n'y a presque pas touché depuis le jour où sa mère la lui a achetée. Elle la déteste plus que n'importe quel autre objet au monde. Le contact des picots sur sa tête lui donne l'impression que quelqu'un lui plante un millier d'aiguilles dans le crâne, et dans les rares occasions où maman insiste pour qu'elle se coiffe, ses larmes se mettent à couler dès le premier coup de brosse.

Tally ne voit aucune bonne raison de s'infliger ce genre de souffrance. Elle a entendu Nell se plaindre à maman parce que sa sœur ressemble à un épouvantail et que c'était gênant d'arriver au collège avec elle et son « nid d'oiseau » sur la tête. Mais Nell n'est pas toujours très gentille et, de toute façon, qui se soucie des cheveux des autres ? Pas elle, déjà.

Après s'être séché les mains avec une serviette, Tally se précipite hors de la salle de bains et dans l'escalier. Maman est en train de beurrer du pain grillé dans la cuisine ; l'odeur fait saliver Tally. Elle s'assoit.

— Tu veux du miel ou du beurre de cacahuètes ? lui demande maman.

Elle réfléchit un instant. Elle aime bien le beurre de cacahuètes, mais sa mère a acheté une marque différente la semaine dernière, ce qui lui a donné mal au cœur et l'a poussée à jeter le bocal contre le mur. En regardant bien, elle distingue encore quelques taches sur la peinture blanche. Le bocal que tient maman est de la bonne marque, mais Tally se méfie à présent. Il y a de grandes chances qu'elle en soit dégoûtée à jamais.

— Du miel, s'il te plaît, répond-elle en levant les yeux vers sa mère. Je peux voir le chien ?

Maman lui sourit.

— Dès que tu auras fini ton petit déjeuner.

Elle pose la nourriture sur la table, et Tally tend la main vers l'assiette avant de se raviser.

— Je veux le voir maintenant, dit-elle tout bas.

Elle préfèrerait obéir, mais elle n'a pas le choix. Pas vraiment. Maman a dit qu'elle pourrait voir Rupert si elle s'habillait, et elle l'a fait. Ce n'est pas juste que les règles changent en cours de route.

— Une fois que tu auras mangé tes tartines, répond sa mère.

Elle se détourne, indiquant que la discussion est close.

— Je. Veux. Voir. Le. Chien. Maintenant, crache Tally, chaque mot un peu plus fort que le précédent. Tu dois m'écouter.

— Je parie que je peux finir de préparer vos déjeuners avant que tu aies tout mangé, lance gaiement sa mère.

Et l'espace d'une seconde, Tally envisage de laisser tomber parce qu'elle est fatiguée. Puis Nell entre d'un pas lourd, et le moment passe.

— Tu as vu ma tenue de sport ? demande Nell à leur mère. Je l'ai mise dans le panier à linge hier soir.

— Je veux voir le chien, chuchote Tally.

— Donc, tu as regardé dans le panier à linge ? suggère maman, en coupant du fromage qu'elle pose sur une tranche de pain. Puisque c'est le dernier endroit où tu l'as vue.

Nell grogne.

— Maman, j'en ai besoin aujourd'hui ! Ne me dis pas que tu n'as pas fait la lessive hier soir ?

— Je vais voir le chien maintenant, et tu ne peux pas m'en empêcher.

Tally repousse sa chaise et commence à se lever, mais sa mère l'arrête.

— Ça suffit, vous deux.

Elle ne crie pas, mais sa voix est dure. Tally se laisse retomber sur sa chaise. Son estomac se met à gargouiller.

Maman coupe le sandwich en diagonale avant de lever les yeux vers ses filles.

— Tally, tu pourras voir le chien quand tu auras mangé tes tartines. C'est la règle. Et Nell, oui, c'est exactement ce que je te dis. Entre le tableau que je dois terminer, les courses que j'ai dû faire, le dîner que j'ai dû préparer pour tout le monde et les devoirs qu'il a fallu vous aider à faire, je n'ai pas pensé à vérifier le contenu du panier à linge.

Elle s'interrompt pour reprendre son souffle.

— Et vu qu'à quatorze ans, tu es bien assez grande pour utiliser un lave-linge, je pensais que tu aurais fait ta lessive toi-même.

Nell rougit.

— Désolée, murmure-t-elle. Je ne voulais pas abuser. C'est juste que j'en ai vraiment besoin.

Maman enveloppe le sandwich et le met dans la boîte à repas de Tally.

— Tu es pardonnée, dit-elle à Nell. Mais tout à l'heure quand tu rentreras, je te montrerai comment te servir du lave-linge.

Nell acquiesce, traverse la cuisine et étreint rapidement sa mère.

— Pardon. Je me rends compte que tu fais tout pour nous et que ce n'est pas facile.

Tally se balance en arrière, et les deux pieds avant de sa chaise décollent du sol. Elle regarde maman préparer le sandwich de Nell en lui disant de récupérer sa tenue de sport et de la pulvériser de déodorant pour masquer les odeurs de transpiration, ce qui les fait rire toutes les deux.

C'est tellement facile pour Nell ! Elle fait une bêtise, elle s'excuse et tout est oublié. Tally peut demander pardon, mais parfois, ça ne lui paraît pas suffisant, alors elle tente de *montrer* qu'elle est désolée plutôt que de se contenter de le dire.

La tartine refroidit dans son assiette. Elle n'est plus très appétissante. Mais c'est maman qui l'a préparée, et elle sera triste et contrariée si Tally ne la mange pas. Alors, une minuscule bouchée après l'autre, elle se force à l'avaler. Chaque bouchée atterrit lourdement dans son estomac en ébullition, qui la fait tourner comme le lave-linge aurait dû faire tourner la tenue de sport de Nell. Pourtant, Tally continue à manger.

— Ça ne t'aurait pas tuée de t'excuser, toi aussi, siffle Nell en s'asseyant à table.

Tally fixe le miel qui se solidifie sur le pain grillé en essayant de réprimer un haut-le-cœur. Elle est en train de s'excuser. Ce n'est pas sa faute si Nell est incapable de le voir.

Enfin, le petit déjeuner est fini et la table débarrassée.

— Maintenant, tu peux aller dire bonjour à Rupert. Il est dans la buanderie, et j'ai ressorti du garage ta vieille barrière d'escalier, pour qu'il ne puisse pas te sauter dessus. Tâche juste de ne pas trop t'approcher de lui : il a des réactions très imprévisibles.

La buanderie est à côté de la cuisine. Elle a une deuxième porte qui donne sur le jardin. En approchant, Nell et Tally entendent des halètements, puis un cliquetis de griffes tandis que Rupert s'avance à leur rencontre.

— Coucou, Rupert, murmure Tally en se penchant vers la barrière. Tu as bien dormi cette nuit ?

— Ne le touche pas, prévient Nell, qui est restée en arrière. Souviens-toi de ce qu'a dit maman.

— Je parie que c'était bizarre de dormir chez nous, pas vrai ? continue Tally en ignorant sa sœur. Une fois, je devais passer la nuit chez mon amie Layla, mais j'ai changé d'avis parce que je préfère dormir dans mon lit. Il a la bonne odeur.

— En parlant d'odeur, ce chien pue ! se plaint Nell en agitant la main sous son nez. Je voudrais bien savoir pourquoi on se retrouve avec un chien à trois pattes dégoûtant. Les parents de Rosa ont adopté un petit épagneul, et il est trop mignon. Pas comme cette affreuse bestiole.

— Fais comme moi : ne l'écoute pas, dit Tally à Rupert.

Elle pose une main sur le bord de la barrière et se penche par-dessus.

— Je parie que tu n'aimes pas être emprisonné, pas vrai ? Je parie que tu voudrais courir en liberté.

— Tally ! Surtout, ne... commence Nell.

Mais avant qu'elle puisse finir, Rupert bondit sur la barrière. Nell tire sa sœur en arrière tandis que le chien se cogne la tête sur les barreaux et grogne férocement.

— Maman !

Des pas précipités résonnent derrière elles.

— Reculez, les filles. Mais enfin, qu'est-ce qui s'est passé ?

— Cet horrible chien a tenté de nous attaquer ! s'écrie Nell sans lâcher Tally. Regarde ! Il essaie de sortir pour nous mordre !

Maman marmonne un gros mot et les pousse hors de la buanderie.

— Ça va ? Il ne vous a pas fait de mal ? demande-t-elle en examinant ses deux filles.

Tally secoue la tête et ouvre la bouche pour répondre, mais Nell la prend de vitesse.

— Je sentais son haleine brûlante et fétide sur mon bras, dit-elle en frissonnant. Je te jure qu'il a la rage. Je suis presque sûre d'avoir vu de l'écume sur ses babines.

Maman fronce les sourcils.

— Je ne pense pas qu'il ait la rage, Nell. Mais je ne veux pas d'un chien dangereux à la maison. Allez à l'école ; moi, je vais appeler papa. C'est lui qui a eu l'idée brillante d'amener Rupert ici, donc, c'est à lui de nous en débarrasser.

Chapitre 11

Dehors, il fait froid. Nell marche devant comme d'habitude, pianotant sur son téléphone tandis que Tally traîne derrière et regrette de ne pas avoir mis ses gants. Perturbée par l'incident avec le chien, maman ne lui a pas laissé le temps de se préparer correctement avant de la pousser dehors avec sa sœur en marmonnant qu'elle avait déjà une journée assez chargée sans devoir gérer des hommes problématiques, des chiens problématiques et des enfants problématiques. Tally ne sait pas trop ce que Nell a fait ce matin, mais elle a dû faire quelque chose. Rien d'étonnant : elle a de plus en plus de sautes d'humeur depuis quelque temps. Sans doute parce que c'est une ado.

Nell attend sa sœur au passage piétons.

— Tu pourrais marcher encore plus lentement ? lance-t-elle. Je suis presque sûre d'avoir vu un escargot te doubler.

Le petit bonhomme vert se met à clignoter, et Nell traverse. Tally s'élance à sa suite, mais une fois en sécurité sur le trottoir d'en face, elle s'arrête.

— Je devrais y arriver, dit-elle en soulevant un pied comme pour faire du moonwalk.

Elle commence à basculer vers l'avant, mais garde le pied en l'air aussi longtemps que possible.

— Je pourrais sans doute gagner une course au ralenti. Tu sais que ça existe ? Le vainqueur est la dernière personne qui atteint la ligne d'arrivée. Mais tu ne peux pas t'arrêter sur le parcours ; tu dois avancer tout du long.

Elle pose son pied et lève l'autre très lentement.

— Je suis sûre que je pourrais battre un escargot dans une course au ralenti, tu ne crois pas, Nell ? Viens, on en cherche un pour que je te montre.

Sa sœur pousse un grognement.

— Je suis sérieuse, Tally. Si on arrive en retard pour l'appel, on aura des ennuis. Tu ne veux pas être collée, pas vrai ?

Cette fois, elle parvient à retenir l'attention de Tally. Terrorisée à l'idée d'une retenue, celle-ci secoue la tête et pose rapidement son pied par terre.

— On y va. Il nous reste combien de temps ?

Nell consulte son téléphone.

— Huit minutes. Il va falloir courir.

Tally ajuste les bretelles de son sac à dos.

— D'accord. Mais pas trop vite. Tu sais que je suis mauvaise en course.

Nell acquiesce et s'élance, ses longues jambes avalant le bitume. Tally prend une grande inspiration et secoue ses bras. Mais au moment où elle va imiter sa sœur, elle baisse les yeux vers le sol.

— Stop !

Elle a crié si fort que Nell s'arrête net et fait volte-face.

— Quoi ? demande-t-elle en rebroussant chemin à petites foulées.

Tally s'est figée, un pied en l'air.

— Pourquoi tu ne bouges pas ?

Tally tend un doigt, et Nell éclate d'un rire incrédule.

— Tu te moques de moi ?

Tally fronce les sourcils.

— Non. Il n'y a pas de quoi rire. Regarde. C'est le ver de terre. Il est revenu, et j'ai failli l'écraser.

— Si seulement tu l'avais fait, aboie Nell avec une expression orageuse. Comme ça, il arrêterait de nous embêter.

Tally la dévisage.

— Comment tu peux être aussi méchante ? D'abord, tu as dit des horreurs sur ce pauvre Rupert, et maman veut le renvoyer alors qu'il n'a rien fait de mal. Et maintenant, tu te fiches que ce pauvre petit ver innocent se fasse tuer !

— C'est un ver de terre ! hurle Nell. Pourquoi je me soucierais de lui ? C'est juste un affreux ver de terre.

— Affreux ver de terre toi-même ! crie Tally de toutes ses forces. Je te déteste !

Le visage de Nell se crispe.

— Et c'est reparti pour un tour. Tu n'as pas ce que tu veux, donc, tu fais un caprice. Tu sais quoi ? J'en ai assez.

Nell vient d'utiliser un mot interdit. Tally ne fait pas de caprices. Les caprices, c'est un truc d'enfants gâtés qui cherchent à manipuler leur entourage. Une réaction volontaire. Mais jamais Tally ne choisirait d'avoir peur et d'être anxieuse au point de ne plus contrôler ce qu'elle dit ou fait. Ce n'est pas comme si cette situation était agréable pour elle. C'est tout le contraire, et Nell devrait le savoir.

Sa sœur fait un pas vers elle et lui crache au visage :

— J'en ai assez qu'on te laisse toujours faire tout ce que tu veux, quand tu veux, comme tu veux. On marche tous sur des œufs autour de toi ; on a toujours peur de te contrarier et que tu fasses une crise parce que, apparemment, tu es différente, les choses sont difficiles pour toi, et on doit tous se montrer compréhensifs quand tu dis des choses blessantes, que tu pètes les plombs pendant un repas ou que tu gâches une fois de plus une sortie en famille.

Tally recule. Elle n'aime pas sentir le souffle de Nell sur sa peau. Son haleine a une odeur de Weetabix ; elle n'a pas dû se brosser les dents après le petit déjeuner. C'est à cause de ce genre d'infraction aux règles que maman trouve qu'elle a des *enfants problématiques*. Nell le regrettera la prochaine fois qu'elles iront chez le dentiste et qu'elle devra se faire arracher toutes les dents – une des plus grandes peurs de Tally, et l'unique raison pour laquelle elle consent à introduire dans sa bouche une horrible brosse hérissée de poils.

Elle se met à fredonner pour bloquer les paroles hostiles de sa sœur, parce que si elle les laisse entrer, il faudra qu'elles ressortent, et ça ne se passera pas bien. Tally ne peut pas risquer de perdre le contrôle dans la rue, où n'importe qui pourrait la voir.

— Tu crois que juste parce que tu es différente, tu peux tout te permettre, poursuit Nell sur sa lancée. Eh bien, j'ai une nouvelle pour toi, petite sœur : c'est fini. Papa et maman pourront me punir autant qu'ils voudront. J'en ai assez de te servir de baby-sitter. Tu n'es pas la seule personne importante dans cette famille, d'accord ? Alors, arrête de te regarder le nombril et de compliquer la vie de tout le monde.

Une voiture passe en trombe ; le caoutchouc de ses pneus crisse sur la chaussée. Plus loin, une maman pousse une poussette vers le parc, et Tally entend son bébé pleurer. Peut-être que ça ne lui plaît pas d'être attaché dans son siège. Peut-être qu'il n'a pas envie d'aller se promener, mais que personne ne lui a posé la question parce que c'est juste un bébé et que tout le monde se fiche de l'avis des bébés.

— Maintenant, je vais à l'école, achève Nell. Tu peux m'accompagner, ou tu peux rester ici et prendre une heure de colle.

Tally comprend comment fonctionnent les choix, et celui-ci n'est pas juste. Si elle accompagne Nell, le ver de terre mourra. Si elle le sauve, elle sera en retard au collège. Quand sa mère lui demande de choisir, il y a toujours une option meilleure que l'autre. Mais les choix que lui donne Nell sont déplaisants tous les deux. Ça ne va pas du tout.

— Je ne veux pas avoir d'ennuis, chuchote-t-elle.

Nell acquiesce.

— Bien. Si on court très vite, on arrivera peut-être à temps. Viens.

Tally baisse les yeux vers le sol et se mord la lèvre.

— Mais se faire écraser, ça doit être horrible.

— Je compte jusqu'à trois et j'y vais, menace Nell en la foudroyant du regard. Un.

Tally se dandine d'un pied sur l'autre.

— Deux.

Il y a une fissure dans le bitume qu'elle n'avait pas remarquée. Si le ver de terre tombe dedans, il n'arrivera jamais à en ressortir. Sa famille lui manquera, et il sera triste. Sauf peut-être s'il a une méchante grande sœur qui se fiche de tout.

— Deux et demi.

La voix de Nell est dure comme de la pierre, avec une pointe d'inquiétude sur le dessus.

— Je suis sérieuse, Tally. Je vais te laisser seule, et tu sais comme tu as peur quand il n'y a personne pour veiller sur toi.

C'est vrai. Tally déteste être seule dehors. Il y a beaucoup trop de dangers. Les voitures qui roulent vite, les inconnus effrayants... Et si quelqu'un lâchait une bombe sur elle ? Et si le vent déracinait un arbre et le faisait tomber sur sa tête ? C'est arrivé la semaine dernière pendant une tempête. Elle l'a entendu aux informations. Quelqu'un est sorti pour promener son chien ; une grosse branche lui est tombée dessus, et il a dû être transporté à l'hôpital en hélicoptère. Mais au moins, le chien n'a rien eu, Dieu merci.

— Deux trois quarts, aboie Nell. Dernière chance. C'est moi ou ce stupide ver de terre.

Tally s'accroupit pour regarder le ver. Il a l'air gentil. Pas du tout comme un ver qui aurait déjà fait du mal à quelqu'un dans sa vie. Et oui, il n'est pas très intelligent de continuer à s'avancer sur le trottoir où il peut lui arriver n'importe quoi, mais parfois, c'est dur de se souvenir comment on est censé se comporter, et on est obligé de faire ce qui nous passe par la tête.

Et puis, Nell lui a demandé de choisir entre elle et le ver, et ça, c'est facile. Le ver ne vient pas de lui débiter un torrent d'horreurs.

— Trois. Je m'en vais.

Nell se détourne et commence à s'éloigner.

— Et ne va surtout pas raconter ça aux parents, parce qu'ils diraient que c'est ma faute.

— Mais *c'est* ta faute, murmure Tally tandis que Nell s'élance en direction du collège. Tu es une personne détestable. Si je me fais écraser ou que j'explose, ce sera à cause de toi.

Le cœur battant la chamade, elle ramasse le ver et le met en sécurité sur la pelouse voisine

— S'il te plaît, reste ici, lui dit-elle en le posant par terre. Je sais que c'est dur, mais il faut suivre les règles, d'accord ? Ne rampe plus sur le trottoir. Je ne veux plus te voir, c'est bien compris ?

Puis, même si elle déteste courir et qu'elle se cherche habituellement mille excuses pour ne pas faire d'exercice, elle s'élance à toutes jambes, bien décidée à atteindre le collège avant la sonnerie.

Chapitre 12

Tally regarde les nuages filer à travers le ciel. C'est le seul avantage de son cours de maths : elle est assise juste à côté de la fenêtre, et elle peut passer toute l'heure à s'imaginer dehors en train de sentir le vent sur son visage, plutôt que coincée à l'intérieur où il fait trop chaud et où ça sent le renfermé.

La cloche sonne, et son corps se raidit. Tally fréquente le collège Kingswood depuis plusieurs semaines déjà, mais elle doute de s'habituer un jour à ce son strident, et bien qu'elle tente de s'y préparer chaque fois, il la fait toujours sursauter.

— Gogole a peur de la sonnerie ! Regardez, elle a failli se pisser dessus !

La voix de Luke parvient à Tally depuis la rangée de derrière, et elle entend les autres élèves ricaner autour de lui. Elle ne se retourne pas, mais ses joues virent à l'écarlate. Il fait ça à chaque cours qu'ils ont ensemble, et elle a l'impression qu'il parle de plus en plus fort.

— N'oubliez pas de me laisser vos devoirs en partant, lance Mlle Sheridan. Sinon, vous serez collés pendant la pause déjeuner. Vous connaissez les règles.

Tally plonge la main dans son sac à dos et en sort la feuille de questions distribuée la semaine dernière. Elle l'a remplie hier soir, même si elle ne voulait pas le faire et que maman a dû rester assise avec elle pendant une éternité pour l'inciter à prendre son stylo. C'est la faute de sa mère si ça a tant traîné. Si elle n'avait pas insisté pour que Tally finisse ses devoirs avant le dîner, ça n'aurait pas été un problème. Maman devait être fatiguée, parce qu'en temps normal, elle ne commet pas d'erreurs aussi bêtes.

Il y a du monde dans le couloir. Tally consulte son emploi du temps et voit qu'elle a EPS en prochaine heure. Elle sait se rendre au gymnase toute seule, ce qui est une bonne chose parce qu'après le commentaire humiliant de Luke, elle n'a aucune envie de devoir suivre des élèves de son cours de maths.

Tout le monde semble aller en sens inverse de Tally. Elle se plaque contre le mur pour laisser passer les autres collégiens. Ils lui font penser à un banc de poissons qui suivent leur chef sans se demander où ils vont exactement, ni ce qu'ils feront une fois arrivés.

Un groupe de filles passe devant Tally en gloussant et en criant. Tout a l'air si facile pour elles ! Peut-être que la vie est simple quand on ressemble à tous les autres. Peut-être qu'on n'est pas obligé de tout planifier à l'avance, de décider ce qu'on pourrait répondre à une centaine de questions différentes, ou se demander à quoi ressemble son visage quand on se sent excité, surpris ou apeuré.

Peut-être qu'on n'a jamais peur.

La foule commence à s'éclaircir, et Tally aperçoit Layla plus loin dans le couloir. Elle lève la main pour l'appeler, mais la baisse très vite et se plaque contre les casiers comme si elle pouvait disparaître. Layla est en grande conversation avec une autre fille, qui est aussi dans leur cours d'EPS, mais que Tally ne connaît pas.

Elles passent sans la voir, et Tally s'écarte des casiers pour les suivre. Elle n'entend pas ce que les deux filles se disent, mais le rire de Layla flotte jusqu'à elle dans le couloir. Tally serre les dents et tente de se concentrer sur les affiches accrochées au mur, pourtant elle ne peut pas arrêter le flot de pensées qui s'engouffre dans sa tête.

Layla a une nouvelle amie. Elle l'aime peut-être plus que Tally, et quoi de plus normal ? Personne ne doit appeler l'autre fille « la gogole ». Tally devine ce qui va se passer ; elle le voit comme un film dans sa tête. Layla et l'autre vont se mettre à passer de plus en plus de temps ensemble. Au début, Layla tentera d'inclure Tally et de dire qu'elles peuvent faire des choses toutes ensemble avec Lucy et Ayesha. Mais ce sera un mensonge, parce qu'en réalité, Layla et la fille se verront juste toutes les deux, et la fille deviendra sa meilleure amie, et Tally sera mise à l'écart parce que cinq est un chiffre impair et que ça ne peut pas fonctionner comme ça – tout le monde le sait.

Si Layla ne veut plus être sa meilleure amie, alors Tally non plus ne veut plus rien avoir à faire avec elle. Pas question qu'elle la supplie. Pas alors que Layla est une traîtresse et qu'elle se fiche de Tally. Pas alors qu'elle préfère traîner avec une fille qui, comme un coucou, n'attend qu'une occasion de pousser Tally hors du nid de leur amitié pour prendre sa place.

— Tally, tu es là ! Je te cherchais.

Layla s'est arrêtée à l'entrée des vestiaires et a tourné la tête vers elle avec un grand sourire.

— On va faire du hockey aujourd'hui. J'ai hâte !

L'autre fille a disparu à l'intérieur sans un mot. Tally dévisage Layla avec méfiance.

— Si on doit se mettre par deux, tu te mettras avec moi ?

Layla rit.

— Évidemment. On se met toujours ensemble, non ?

— C'était qui, la fille à qui tu parlais ?

Tally entend combien sa voix est dure, et elle ne veut pas être méchante avec Layla, mais elle doit savoir.

Son amie semble perplexe. Avant qu'elle puisse répondre, des pas résonnent dans le couloir, et Mlle Perkins apparaît au coin.

— Les filles ! Ce n'est pas le moment de bavarder ! Entrez et mettez-vous en tenue ! Allez, vite !

De tous les profs de l'académie Kingswood, c'est Mlle Perkins qui fait le plus peur à Tally. Elle est jeune, branchée, et adore les élèves sportifs. Pour elle, si vous êtes capable de taper dans un ballon de foot ou que vous courez très vite, peu importe que vous soyez la personne la plus horrible du monde. Du coup, elle n'apprécie pas du tout Tally. Elle semble croire que les gens mauvais en sport ne valent pas la peine d'être connus. Si on la mettait dans une pièce avec Albert Einstein, Michel-Ange, Mozart ou même Taylor Swift et qu'ils n'arrivaient pas à mettre un panier au basket, elle les regarderait d'un air dégoûté et dirait probablement qu'ils ne valent rien. Puis elle les forcerait à s'asseoir sur le banc de touche avec les élèves empotés et leur ferait démêler les cordes à sauter pendant que les élèves populaires joueraient.

Les vestiaires des filles sont l'un des endroits que Tally déteste le plus au monde, mais si elle ne veut pas être collée, elle n'a pas le choix : elle doit faire ce que sa prof lui a dit. Prenant une grande inspiration pour remplir ses poumons d'air qui ne pue pas, elle se dérobe au regard dur de Mlle Perkins et suit Layla à l'intérieur.

Les autres filles se massent sur les bords de la pièce, plus ou moins déshabillées comme si elles se fichaient qu'on les voie en sous-vêtements. Leurs sacs ouverts gisent sur le sol. Quand Tally est forcée de relâcher l'air propre de ses poumons et d'inspirer de nouveau, elle est assaillie par une odeur douceâtre d'humidité et de moisissure. La lumière est trop vive, le plancher trop crasseux, et il y a trop de bruit.

Trop de tout pour elle.

Layla la pousse vers un coin de la pièce, où il y a juste assez de place pour qu'elles s'assoient serrées l'une contre l'autre entre deux de leurs camarades. Tally se rembrunit en voyant que celle de gauche est la fille à qui Layla parlait tout à l'heure. Elle a déjà ôté son uniforme, et quand elle se penche pour attraper son sac, sa jambe effleure le bras de Tally. Celle-ci frémit, espérant que l'autre ne s'en apercevra pas. Elle se sent déjà stressée ; elle n'a pas besoin que quelqu'un la touche quand elle ne s'y attend pas.

— Je n'ai pas de maladie contagieuse, tu sais.

Visiblement, elle n'a pas été assez discrète.

— De quoi tu parles ? lance une fille à l'autre bout de la pièce en les regardant.

— J'ai dit : je n'ai pas de maladie contagieuse, répète la voisine de banc de Tally en haussant la voix. Ma jambe a touché son bras, et elle s'est mise à le frotter comme si j'avais des microbes ou je ne sais quoi.

— Ce n'est pas très poli, convient l'autre fille.

Quand Tally lève les yeux, il lui semble que des centaines de paires d'yeux sont fixées sur elle.

— Oh, c'est elle, lâche quelqu'un. Ne fais pas attention à ce qu'elle raconte, Jasmine. Elle est dans mon cours de maths. Elle passe son temps à dire des trucs bizarres.

— Je n'ai rien dit, bredouille Tally.

Mais les autres filles lèvent les sourcils et se détournent.

— Laisse tomber, chuchote Layla. Elles auront tout oublié d'ici la fin de l'heure.

La porte s'ouvre, et Mlle Perkins entre d'un pas décidé.

— Dépêchez-vous, les filles !

Elle promène un regard à la ronde et plisse les yeux en apercevant Tally, toujours assise sur le banc dans son uniforme.

— À partir d'aujourd'hui, nouvelle règle. Si vous n'êtes pas toutes dehors en tenue dans trois minutes, vous serez toutes collées à l'heure du déjeuner.

La réaction est instantanée.

— Ce n'est pas juste ! proteste une fille. Y en a qui sont prêtes depuis une éternité !

— On ne devrait pas être punies à cause de celles qui lambinent, ajoute une autre. Seulement elles.

Mlle Perkins secoue la tête.

— Une équipe n'est jamais plus efficace que son membre le plus lent. Je vous attends toutes dehors dans trois minutes, et le compte à rebours commence maintenant.

Elle ressort, et une brusque agitation se déclenche dans son sillage.

— Aleksandra, tu peux me passer mes baskets ?

— Quelqu'un a vu mon T-shirt ? Il était là il y a une minute !

— Il nous reste combien de temps ? Dépêchez-vous !

Tally reste assise immobile tandis qu'autour d'elle, les autres jettent leur uniforme par terre et se hâtent d'enfiler leur tenue de sport. Elles expédient leurs mocassins sous les bancs d'un coup de pied renversant ainsi leurs sacs par terre. C'est comme regarder un film en accéléré. Tally appuie sa tête contre le mur et ferme les yeux pour laisser le bruit déferler sur elle en vagues. Elle a l'impression de se noyer.

Pourquoi cette fille l'a accusée de dire des trucs bizarres ? Tally fait toujours attention à ne répéter que ce que les autres ont déjà dit avant elles, et personne ne les insulte, eux.

— Allez, Tally, siffle Layla en se levant pour tirer sur son short. Tu as entendu Mlle Perkins – on doit toutes être dehors à l'heure.

Tally cligne des yeux, et la pièce redevient nette devant elle. La dernière chose dont elle a envie, c'est d'obéir à Mlle Perkins, mais elle sait qu'elle est obligée. Elle ouvre son sac de sport, en sort son short, se lève et l'enfile sous sa jupe. Puis elle retire sa jupe, son pull et sa cravate et commence à déboutonner son chemisier.

La boutonnière du haut n'est pas très large, et ses doigts ont du mal à pousser le bouton à travers le trou. Elle finit par y arriver, mais a perdu de précieuses secondes. Après ça, elle se penche en avant et passe son T-shirt de sport par-dessus sa tête. Certaines filles de sa classe se fichent qu'on les voie se changer. Tally n'en fait pas partie.

— Allez ! s'égosille Jasmine. Il nous reste moins d'une minute !

Tally enfile ses bras dans les manches et lève les yeux. La plupart des filles foncent déjà vers la porte, et celles qui sont encore là la foudroient du regard.

— Si tu nous mets en retard, on sera toutes collées, lance Jasmine en se levant et posant les mains sur ses hanches. Pitié, bouge-toi !

— Ça va aller, intervient Layla, volant à la rescousse de Tally. Regarde, il ne lui reste plus qu'à mettre ses baskets. Allez-y, on vous suit.

Jasmine toise Tally, puis jette un coup d'œil aux autres filles qui restent. Tally sait ce que ça signifie : elles pensent qu'elle va leur attirer des ennuis, que ce sera sa faute si elles écopent d'une retenue.

— J'arrive !

Aussi vite qu'elle peut, Tally enfile une basket puis l'autre avant de se lever d'un bond et de faire une petite pirouette.

— Voilà, je suis prête ! Venez, on va jouer au hockey ! J'ai hâte !

Jasmine la gratifie d'un sourire minuscule, mais un sourire quand même. Peut-être qu'elle n'a pas l'intention de lui voler sa meilleure amie, en fin de compte.

— Allez, on y va !

Layla passe devant Tally et se dirige vers la porte pour suivre les autres.

— Vite ! jette-t-elle par-dessus son épaule. Il ne nous reste que vingt secondes !

Tally fait un pas en avant et se fige. Il y a quelque chose dans sa chaussure. Elle ne peut pas marcher avec ce truc planté dans son pied.

— Tally ! crie Layla depuis le couloir. Plus que dix secondes !

Elle fait un autre pas. Elle a horriblement mal.

— Dépêche-toi, la presse Layla, frustrée, peut-être même un peu irritée.

Le cœur de Tally accélère.

Encore un pas. Et un autre. Il lui semble que son corps est en feu. Quelque chose s'est planté dans la délicate plante de son pied – une aiguille, une punaise ou une écharde très pointue. Elle voudrait pleurer, mais elle n'a pas le temps de laisser couler ses larmes et de les essuyer, alors, elles vont devoir rester à l'intérieur de ses yeux, là où elles l'empêchent de voir clairement.

— Je ne veux pas que tout le monde soit puni à cause de moi, chuchote-t-elle en vacillant sur le carrelage. Je ne veux pas.

Elle pousse la porte, et la lumière du jour lui poignarde les yeux. Devant elle, les autres filles sont en train de former deux équipes. Occupée à distribuer les crosses, Mlle Perkins ne remarque pas que Tally a quelques secondes de retard.

— Par ici, siffle Layla en agitant la main. Mets-toi derrière moi.

— On va commencer par deux tours de terrain avec la crosse, crie Mlle Perkins. Si l'une de vous ne finit pas en moins de huit minutes, elle passera l'heure du déjeuner à nettoyer le placard des équipements.

Tally a vu l'intérieur de ce placard, et c'est un énorme bazar. Elle se souvient encore de ce que M. Kennedy leur a dit le jour de la rentrée, à propos d'un élève de sixième qui était resté perdu là-dedans pendant une heure entière. Elle n'est pas stupide : elle sait qu'il plaisantait. Pourtant, elle n'a pas réussi à l'oublier. Certaines nuits, le placard à équipements hante ses rêves.

Mlle Perkins siffle, et les filles de devant s'élancent. Tally s'avance lentement, prend la crosse que la prof lui tend et se met à courir elle aussi. Chaque pas est une torture. La douleur de son pied ne fait qu'empirer, oblitérant tout le reste.

Pourtant, elle ne s'arrête pas et ne pleure pas une seule fois. Parce que les filles étaient contentes qu'elle se soit changée dans les temps, et que ça leur a fait oublier sa bizarrerie. Elle doit continuer à courir, comme les autres, parce que les gens aiment quand vous vous comportez comme eux.

Même si ça vous fait plus mal que des mots ne pourraient l'exprimer.

Chapitre 13

Quand Tally et Nell arrivent à la maison, maman est en train d'engueuler papa. Après leur dispute du matin, Tally ne savait pas si Nell l'attendrait à la fin des cours, mais visiblement, sa sœur a oublié le ver de terre et sa propre colère, parce qu'elle ne les a pas mentionnés sur le chemin du retour. Tally, elle, y pense encore.

— Je ne suis pas du tout contente ! crie maman lorsqu'elles poussent la porte. Il doit bien y avoir quelqu'un d'autre qui peut le garder pendant qu'elle est à l'hôpital !

Papa sort dans le couloir, l'air las.

— Non, il n'y a personne, lance-t-il par-dessus son épaule. Coucou, les filles. Vous avez passé une bonne journée ?

Nell grogne quelque chose d'incompréhensible et pend son manteau avant de se diriger vers la cuisine. Tally reste immobile et fixe son père. C'est quoi, cette question ?

— Si j'ai passé une bonne journée ? répète-t-elle en laissant tomber son sac à dos par terre. Comment tu peux me demander ça, sachant que j'ai dû aller à l'école ?

Papa lui sourit gentiment.

— C'est possible de passer une bonne journée à l'école, déclare-t-il. Je sais de source sûre que ça arrive de temps en temps.

Tally ferme brièvement les yeux. Quand elle les rouvre, ils flamboient de fureur.

— Tu ne sais rien du tout ! aboie-t-elle. Tu n'as aucune idée de comment c'est pour moi, et tu t'en fiches ! Tu veux juste faire des blagues idiotes et prétendre que tout va bien alors que ça n'est pas vrai !

— Hé, hé ! Qu'est-ce qui se passe ? demande maman, qui les rejoint en s'essuyant les mains sur un chiffon. C'est quoi, le problème ?

Elle a de la peinture sur le nez. En temps normal, ça ferait rire Tally, mais elle n'a plus de joie en elle. Pas aujourd'hui, après tout ce qui lui est arrivé.

Elle désigne son père.

— C'est lui, le problème.

Papa émet un bruit de gorge.

— Une minute. Tout ce que j'ai fait, c'est te demander si tu avais passé une bonne journée. Je ne pense pas que...

— Tu ne sais même pas ce qui m'est arrivé aujourd'hui ! glapit Tally en ôtant ses chaussures et se jetant par terre.

— Et voilà, encore un caprice, marmonne papa.

Il l'a dit tout bas, mais Tally l'a quand même entendu, comme elle entend toujours tout ce que les gens disent sur elle parce qu'elle a des oreilles et qu'elle n'est pas sourde.

— Je ne fais pas de caprice, tu es méchant de dire ça ! Pourquoi tu ne veux pas me comprendre ? Je ne suis plus un bébé, tu devrais le savoir depuis le temps ! hurle-t-elle.

Et pendant que j'y suis, je ne faisais pas de caprice ce matin non plus ! J'essayais juste de sauver un ver de terre, et Nell, ta fille que je déteste, se fichait complètement de lui, et elle est partie en me laissant toute seule !

Le visage de maman se durcit.

— Nell t'a laissée seule ? Je m'occuperai d'elle dans une minute. C'est pour ça que tu es perturbée, ou il y a autre chose ?

— Des tas d'autres choses ! s'époumone Tally. Et je ne suis pas perturbée : j'ai *mal*. Ce n'est pas la même chose, mais personne ne s'en rend compte. Quand Nell a mal quelque part, les gens la plaignent ! Elle a le droit de s'allonger sur le canapé avec un plaid, et vous vous occupez d'elle ! Mais moi, quand j'ai mal, tout le monde dit « Oh, c'est juste Tally qui fait un CAPRICE parce qu'elle est un peu perturbée », alors que c'est faux.

Elle s'interrompt pour prendre une grande inspiration.

— J'ai MAL.

— Et nous voulons t'aider, dit papa en s'adossant au mur. Mais il faut que tu arrêtes de crier comme ça.

L'inquiétude submerge Tally. Il lui dit ce qu'elle doit faire, donc elle ne peut pas le faire, ce qui signifie qu'elle risque de crier toute la soirée.

— Je ne suis pas obligée ! hurle-t-elle en ramassant une de ses chaussures et en la jetant à travers le vestibule. Je peux dire ce que je veux, même si vous me trouvez tous *bizarre*, parce que j'ai une voix et que j'ai le droit de m'en servir !

Papa semble perplexe.

— Personne n'a dit que tu étais bizarre ou que tu n'avais pas le droit de te servir de ta voix. À ce stade, nous sommes tous douloureusement conscients que tu n'es pas muette. Même les gens de la rue d'à côté ont dû se rendre compte que ta voix fonctionne parfaitement bien.

Maman le regarde en secouant la tête et s'accroupit près de Tally.

— Je suis désolée que tu aies mal. Apparemment, tu as eu une journée difficile. Tu veux t'allonger sur le canapé avec un plaid ?

Tally remonte ses genoux sous son menton et entoure ses jambes de ses bras.

— Non.

Maman fait une autre tentative.

— Un chocolat chaud et un biscuit, alors ?

Tally fait un signe de dénégation.

— Fiche-lui la paix, c'est tout, murmure papa. Tu te souviens de ce que la docteure nous a dit ? Que parfois, Tally avait juste besoin qu'on la laisse respirer.

Maman hésite puis se lève.

— D'accord. Je vais ranger mon matériel de peinture dans la cuisine. Je me suis vraiment étalée partout. Ma chérie, si tu me cherches, tu sais où me trouver.

Tally enfouit son nez entre ses genoux et attend jusqu'à ce qu'elle entende la porte de la cuisine se refermer. Alors, elle monte dans sa chambre sur la pointe des pieds. Son masque de tigre est pendu au pied de son lit. Elle l'enfile et inhale son odeur familière.

Puis elle va se planter devant le miroir pour admirer la créature puissante qui lui fait face. La Fille Tigre courageuse et magnifique qui n'a jamais mal, qui ne sent pas la douleur et qui se fiche de ce que les autres pensent d'elle. Si seulement elle pouvait être cette fille tout le temps, personne ne lui dirait jamais de choses blessantes, et les gens n'échangeraient pas devant elle ce regard qu'elle connaît si bien. Ce regard qui signifie qu'elle a encore fait quelque chose de travers, même si elle ignore ce que c'est ou comment ne pas recommencer la prochaine fois.

Elle fixe son reflet jusqu'à ce que la Fille Tigre devienne floue. Alors, elle redescend et longe le couloir jusqu'à la buanderie. Rupert est allongé derrière la barrière d'escalier. Il porte une muselière qu'il n'avait pas ce matin.

— N'aie pas peur, chuchote Tally. Tu me vois ?

Quand elle était plus jeune, elle posait cette question tout le temps. Chaque fois qu'elle mettait son masque. Et elle ne savait jamais quelle réponse elle espérait. S'il valait mieux qu'on la voie ou pas. S'il valait mieux être la Fille Tigre ou Tally.

Rupert la regarde par-dessus sa muselière. Puis il se lève lentement, en gardant ses distances avec le tigre qui emplit l'ouverture de la porte. Tous deux se dévisagent un moment, chacun caché derrière son masque.

— Il va devoir rester encore un peu, lance papa en surgissant derrière Tally. Donc, on lui a acheté une muselière pour l'empêcher de mordre. Maman n'est pas très contente, comme tu as pu le voir.

— Il n'est pas dangereux, souffle Tally en posant ses mains sur le haut de la barrière.

— Non, acquiesce papa. Mais il reste imprévisible, donc, ne rentre pas là-dedans, d'accord ? Tu veux un chocolat chaud maintenant ?

Tally hoche la tête. Elle n'a pas envie de boire, mais elle doit avoir une conversation importante avec Rupert, et elle ne veut pas que papa l'entende.

— Aujourd'hui, mon pied m'a fait vraiment mal, dit-elle alors que son père disparaît dans la cuisine. Et tout le monde s'en fichait. Mais toi, tu comprends, pas vrai ? Parce que tu as perdu une patte et que ça a dû être très douloureux.

Ses yeux la piquent. Elle crispe son visage parce que les tigres ne pleurent pas, pas même quand ils pensent que c'est terrible d'avoir perdu une patte et que ça doit rendre Rupert très triste.

— Les gens croient que tu es en colère et dangereux, poursuit-elle tout bas. Mais ils se trompent. Moi, je sais. Tu as peur, c'est tout – pas vrai ?

Rupert s'avance d'un air hésitant en sautillant sur son unique patte arrière.

— Tu vas devoir porter cette muselière un petit moment, l'informe Tally. J'espère que ce n'est pas trop gênant. Mais je leur prouverai que tu n'es pas un mauvais chien. C'est promis.

Un grondement sourd monte de la poitrine de Rupert. Sous son masque de tigre, Tally sourit et cligne des yeux pour chasser ses larmes. Ils vont parfaitement se comprendre, tous les deux.

Date : mardi 30 septembre
Situation : un cours d'EPS affreux, puis une crise à la maison
Taux d'anxiété : 9

Cher journal,

Je suis censée être au lit, mais je sais que je n'arriverai pas à dormir tout de suite. Pas avec tout ce qui s'agite à l'intérieur de ma tête.

J'ai encore passé une journée épouvantable. C'était déjà assez dur d'avoir une punaise dans ma chaussure (en fait, j'ai découvert plus tard que c'était un pépin de pomme), plantée dans mon pied pendant qu'on me forçait à faire des tours de terrain et que ma soi-disant « meilleure amie » m'abandonne plus ou moins.

Pour ne rien arranger, j'imaginais, de temps en temps, le ver de terre que j'avais sauvé ce matin recommençant à ramper sur le trottoir et se faisant marcher dessus par un passant distrait. Ça me donnait envie de vomir.

Parfois, pas souvent mais parfois, je voudrais être comme tout le monde. Une fille qui se fiche d'avoir quelque chose dans sa chaussure, qui s'en remet si elle perd sa meilleure amie et qui peut facilement arrêter de penser à un ver de terre (à supposer qu'elle commence, ce qui ne serait sans doute pas le cas). Ce que je veux dire, c'est que je suis comme une myrtille abîmée dans une barquette – les autres fruits me regardent de travers, et je ne suis pas sûre qu'ils veuillent de moi parmi eux. Je ne me sens jamais à ma place nulle part. J'ai l'impression d'être une clé qui ne rentre dans aucune serrure.

Bref, tu te demandes sans doute pourquoi j'ai réagi comme ça avec Layla. Pour être franche, moi aussi. Je ne veux pas être le genre de jalouse qui refuse que ses amies fréquentent d'autres personnes, mais j'ai l'impression qu'elle s'éloigne de moi. Et si je l'ennuyais ? Mes amies ont une grande place dans ma vie ; l'idée de devoir m'en faire d'autres me remplit de terreur. Je ne vais jamais réussir à dormir cette nuit.

Mode d'emploi de l'autisme de Tally : le sommeil

Beaucoup de personnes autistes ont des troubles du sommeil. Je déteste dormir. J'ai l'impression qu'à la minute où je me couche, la moitié la plus excitante du monde se lève, et que je vais tout rater. Même des choses minuscules, comme savoir que mes parents regardent la télé au rez-de-chaussée, me donnent l'impression que mon monde doit s'arrêter pendant que le reste du monde continue à tourner. Du coup, je me sens seule, et je commence à angoisser.

Parfois, pour m'aider à dormir, j'aligne mes peluches dans l'ordre de leur anniversaire et je leur dis bonne nuit à toutes dans l'ordre alphabétique. J'appelle ça mes rituels, les choses que je dois faire pour que tout aille bien. Puis je réalise que, par exemple, j'en ai laissé trois au salon. Je n'ai pas vraiment envie de sortir de mon lit douillet, mais je suis incapable de supporter le malaise que me cause d'avoir oublié trois peluches. Donc, je me traîne en bas pour aller les chercher. Après ça, je dois les mettre à la bonne place dans la ligne et recommencer à dire bonne nuit depuis le début.

Chapitre 14

— Je ne vois vraiment pas pourquoi tu ne peux pas aller à l'école toute seule, grommelle Nell tandis qu'elle marche avec Tally dans la rue. J'ai bien dû le faire, moi, quand je suis entrée en sixième.

Tally ne l'écoute pas. Elle entend sa sœur bêler comme un agneau, mais elle ne laisse pas les mots entrer dans ses oreilles. Elle a toujours été capable de faire ça, depuis aussi longtemps qu'elle se souvienne : ne pas écouter si elle n'en a pas envie. C'est un don très utile.

Les yeux rivés sur le trottoir, elle saute par-dessus les fissures tout en guettant d'éventuels vers de terre. Elle ne s'attend pas à en voir aujourd'hui : la pluie s'est arrêtée, et ils doivent tous être en sécurité dans leurs tunnels souterrains, mais elle regarde quand même, au cas où. Et puis, le trottoir est plus intéressant que cette méchante de Nell.

— Tu dois devenir autonome. Je ne serai pas là pour veiller sur toi toute ta vie.

D'un ongle vernis en bleu vif, Nell pousse le bouton du passage pour piétons.

— Tout le monde te traite comme si tu étais en porcelaine. C'est ridicule.

Tally lève les yeux.

— Ce serait terrible d'être en porcelaine, dit-elle alors que le petit bonhomme vert se met à clignoter. Imagine ! Si quelqu'un te bouscule ou si tu tombes. Tu perds des bouts de toi qu'on ne pourra pas recoller. Jamais.

— Un peu comme cet affreux chien à trois pattes, marmonne Nell. Pas étonnant que tu l'aimes autant : vous êtes cassés tous les deux.

Le temps s'arrête, et Tally se fige sous le choc. Cette fois, Nell est allée trop loin. Beaucoup de choses angoissent Tally, mais cette peur-là est la plus grande de toutes, et malgré tous ses efforts, elle n'a jamais réussi à la surmonter. Qu'elle soit perchée sur le toit de l'abri de jardin ou allongée dans son lit la nuit. Chaque fois que quelqu'un lui jette ce fameux regard. Quand une situation dérape et qu'elle sait que c'est sa faute. La voix qui, dans sa tête, lui chuchote qu'elle est cassée n'a jamais sonné comme celle de Nell jusqu'à aujourd'hui, mais Tally sait qu'elle le fera désormais, jusqu'à la fin de sa vie.

— Ce n'est pas vrai, proteste-t-elle, plantée au milieu de la route. Je ne suis pas cassée, et Rupert non plus. Tu dis n'importe quoi, Nell ! Retire ça !

— Ne reste pas là ! Tu vas te faire écraser !

Sa sœur la saisit par le bras pour l'entraîner vers le trottoir d'en face.

— Lâche-moi ! hurle Tally en se dégageant brutalement. Tu es de mauvaise humeur depuis plusieurs jours – depuis que maman a découvert que tu m'avais abandonnée sur le chemin du collège, mais tu ne devrais pas te venger sur moi parce que ce n'est pas ma faute. Je ne suis pas cassée !

Nell en reste bouche bée.

— Maman n'a rien découvert. C'est toi qui as cafté.

Tally la foudroie du regard.

— C'est pareil. Et tu méritais d'être privée d'iPad, parce que j'aurais pu être enlevée et tu serais devenue fille unique. Comment tu te serais sentie, hein ?

— Soulagée, répond Nell du tac au tac en sortant ses gants de sa poche pour les enfiler. Maintenant, dépêche-toi, parce que je ne veux pas être en retard à l'appel.

Tally se campe sur ses pieds légèrement écartés.

— Je n'irai nulle part tant que tu n'auras pas retiré ce que tu as dit.

Nell souffle d'un air exaspéré, et un nuage blanc se forme devant sa bouche.

— D'accord, si tu veux. Je retire. Voilà. Heureuse ?

Tally secoue la tête.

— Pas du tout heureuse. Parce que j'ai une grande sœur méchante, détestable et malveillante, qui pense qu'elle peut me dire tout ce qui lui passe par la tête. Tu m'as blessée dans mes sentiments.

Nell hausse les épaules.

— Désolée de t'avoir blessée dans ton sentiment avec ma... quoi, déjà ? Ma malveillance.

— Mes sentiments, au pluriel, corrige Tally. J'en ai des tas, et tu les as tous piétinés.

Elles se remettent à marcher en silence. Tally traîne les pieds autant qu'elle peut. Elle non plus ne veut pas être en retard, mais elle veut encore moins que Nell croie qu'elle a gagné.

Plus loin, deux filles plus âgées sont adossées au mur près du portail du collège. Elles fixent les sœurs qui approchent, et Tally ralentit encore. Quand Nell arrive à leur niveau, elles se redressent, et Tally voit l'une d'elles jeter un coup d'œil à l'autre. Puis toutes deux se plantent sur le chemin de Nell et se mettent à parler. Tally est trop loin pour entendre ce qu'elles disent, mais le vent lui apporte leurs rires grinçants, et elle les voit faire tomber le sac de l'épaule de Nell avant de se détourner et de franchir le portail avec désinvolture.

Nell reste immobile un moment. Puis elle ramasse son sac avant de regarder par-dessus son épaule.

— Tu pourrais essayer d'avoir l'air normale, pour changer un peu ? lance-t-elle, les yeux plissés. Ce serait vraiment si difficile ?

Perplexe, Tally baisse les yeux vers son uniforme. Elle ne voit pas où est le problème. Elle a bien un peu de boue sur ses chaussures parce que, ce matin, elle est sortie dans le jardin pour monter sur le toit de l'abri, mais à part ça, ses vêtements sont tout à fait normaux.

Un autre groupe d'élèves approche. Tally s'écarte pour les laisser passer. Un des garçons porte un gros sac à dos avec un zombi aux bras tendus et à la bouche pleine de sang imprimé sur le devant. Tally détourne les yeux. Elle déteste les zombis. Jusqu'à l'an dernier, elle avait un sac à dos Peppa Pig, mais elle n'est pas assez bête pour l'apporter à l'académie Kingswood. Elle sait que si elle venait avec, on lui mettrait forcément la tête dans les toilettes. Nell l'a prévenue.

— Arrête de grimacer, siffle sa sœur en faisant un pas vers elle. Les gens te regardent.

Tally se rembrunit. Elle n'a rien fait.

— Quelle grimace ? C'est juste ma tête normale.

— Non, s'énerve sa sœur. Tu fais des grimaces, et tu as l'air ridicule. Conduis-toi normalement, par pitié.

Une fille passe en trombe sur son vélo, manquant de renverser Tally. Celle-ci agrippe les bretelles de son sac à dos ennuyeux mais normal – le même que Layla et Lucy – et se tourne vers sa sœur.

— C'est ma tête habituelle, répète-t-elle en donnant une deuxième chance à Nell. (Personne ne pourra l'accuser de manquer d'indulgence.) Je suis née avec et je ne peux pas la changer.

— Pourquoi tu ne peux pas être normale ? supplie Nell. Juste pour un jour.

— Tu préfèrerais que je ressemble à ça ? susurre Tally d'une voix doucereuse.

Elle cache son visage de ses mains puis les écarte, révélant un sourire d'une oreille à l'autre.

— Ta-da ! Ma tête de fille heureuse. Tu trouves ça mieux ?

Nell jette un coup d'œil nerveux à la ronde.

— Tally, arrête. Rentre.

Tally cache à nouveau son visage derrière ses mains une fraction de seconde, puis les écarte d'un geste théâtral pour révéler sa nouvelle expression.

— Tu préfères celle-là, peut-être ? Ma tête de fille triste. Celle que je suis censée faire si je suis malheureuse. Sinon, comment les gens sauraient ce que je ressens ? Si je vais mal mais que je ne le montre pas sur mon visage, c'est ma faute si le monde entier pense que tout va bien.

Nell la foudroie du regard.

— Je ne sais pas à quoi tu joues, Tally, mais ce n'est pas drôle, d'accord ? Continue à faire toutes les grimaces que tu veux. Moi, je vais à l'école.

Tally suit des yeux sa sœur qui s'éloigne en trombe avant de se diriger à son tour vers l'entrée principale du collège. Vu de l'extérieur, son visage est calme. Mais à l'intérieur, elle tremble, parce que sa sœur a été méchante avec elle, et sans aucune raison.

En première heure, Tally a cours de théâtre. Elle est toujours déprimée quand elle arrive au studio. Et quand elle aperçoit Lucy et Ayesha en grande conversation avec l'horrible Luke, sa matinée déjà pourrie devient officiellement catastrophique.

Tous ses espoirs que Luke soit devenu plus gentil pendant l'été se sont évaporés depuis longtemps. Il a changé, ça oui, mais pas en bien. Il s'est fait couper les cheveux, et il a commencé à porter du déodorant – Tally le sent depuis l'autre bout de la pièce. Il a grandi, et il bouge différemment aussi. Il ne marche plus vraiment : il roule des mécaniques. On dirait un coq.

Un coq qui, pour une raison totalement incompréhensible, semble fasciner toutes les filles.

— Allez, les sixièmes ! Au travail !

Mme Jarman fait irruption dans le studio et balaie les élèves des yeux. Son regard se pose sur Tally un instant ; elle lui adresse un bref sourire avant de reporter son attention sur son bureau. Tally est un peu déçue de voir que malgré tous ses efforts de rangement de l'autre jour, il a repris son apparence habituelle. Mais sa boîte à idées est toujours là : elle l'aperçoit sous une pile de papiers et de livres. En revanche, impossible de dire si Mme Jarman a lu sa première suggestion ou pas. Tally l'espère, parce que c'était quelque chose de très important.

Astuce N° 1 : Ne criez pas, ne faites pas de bruit par surprise, et ne parlez pas sur un ton coléreux parce que si j'ai peur ou que je suis gênée, j'ai vraiment du mal à comprendre ce que vous dites.

— Posez vos affaires contre le mur et mettez-vous en place ! lance la prof par-dessus les bavardages des élèves.

Puis elle frappe dans ses mains. Le son se répercute sur les murs du studio et à l'intérieur de la tête de Tally. Elle ne peut s'empêcher de plaquer les mains sur ses oreilles et se tourne vers le mur pour bloquer les bruits alentour. Ça répond à sa question : Mme Jarman n'a pas lu sa suggestion.

— Ne faites pas flipper Gogole ! lance Luke d'une voix forte.

Tally ferme les yeux tandis que des rires jaillissent tout autour de la pièce.

— Ça suffit, aboie Mme Jarman.

Puis elle dit quelque chose que Tally n'entend pas. Les rires s'interrompent, et le silence se fait.

Tally rouvre les yeux, baisse les mains et se retourne lentement. Les lèvres de Mme Jarman remuent, mais le son qui s'en échappe est à peine audible. Tally fait un pas en avant. Perplexes, les autres élèves se regardent les uns les autres avant de s'avancer à leur tour, les yeux rivés sur leur prof.

— C'est mieux, chuchote Mme Jarman tandis qu'ils se rapprochent d'elle sur la pointe des pieds. Désolée d'avoir crié si fort tout à l'heure. Ce studio est un lieu d'expression et de créativité. Ici, nous n'avons pas besoin de hurler pour nous faire entendre. Parfois, les voix les plus fortes sont celles qui parlent le plus doucement. Et moi aussi, parfois, j'ai tendance à l'oublier.

— C'est idiot, lâche Luke tout bas.

Mais pas assez bas pour éviter que Mme Jarman braque son regard d'aigle sur lui.

— J'ai une règle, jeune homme. Deux fautes, et tu quittes le terrain, murmure-t-elle en le fixant durement. Tu as réussi l'exploit de les commettre en moins de deux minutes.

— Quoi ? proteste Luke en se redressant de toute sa hauteur. Je n'ai rien fait !

— Bien sûr que si, réplique Mme Jarman en s'avançant vers le milieu de la salle. Tu nous as manqué de respect, à tes camarades et à moi. Comme tu n'apportes rien de positif à ce cours, je te prie de sortir et de te rendre immédiatement au secrétariat. Dis-leur que tu n'es plus le bienvenu dans mon studio jusqu'à ce que tu aies quelque chose d'intéressant à apporter au groupe. Plus personne ne sera méchant ou malpoli, et plus personne ne criera pendant mon cours.

Luke la fixe, choqué, tandis que Tally sent une bulle de bonheur exploser dans sa poitrine.

— Je ne voulais pas... commence-t-il.

Mais Mme Jarman l'interrompt.

— Si, tu voulais. Et maintenant, tu dois en subir les conséquences.

Elle désigne la porte d'un geste impérieux. Tous les élèves regardent Luke ramasser son sac et sortir, si gêné qu'il en oublie de rouler des mécaniques. Puis Mme Jarman se tourne vers le reste de la classe.

— Si nous n'arrivons pas à nous faire comprendre sans crier ou avoir l'air fâché, c'est probablement que nous ne disons pas les choses de la bonne façon. Quelqu'un me l'a rappelé récemment, dit-elle en jetant un bref coup d'œil à Tally. Maintenant, vous allez vous mettre par deux. Nous allons nous échauffer avec un exercice que j'appelle « Ça sonne bien » et qui se concentre sur la façon dont nous nous exprimons plutôt que les mots que nous disons. Ce qui me semble tout à fait approprié pour le cours d'aujourd'hui.

Tally reste plantée sur place pendant qu'autour d'elle, ses camarades se mettent par deux. Ayesha et Lucy sont déjà ensemble, et elle ne connaît personne d'autre, mais ça ne fait rien. Tout ce qui compte, c'est que Mme Jarman a lu sa suggestion, et ça la rend plus heureuse qu'elle n'aurait jamais cru pouvoir l'être au collège.

Chapitre 15

— Tu es sûre de ne pas vouloir emporter une de tes peluches ? demande maman pour la millième fois.

Tally lève les yeux au ciel en pliant son pyjama.

— Je t'ai déjà dit que non, répond-elle en le fourrant dans son sac. Personne d'autre n'aura de jouet, et je passerais pour un bébé.

Sa mère semble peu convaincue.

— Tu pourrais la cacher au fond de ton sac de couchage, suggère-t-elle. Personne ne saurait qu'elle est là.

Tally hésite. Ce n'est pas une mauvaise idée. Elle pourrait emmener Billy – il mérite une compensation vu qu'elle a oublié son anniversaire le mois dernier. Et sa présence la réconforterait.

Elle secoue fermement la tête.

— Non. Je n'emporte pas de jouet à la soirée pyjama de Layla. J'ai onze ans maintenant, maman. Tu dois arrêter de me traiter comme si j'étais toujours une petite fille.

Sa mère ferme son sac et lui sourit.

— Je sais, ma chérie. Tu as tellement mûri depuis ton entrée au collège ! Papa et moi sommes vraiment fiers de toi. Et maintenant tu vas à ta première soirée pyjama !

Elle lui ébouriffe les cheveux et la serre dans ses bras.

— Maman ! proteste Tally en se dégageant.

Mais, à l'intérieur, elle sourit aussi.

— Bon, je crois qu'on n'a rien oublié, dit maman en prenant le sac et se tournant vers la porte. Si tu es vraiment sûre de ne pas vouloir prendre de jouet à câliner...

Tally jette un coup d'œil à son lit, dont la couette disparaît presque entièrement sous son armée de peluches.

Elle inspire un grand coup.

— Sûre et certaine. Je ne suis plus une petite fille.

Maman la conduit jusque chez Layla, qui n'habite pas très loin. Tally n'arrive pas à se tenir tranquille. Pendant tout le trajet, ses jambes gigotent, ses mains battent l'air, et sa mère n'arrête pas de lui jeter des coups d'œil qui inquiètent beaucoup Tally, parce qu'elle ferait mieux de regarder la route pour ne pas risquer d'accident.

Dès que la voiture s'arrête, Tally se jette dehors.

— Tu as bien toutes tes affaires ? demande maman en ouvrant le coffre. Si tu as oublié quelque chose, je peux toujours revenir. Ce n'est pas loin. Donc, n'hésite pas à m'appeler en cas de besoin, d'accord ?

Tally se demande si sa mère va réussir à se passer d'elle toute une soirée et une nuit.

Elles prennent son sac à dos et son sac de couchage et remontent l'allée ensemble. Maman frappe à la porte.

— Tally, tu es là !

Layla la prend par le bras et l'entraîne à l'intérieur. Ayesha et Lucy se tiennent en bas de l'escalier. Tally se demande quand elles sont arrivées.

— Je suis si contente que tu sois venue cette fois ! Maman pensait que tu annulerais encore, mais je lui ai dit que tu avais promis de venir !

— Bonjour Tally, lance la mère de Layla depuis le couloir en jetant un regard contrarié à sa fille. C'est super que tu sois venue.

— Bonjour, murmure Tally, mal à l'aise. C'est super que vous soyez venue aussi.

Silence. Tally repasse dans sa tête ce qu'elle vient de dire, et réalise, mais trop tard, que ça n'allait pas. La mère de Layla n'est pas venue : elle habite ici. Tally serre les poings, et ses ongles se plantent dans ses paumes tandis qu'elle s'entend redire en boucle la même chose stupide. Elle voulait que cette soirée soit parfaite, et elle a déjà tout gâché.

— Merci beaucoup de l'avoir invitée. Elle était très impatiente, dit maman, entrée derrière elle. Et bien entendu, en cas de problème...

— Ça va aller, Jennifer, coupe Mme Richardson, ce qui est assez malpoli de sa part.

Mais Tally, qui a déjà gaffé une fois, pense que le moment serait mal choisi de corriger ses manières.

— Passe une bonne soirée avec Kevin, et détends-toi pour une fois. Elles vont bien s'amuser ensemble, dit-elle en se tournant vers les filles.

Layla entraîne Tally vers l'escalier.

— Viens, on monte tes affaires dans ma chambre. On a plein de temps avant le dîner.

Tally se laisse faire, jetant un rapide coup d'œil à maman par-dessus son épaule.

— Je passe te chercher demain, lance sa mère.

Puis, juste avant que Tally se détourne, elle articule *Je t'aime* en silence et lui souffle un baiser. Personne d'autre ne semble s'en apercevoir, ce qui est un soulagement parce que Tally n'a vraiment pas besoin que sa mère lui fasse honte en devenant sentimentale juste parce qu'elle passe la nuit chez une amie.

La chambre de Layla semble avoir été le théâtre d'une explosion. Il y a des vêtements partout, et toutes les surfaces sont recouvertes de maquillage, d'accessoires cheveux et de bijoux. Tally a l'impression de se noyer dans une mer de rose. Une forte odeur de parfum plane dans l'air.

— Mets tes affaires là-bas, dit Layla en la lâchant enfin. On va te relooker !

Tally regarde l'endroit que son amie lui désigne : un petit bout de moquette qui n'a pas déjà été colonisé par Ayesha et Lucy. Elle y déroule son sac de couchage.

— Maintenant, assieds-toi là qu'on puisse commencer !

Lucy écarte les bras en désignant la coiffeuse de Layla. Tally n'est pas vraiment sûre de vouloir obtempérer, mais elle le fait quand même parce que, d'après ses recherches, le relooking est une activité normale pendant une soirée pyjama, et il est très important qu'elle soit normale pendant les dix-huit prochaines heures.

— Je vais te faire belle, promet Layla en se plantant près de Tally.

Elle observe leurs reflets dans le miroir et penche la tête sur le côté d'un air pensif.

— Je pense que tu serais bien avec un smoky et du contouring au niveau des pommettes. Qu'est-ce que tu en dis, Ayesha ?

Ayesha se place de l'autre côté de Tally et met les mains sur les hanches.

— Peut-être, dit-elle lentement en dévisageant Tally. Mais seulement si tu utilises un rouge à lèvres nude pour équilibrer. Il va falloir du liner blanc sous l'œil pour faire vraiment ressortir l'ombre à paupières. Et je me demande si on ne devrait pas lui mettre des extensions de cils, vu que les siens sont tellement courts. Qu'est-ce que tu en penses, Tally ?

Tally pense qu'il est entièrement possible que ses amies aient parlé une langue inconnue, mais elle ne veut pas se montrer impolie.

— Ça a l'air super, répond-elle avec un large sourire. Le smoky, c'est le truc qui fait des yeux de panda ?

Ayesha et Layla se mettent à glousser. Tally éprouve le même élan de bonheur que chaque fois qu'elle fait rire ses amies. Elle peut y arriver, elle en est sûre.

Près de la fenêtre, Lucy pianote sur son téléphone, et tout à coup, la voix de Taylor Swift emplit la pièce. C'est un bon présage. Tally se détend pendant que Layla sort son maquillage et qu'Ayesha, assise en tailleur sur la moquette, aligne les vernis à ongles en lisant tout haut le nom de chacun.

— Alors, ça, c'est... Lune bleue. Et ça, Feu d'artifice. J'adore !

— Je l'ai eu à Noël dernier, révèle Layla en pressant un tube sur sa main. Les paillettes sont trop belles.

— Je verrais bien Tally avec ce jaune, dit Ayesha en brandissant un flacon. Banane vomie – trop cool, non ?

— Je ne veux pas d'un truc appelé vomi sur mes doigts, proteste Tally, mais si bas que personne ne l'entend par-dessus la musique.

— Il va falloir que tu te tiennes tranquille, lance Layla en se tournant vers elle et tapotant d'une éponge le liquide qu'elle a versé sur le dos de sa main. C'est juste une base camouflante, mais si je t'en mets dans les yeux, ça piquera affreusement. Crois-moi, je suis bien placée pour le savoir.

Paniquée, Tally ferme les yeux, mais Layla émet un bruit désapprobateur.

— Non, ne les crispe pas comme ça : ça creuse des pattes d'oie. On veut te rendre belle, pas te faire ressembler à une vieille dame !

Le contact de l'éponge fait frémir Tally. Elle ne s'attendait pas à ce que ce soit si froid. Pendant que Layla lui tamponne le visage, sa peau se tend et se durcit. Très mal à l'aise, Tally compte dans sa tête et repart à zéro chaque fois qu'elle arrive à dix, comme maman le lui a appris. Mais ça n'arrange pas grand-chose.

Enfin, Layla recule, et Tally ouvre les yeux.

— C'est bon, c'est fini ? C'est l'heure de manger ?

Layla rit, et un ricanement résonne du côté de la fenêtre.

— On n'a même pas réellement commencé, l'informe Layla. Ça, c'était la partie ennuyeuse. Maintenant, on va pouvoir s'amuser !

Tally ouvre la bouche pour la prévenir qu'elle ne peut pas rester assise dans cette chaise une minute de plus, mais elle la referme sans avoir rien dit. Quelle excuse pourrait-elle invoquer ? Elle ne peut pas dire qu'elle a besoin de faire pipi : ce serait trop gênant. Ni qu'elle n'a pas envie de se faire relooker : les autres regretteraient de l'avoir invitée. Tout ce qu'elle peut faire, c'est se raidir pour ne pas commencer à s'autostimuler. Les filles sont peut-être ses amies, mais elle est à peu près sûre qu'elles ne réagiraient pas bien si elle laissait sortir la véritable Tally pendant une soirée pyjama.

Le téléphone enchaîne sur une autre chanson, et la voix de Taylor Swift est remplacée par celle d'un homme qui proteste très fort contre quelque chose que lui a fait sa petite amie et jure qu'elle le regrettera.

— Oh, j'adore ! couine Ayesha. Monte le son !

Lucy augmente le volume, et Tally la voit soudain avancer vers elle, brandissant un objet dont la vue lui retourne l'estomac.

— C'est moi qui vais m'occuper de tes cheveux aujourd'hui, annonce Lucy sur le ton autoritaire qu'emploient les gens parfaits à la télévision – ceux qui sont toujours en train de donner des ordres aux autres et de les harceler pour qu'ils s'améliorent. Je dois t'avouer que j'en meurs d'envie depuis très longtemps, ma chérie !

Ayesha rit et se traîne sur les genoux jusqu'à la chaise de Tally.

— Donne-moi ta main. Je vais te faire une de mes fabuleuses manucures.

Tally ne peut détacher son regard de Lucy et de la brosse à cheveux qu'elle agite sous son nez. Distraite, elle laisse Ayesha positionner son bras sur l'accoudoir, la main pendant dans le vide.

— C'est génial, non ? s'enthousiasme Layla en saisissant une sorte de crayon. Je suis si contente que tu sois venue cette fois, Tally ! Ça va être la meilleure soirée pyjama de toute l'histoire !

Elle lui adresse un sourire rayonnant. Tally lui décoche celui qu'elle s'est entraînée à faire devant le miroir : le sourire qui dit qu'elle s'amuse comme une folle et qu'elle ne voudrait être nulle part ailleurs.

Puis les trois autres l'attaquent en même temps.

Si elle finit par craquer, ce n'est pas à cause des picots que Lucy lui plante dans le crâne comme des aiguilles. Ni à cause du bâtonnet pointu qu'Ayesha lui enfonce sous les ongles et qui lui fait monter les larmes aux yeux. Ce n'est pas non plus à cause de l'haleine chaude que Layla lui souffle au visage tout en la martyrisant. Tally parvient à résister face à toutes ces choses, même si elles lui donnent l'impression d'être accrochée au bord d'une falaise pendant que ses amies lui déplient les doigts un par un.

Elle ne laisse pas transparaître sa douleur. Celle que Lucy lui inflige en démêlant ses cheveux auxquels elle n'a pas touché depuis des semaines. Celle qu'Ayesha lui inflige en repoussant la peau de ses cuticules. Celle que Layla lui inflige en lui mettant de l'eye-liner et en lui enfonçant parfois l'applicateur dans les yeux.

Elle ne leur montre pas qu'elles lui font mal, parce que tout en la torturant, ses amies bavardent de tout et de rien, chantent sur la musique, gloussent en imaginant sa réaction quand elle découvrira sa nouvelle apparence, et Tally sait qu'elles croient faire preuve de gentillesse. Elle sait qu'elles l'ont choisie comme sujet parce que c'est censé être super de se faire relooker. Elle sait qu'il n'existe rien de plus normal que de passer la soirée du samedi avec ses amies, même si elle a l'impression que celles-ci la taillent en pièces.

Non. Tally ne finit par craquer que quand elles ont terminé et que Layla lui dit d'ouvrir les yeux. C'est à ce moment-là, et pas avant, qu'elle lâche prise et dégringole dans le vide.

— Qu'est-ce que tu en penses ? s'écrie Ayesha en sautant sur place. Tu aimes ton nouveau look ?

Tally cligne des yeux, éblouie par les lampes qui entourent le miroir de la coiffeuse. Quand sa vision se précise enfin, elle se penche en avant, incrédule.

— On t'avait bien dit qu'on te ferait belle ! se vante Layla avec un grand sourire. Tu es complètement transformée !

C'est la vérité. Tally ne se reconnaît pas. Ses cheveux qui étaient relevés en queue-de-cheval lâche pendent maintenant, raides et brillants, autour de son visage. Ses yeux ont l'air immenses ; ils lui font penser à ceux d'une mouche. Apparemment, le smoky ne vous fait pas ressembler à un panda.

— Mesdemoiselles, nous nous sommes surpassées, décrète Lucy avec sa voix de télévision. Sa métamorphose est totale. Ce n'est plus une vilaine chenille, mais un magnifique papillon !

— Tu aimes ? insiste Ayesha en dévisageant Tally. Parce qu'on peut te montrer comment le refaire toute seule. Comme ça, tu pourras venir au collège en ayant l'air un peu plus...

— Ayesha ! aboie Layla. La ferme.

Dans le miroir, Tally voit Ayesha s'empourprer.

— Désolée, marmonne-t-elle. Je ne voulais pas dire ça.

— En ayant l'air un peu plus quoi ? demande Tally, détournant les yeux de son reflet. Qu'est-ce que tu allais dire ?

Layla foudroie Ayesha du regard pendant que la musique trop forte résonne dans la chambre. La coiffeuse est couverte de produits de maquillage ; un des flacons s'est déversé sur le bois. Tout est sale et en désordre, et Tally en a assez.

— Qu'est-ce que tu allais dire ? répète-t-elle en repoussant la chaise et se levant. Vous pouvez me montrer comment le refaire toute seule pour que je puisse venir à l'école en ayant l'air un peu plus *quoi* ?

Elle traverse la pièce et éteint la musique.

— Dis-moi.

— Un peu plus normale, lance Lucy en haussant les épaules. Il n'y a pas de quoi s'énerver, Tally. On pensait juste que tu voudrais nous ressembler pour pouvoir... Tu sais. Mieux t'intégrer.

Tally dévisage les trois filles.

— Je ne savais pas que vous me trouviez *différente*, chuchote-t-elle.

— Si tu n'aimes pas, on peut tout enlever, dit très vite Layla d'un air inquiet. C'était juste pour s'amuser, Tally. On ne voulait pas te contrarier, ajoute-t-elle en cherchant du regard l'aide des autres.

Quelque part tout au fond d'elle, Tally puise dans ses dernières forces. Elle ferme les yeux un instant, et quand elle les rouvre, elle est prête à se hisser de nouveau au sommet de la falaise.

— Je ne suis pas contrariée, répond-elle le plus joyeusement possible. Enfin, si, je suis un peu contrariée que vous m'ayez fait ressembler à une fille normale plutôt qu'à un panda, mais c'est pas grave, ce sera pour la prochaine fois !

— Bonne idée ! s'écrie Layla, soulagée. On pourrait faire une soirée animaux ! Moi, je me maquillerai en zèbre. Et toi, Lucy ?

— Trop bien, souffle Lucy en levant les yeux au ciel. Comme si on avait encore six ans.

Layla s'approche de Tally et lui pose une main sur le bras.

— Tu veux te démaquiller ? lui demande-t-elle tout bas. Parce que tu peux.

Là, tout de suite, Tally ne veut rien davantage au monde. Le maquillage lui picote la peau ; il a une drôle d'odeur, et elle ne supporte pas de se regarder dans le miroir parce qu'elle ne se reconnaît pas. Oh, et elle déteste les papillons, ces insectes fourbes qui font semblant d'être quelque chose qu'ils ne sont pas. C'est quoi le problème avec les chenilles ?

Mais apparemment, elle a l'air normale. Comme Layla, Ayesha et Lucy.

— Non, ça va, ment-elle.

Elle s'y autorise parce que c'est inoffensif, parce qu'elle veut juste faire plaisir à ses amies et ne pas gâcher la soirée.

Mais Lucy boude, et Ayesha range les flacons de vernis à ongles en évitant soigneusement son regard. Tally n'a pas été assez enthousiaste.

— J'adore, dit-elle, essayant de ne pas prendre une voix de robot. Ma métamorphose est totale. Merci de m'avoir changée en papillon.

— Les filles ! À table !

La voix de Mme Richardson monte depuis le rez-de-chaussée, brisant le silence tendu.

— Génial, je meurs de faim ! s'exclame Layla en se tournant vers la porte. Il y a de la pizza et des frites. J'espère que vous aimez !

— La pizza, c'est mon plat préféré, affirme Ayesha en abandonnant les flacons de vernis à ongles. Surtout celle au pepperoni.

— Tu rigoles ? proteste Lucy. La meilleure, c'est la hawaïenne – jambon et ananas. La combinaison de charcuterie et de fruit, hmmm !

Layla ouvre la porte de la chambre et leur fait signe de la suivre.

— Ne vous en faites pas : maman en a pris trois. Pepperoni, Quatre Saisons et Hawaïenne. Il y en aura pour tous les goûts !

Tally déteste la pizza. Elle déteste le pepperoni épicé qui lui donne l'impression qu'une armée de fourmis rouges marche sur sa langue. Elle déteste l'association jambon-ananas, deux aliments qui, appartenant à des groupes différents, ne devraient jamais être mélangés. Et elle déteste les légumes. Tous.

— La pizza, c'est aussi mon plat préféré ! déclare-t-elle en se détournant pour pouvoir sortir sans se voir dans la glace. Et je meurs de faim !

Chapitre 16

Il fait froid sur le toit de l'abri de jardin, mais Tally s'en fiche. Lentement, en faisant attention où elle met les pieds, elle s'allonge et lève les yeux vers les étoiles. Ses parents pensent qu'elle est au lit, mais elle ne pourrait pas dormir, pas après tout ce qui s'est passé ce soir.

Le ciel est sombre, mais pas noir comme tout le monde le pense. Il est d'un bleu indigo très foncé, et Tally le fixe jusqu'à ce que les étoiles deviennent floues et que la voûte céleste semble peser sur elle comme une très lourde couverture.

La soirée pyjama aurait pu être sauvée si elle avait eu sa couverture lestée plutôt que le sac de couchage glissant et brillant que maman lui avait fait emporter. Tally a lutté pendant tout le dîner, retirant les morceaux d'ananas de sa pizza et les cachant sous un tas de frites pour pouvoir manger seulement la base de jambon et de fromage. Puis elle est remontée avec les autres pour regarder un film dont Layla avait promis qu'il était génial, mais dont le générique mentionnait clairement qu'il était réservé aux plus de dix-huit ans. Quand Tally a suggéré de changer de film, les autres ont ri. Puis Lucy lui a demandé si elle avait peur ; du coup, Tally a dû faire semblant que tout allait bien, alors que le clown au sourire flippant qui regardait par la bouche d'égout lui faisait affreusement tourner la tête.

Elle a tenu jusqu'à la fin du film, puis elles sont toutes passées à la salle de bains pour se brosser les dents. Le grand frère de Layla les attendait planqué derrière la porte. Quand il a surgi devant elles, Layla et Lucy ont hurlé si fort que les oreilles de Tally ont continué à bourdonner des heures après. Ayesha a fondu en larmes ; Tally s'est sentie bizarre et embarrassée. Elle aussi aurait voulu pleurer, mais impossible devant ses amies. Alors, elle a enfoui ses sentiments à l'intérieur et tenté de penser à des choses agréables, comme Rupert et le toit de l'abri de jardin.

Les autres ont fini par se calmer après que la mère de Layla est montée en trombe, a engueulé son frère et grondé les filles pour avoir regardé un film déconseillé aux moins de dix-huit ans (ce qui était complètement injuste parce qu'à la base, Tally ne voulait même pas le voir). Elles se sont installées dans leur sac de couchage, et Tally a vu que les autres serraient toutes quelque chose dans leurs bras. Lucy avait apporté son ours en peluche préféré, Ayesha un vieux pingouin qu'on lui avait offert quand elle avait été hospitalisée, et Layla avait des tas d'autres animaux sur son lit. Pas une armée entière comme Tally chez elle, mais des tas.

C'est alors que tout a dérapé, si vite et si fort que Tally n'a rien pu faire. Elle avait dit à sa mère qu'elle n'avait pas besoin d'emporter de peluche parce qu'elle était sûre que ça reviendrait à enfreindre les règles d'une soirée pyjama, mais toutes les autres avaient quelque chose à câliner et pas elle, et ce n'était pas juste.

Layla a éteint la lumière, et les autres se sont mises à parler. De cet horrible Luke, des garçons à qui Layla plaisait peut-être, de celui qui était en cours de théâtre avec elles et à qui Ayesha cherchait le courage d'adresser la parole. Mais Tally n'arrivait pas à les écouter. Elle ne pensait qu'à une chose : Billy, abandonné sur son lit à la maison, et elle, allongée sur le plancher de la chambre de Layla, une distance insupportable entre eux. Elle s'est tortillée dans son sac de couchage. Prisonniers au fond, ses pieds avaient trop chaud. L'oreiller avait une drôle d'odeur, et ses amies parlaient de leurs voix aiguës, perçantes. De toute façon, elle entendait le son de la télévision au rez-de-chaussée, et elle n'aurait jamais pu dormir.

La première fois, elle a chuchoté, et personne ne l'a entendue. Les autres étaient trop occupées à bavarder en gloussant : qu'est-ce qui était plus romantique pour un premier rendez-vous, le McDonald's ou le Burger King ? Alors, Tally a répété un peu plus fort, mais ses amies ne l'ont toujours pas entendue. La troisième fois, elle a crié, et elles se sont interrompues net.

Layla a tenté de la convaincre de rester en lui disant que la soirée pyjama serait gâchée si elle partait. Mais Tally n'entendait que la voix de Lucy plus tôt dans la soirée, lui disant qu'elles voulaient lui donner l'air *normale*. Puis

Layla s'est mise à pleurer : sa mère serait très fâchée si Tally rentrait chez elle. Elle penserait que c'était de sa faute, à cause du film d'horreur qu'elle avait mis. Mais Tally repensait à Ayesha s'extasiant sur son nouveau look. Elle ne voulait pas de nouveau look : l'ancien lui convenait très bien.

Layla avait raison. Sa mère s'est fâchée. Elle aussi a voulu dissuader Tally de partir, mais celle-ci a continué à tenter de fourrer son sac de couchage dans la housse ridiculement petite dont elle l'avait sorti. N'y arrivant pas, elle l'a saisi d'une main, a pris son sac à dos de l'autre et descendu l'escalier en laissant son sac de couchage traîner sur les marches derrière elle. Quand sa mère est arrivée, Tally l'attendait assise sur les marches du porche, la mère de Layla veillant sur elle et son père marmonnant, derrière la porte ouverte, qu'ils étaient en train de chauffer la rue.

Mais maintenant, elle est rentrée chez elle. Dès qu'elle a entendu ses parents fermer la porte de leur chambre, Tally a pris Billy et est sortie dans le jardin. Maman lui avait nettoyé le visage, même si les larmes versées dans la voiture pendant le trajet de retour avaient déjà fait une bonne partie du boulot. Elle se ressemble de nouveau, et perchée sur le toit de l'abri de jardin, elle respire librement pour la première fois de la journée.

Date : dimanche 12 octobre
Situation : la soirée pyjama de l'enfer
Taux d'anxiété : 10. Sans aucun doute, 10

Coucou, c'est de nouveau Tally avec une autre histoire cauchemardesque. La pire de toutes, je crois. La soirée d'hier a été l'une des pires de ma vie. Même quand je suis montée, après coup, sur le toit de l'abri de jardin, ça ne m'a pas rendue aussi heureuse que d'habitude. J'avais l'impression de manquer quelque chose. Je parie que Layla et les autres se sont beaucoup plus amusées sans moi.

J'essayais de ne plus y penser, mais je revoyais sans cesse les autres massées autour de moi comme un essaim de guêpes en colère, tirant sur mes cheveux et me recouvrant la figure d'une épaisse couche de maquillage. Ça me stresse tellement que je dois faire les cent pas dans ma chambre pour tenter de me calmer. Pourquoi je me mets dans des états pareils pour des trucs qui ne perturbent pas la plupart des gens ? Je suis comme ça, c'est tout. J'ai une autre façon de percevoir et ressentir les choses. Je suis comme une mouche : je vois le monde à travers beaucoup de prismes ; si quelqu'un m'approche trop brusquement, je prends peur et m'envole, et les gens n'ont pas beaucoup d'empathie pour moi. Ce que je trouve assez ironique, parce que c'est toujours moi qu'on accuse de manquer d'empathie.

Mode d'emploi de l'autisme de Tally : l'anxiété

Avantages : je suis hypersensible à ce qui m'entoure. Je perçois mieux les dangers potentiels que la plupart des gens, et j'ai très envie de m'en protéger. Du coup, je vivrai sans doute plus longtemps. Je trouve ça drôle, parce que certains voudraient prévenir l'autisme comme si c'était une maladie, alors qu'en réalité, nous sommes sans doute plus performants que les neurotypiques. C'est sans doute pour ça qu'ils tentent toujours de nous « guérir » ! Papa dit que ça ferait un bon scénario pour un film. (Au fait : les neurotypiques sont les gens qui pensent et se comportent d'une façon considérée comme normale. Parfois, ils croient que leur façon d'être est la seule qui soit bonne, ce qui est ridicule si on y réfléchit bien. La plupart des personnes autistes ne voudraient pas cesser de l'être : ça fait partie de nous, même si c'est parfois très difficile à vivre.)

Inconvénients : l'anxiété. Pffff.

D'accord, je t'explique. L'anxiété, c'est ce qui te fait immédiatement envisager le pire scénario. Et considérer que tout est un problème urgent. Par exemple, une fois, ma mère est sortie faire des courses en me disant qu'elle en avait pour une heure. Mais elle est rentrée avec sept minutes de retard. SEPT ! J'étais persuadée qu'on l'avait enlevée, et j'ai pleuré pendant une éternité. Ce que je veux dire, c'est que je réfléchis trop et que j'imagine toujours des catastrophes. C'est comme être prisonnière d'un cerveau follement persuasif qui me fait croire à des choses fausses et extrêmes.

Chapitre 17

Le lendemain de la soirée pyjama est une mauvaise journée. Si maman l'avait autorisée à rester au lit, peut-être que ça se serait bien passé. Au lieu de ça, elle a insisté pour qu'ils aillent se promener en famille dans le parc, disant que ça leur ferait du bien de prendre l'air. Mais sur le chemin du retour, elle ne trouve plus l'idée si bonne. Elle pince les lèvres et marche comme un soldat pendant un exercice militaire, les bras raides le long du corps. Tally est épuisée, sans doute parce qu'elle se sent toujours vidée après une grosse crise.

— Bien joué, marmonne Nell en traînant les pieds près d'elle. Encore une sortie en famille que tu as réussi à gâcher.

Tally hausse les épaules.

— Ce n'est pas ma faute. Maman aurait dû mettre Billy dans mon sac hier. La soirée se serait bien passée si je l'avais eu avec moi.

Devant elles, leur mère s'arrête et fait volte-face, le visage rouge et grimaçant.

— Je t'ai dit de l'emporter ! On a eu toute une conversation à ce sujet, et tu as décidé de ne pas le prendre !

Tally la fixe.

— Mais je ne pouvais pas savoir, réplique-t-elle. C'est toi la maman. C'est ton travail de savoir.

Sa mère secoue la tête et ouvre la bouche comme pour se mettre à crier.

— On pourrait juste rentrer à la maison ? demande très vite Nell. C'est déjà assez gênant.

Maman cligne des yeux et hoche la tête.

— Désolée, ma chérie. Rien de tout ça n'est ta faute.

Ce qui signifie que tout est de celle de Tally. Sa tête se met à rugir, son estomac à bouillonner et ses jambes à picoter.

Or, il est impossible de garder des rugissements, des bouillonnements et des picotements à l'intérieur.

D'une façon ou d'une autre, ils doivent sortir.

Et la mauvaise journée empire encore.

Le lendemain ne se présente pas mieux. Tally ne voit pas ses amies pendant toute la matinée : elles ne sont pas dans le même cours de maths. Mais quand elle les cherche aux endroits habituels pendant la récréation, elle ne les voit pas non plus. Elle mange son paquet de chips seule, en se demandant si elle a oublié qu'elles s'étaient donné rendez-vous ailleurs aujourd'hui.

Le temps que sonne la cloche de midi, Tally commence à avoir peur. Elle déteste la cantine du collège, avec tous ses bruits et ses odeurs. Elle n'arrive à y entrer que si Layla est avec elle. Donc, la seule solution, c'est de trouver ses amies, et vite.

Tally enfile les couloirs vides en regardant dans toutes les salles de classe. Celles de français sont silencieuses, et celles d'anglais pareil. En tournant au coin avant les salles d'histoire, elle entend un gloussement et le bruit d'une table qu'on pousse par terre. C'est très léger, mais Tally reconnaît immédiatement le rire. Elle allonge le pas et pousse la porte de la salle avec un grand sourire.

— Hé, comment ça se fait que vous êtes toutes i... ?

Les mots meurent sur ses lèvres. Layla est assise sur une table avec Ayesha et Jasmine, la fille du cours d'EPS. Lucy se tient sur l'estrade, derrière le bureau du prof. À côté d'elle, Luke s'est figé, les mains à l'intérieur d'un tiroir ouvert.

— Oh bon sang, hoquète Lucy, qui est la première à se ressaisir. Tu as failli me filer une attaque, Tally ! Je t'ai prise pour M. King !

— Qu'est-ce que vous faites ? demande Tally en fixant Layla. Pourquoi vous ne m'avez pas attendue pour venir ici ?

— Pitié. Vous pouvez pas vous débarrasser d'elle ? aboie Luke. On n'a pas beaucoup de temps, et je ne veux pas qu'elle foute tout en l'air.

Tally se tourne vers lui. Il a sorti du tiroir une feuille de papier jaune qu'il étudie, penché sur le bureau, comme si elle contenait des informations importantes.

— Il vaudrait mieux que tu y ailles, Tally, marmonne Layla en fixant ses chaussures.

Tally hoche la tête.

— Viens avec moi. C'est l'heure du déjeuner. Il faut aller la cantine pour manger nos sandwiches.

Luke lève la tête.

— Sérieux ? Fous le camp, la Gogole.

Tally le foudroie du regard avant de faire un pas vers Layla.

— Tu viens ? Si on ne se dépêche pas, il ne restera plus de place.

Layla jette un coup d'œil à Jasmine et Ayesha.

— Je vais rester ici, dit-elle tout bas. Mais il vaut probablement mieux que tu y ailles, Tally.

— Ouais, barre-toi, lance Luke avec un geste méprisant. Va trouver d'autres débiles dans ton genre – je suis sûr qu'ils seront ravis de ta compagnie.

Tally lui tient tête.

— Tu ne dois pas me traiter de débile. Pas vrai ? lance-t-elle en se tournant vers ses amies.

Mais aucune d'elles ne parvient à soutenir son regard. Lucy fixe Luke avec une drôle d'expression ; Ayesha semble très intéressée par ce qui se passe de l'autre côté de la fenêtre. Layla ouvre la bouche pour parler, mais Jasmine pose une main sur son bras et secoue légèrement la tête. Et alors Tally voit une chose qu'elle n'aurait jamais imaginée : sa meilleure amie, levant les yeux au ciel au lieu de la défendre.

C'est comme si elle avait reçu un coup de poing dans la figure.

— Tout le monde s'en fout, Gogole, ricane Luke en fourrant la feuille de papier jaune dans son sac. Maintenant, rends-nous service et disparais.

Personne ne dit rien quand Tally se détourne et titube vers la porte. Elle ne sait pas comment elle réussit à l'ouvrir, parce que sa vision est si floue qu'elle ne voit pas la poignée. Mais d'une façon ou d'une autre, elle réussit à sortir dans le couloir et à le longer jusqu'aux toilettes des filles.

Le dernier box au fond est libre. Tally tire le verrou et s'adosse à la porte, fermant les yeux pour ne pas avoir à regarder la cuvette dégoûtante. Elle plaque ses mains sur ses oreilles pour bloquer les bavardages, les cris et le vrombissement continu du sèche-mains. Même quand quelqu'un tambourine à la porte et la fait vibrer dans son dos, elle ne bouge pas. Même quand les autres se mettent à crier des horreurs qui traversent ses mains, elle ne bouge pas. Même quand la cloche sonne et que tout le monde se précipite dehors, elle ne bouge pas.

Au bout d'un moment, elle déverrouille la porte en silence. Son estomac gargouille : elle n'a pas touché aux sandwiches que maman lui a préparés ce matin, et elle est incapable d'avaler quoi que ce soit. Elle va devoir les jeter.

Tally a cours de théâtre maintenant. Elle se dirige vers l'escalier, se fondant dans la foule de gens qui partent dans toutes les directions. Le brouhaha la submerge ; il lui semble qu'elle est cernée de toutes parts par des corps, des voix, des émotions et des opinions grouillantes. Sans Layla pour la distraire, c'est presque plus qu'elle n'en peut supporter.

La porte du studio est ouverte. Tally se place au bout de la file d'élèves qui entrent. Elle aperçoit, devant, Lucy et Ayesha en grande conversation avec Luke ; alors, elle reste en arrière : elle ne sait pas quel accueil elle recevra si elle tente de les rejoindre. Ses amies ne lui ont rien dit de méchant tout à l'heure - seulement Luke, ce qui ne l'a pas vraiment surprise -, mais quand elle les regarde, son cœur bat un peu plus vite, et sa tête s'emplit d'un bourdonnement qui la rend inquiète et anxieuse.

— J'espère que vous êtes prêts pour un cours très excitant aujourd'hui, lance Mme Jarman en franchissant le seuil.

Elle a parlé tout bas et évité de taper dans ses mains.

— J'ai pensé qu'on pourrait commencer par le jeu « Deux vérités, un mensonge » pour s'échauffer. Asseyez-vous tous en cercle.

Tally pose son sac et rejoint ses camarades à contrecœur. Le bourdonnement s'amplifie. Elle ferme les yeux, essayant d'ignorer tout ce qui n'est pas sa propre respiration et la voix de sa mère dans sa tête.

Inspire lentement. Expire lentement. Compte jusqu'à cinq et presse le bout de tes autres doigts sur le bout de ton pouce. Inspire encore. Concentre-toi sur la pression. Appuie plus fort. Expire. Encore. Encore.

— Je commence, poursuit Mme Jarman. Alors... Tous les ans, je pars en vacances en Amérique du Sud. J'ai cinq enfants et un chien. Et je suis toujours en train d'apprendre quelque chose de mes élèves. Alors, laquelle de ces affirmations est un mensonge ?

— C'est trop facile, madame, lance un des garçons. On est supposés apprendre des choses de vous, pas l'inverse. Le mensonge, c'est la troisième affirmation.

Mme Jarman sourit.

— Je ne serais pas une très bonne prof si je ne vous écoutais pas un minimum. Même si ce que j'apprends aujourd'hui, c'est que les jeunes d'aujourd'hui n'ont aucun style. Tu sais que ton pantalon s'arrête dix bons centimètres au-dessus de tes chaussures ? demande-t-elle en le fixant.

— C'est la mode, madame, réplique le garçon avec un sourire grimaçant. On peut vous donner des cours, si vous voulez.

Mme Jarman secoue la tête.

— Non, merci. Je pense que je m'en passerai. D'accord, laquelle des deux autres affirmations est un mensonge ?

— La première, suggère Ayesha. Personne ne peut se permettre d'aller en Amérique du Sud tous les ans. Ça coûterait trop cher.

— Donc, ça veut dire que vous avez cinq enfants, madame ? lance quelqu'un d'autre.

Tally frissonne. C'est déjà assez difficile de partager sa maison avec Nell. Quatre frères et sœurs, ce serait carrément l'horreur.

Mme Jarman secoua la tête.

— Non. Je n'ai ni enfants ni chien. C'est pour ça que je peux me payer des vacances et que je remporte cette manche ! À qui le tour ?

Des mains se lèvent autour du cercle. Mme Jarman balaie les visages du regard et désigne Luke.

— Très bien, à toi. Deux vérités et un mensonge.

Luke sourit à Lucy et passe les mains dans ses cheveux.

— D'accord. D'abord, je suis imbattable à Fortnite, et si vous voulez m'affronter, je vous préviens, vous allez vous ramasser !

Un rire parcourt le cercle telle une ola, ne s'arrêtant que qu'à Tally.

— Déjà, c'est un mensonge parce que je t'ai pulvérisé quand on a joué hier soir, coupe Ameet, provoquant une nouvelle vague d'hilarité.

— Ensuite, le club de foot de Portharbour m'a demandé de passer des essais pour sa ligue junior, reprend Luke en jetant un regard très satisfait à Ameet, qui marmonne quelque chose entre ses dents. Enfin, je pense que toutes les personnes présentes dans cette pièce sont normales et géniales !

En disant ça, il regarde Tally, et les coins de sa bouche se relèvent en un sourire que Tally a parfois observé sur le visage de Nell et que sa mère appelle « mielleux ».

Le bourdonnement s'intensifie encore. C'est comme si un millier de guêpes furieuses s'agitaient dans sa tête.

— J'espère que je ne vais pas devoir te faire sortir une nouvelle fois, jeune homme, dit sévèrement Mme Jarman en fixant Luke.

Celui-ci soutient son regard et redresse les épaules avec une expression perplexe.

— J'ai fait ce que vous m'aviez demandé, madame. J'ai dit deux vérités et un mensonge.

— Mmmh.

Mme Jarman ne semble pas convaincue, et Tally croise les doigts, espérant qu'elle va faire sortir Luke tout de suite.

— Très bien, je vais t'accorder le bénéfice du doute ; Alors, qui peut deviner le mensonge de Luke ?

Silence. Tout le monde sait laquelle des trois affirmations est un mensonge, mais personne ne veut s'attirer d'ennuis en le disant. Tout le monde hormis Mme Jarman qui a vu le regard que Luke a lancé à Tally – c'est toujours pareil, parce que les gamins du genre de Luke sont très doués pour ne jamais se faire pincer par les adultes. Tally est bien placée pour le savoir.

— Allons, insiste la prof. Quelqu'un doit deviner.

— Moi, je pense toujours qu'il ment à propos de Fortnite, grommelle Ameet. Je suis bien mieux classé que lui.

Luke sourit et secoue la tête.

— Faux.

Aleksandra lève les yeux au ciel.

— Dans ce cas, tu as menti en disant que tu trouvais tout le monde normal dans cette pièce. Et c'est juste méchant.

— Je suis d'accord, acquiesce Lucy à voix basse. Méchant et idiot.

— C'était ça, le mensonge ? demande Mme Jarman calmement, mais sur un ton dans lequel perce une menace.

Luke prend son air le plus sincèrement surpris.

— Non, madame ! Le mensonge, c'est qu'on ne m'a pas demandé de faire des essais pour le club de Portharbour, mais pour celui de Rovers. Bien sûr que je pense que tout le monde dans la classe est normal ! Pourquoi je penserais autre chose ? demande-t-il avec un large sourire en plantant son regard dans celui de Tally.

— Je crois que toi et moi, on va avoir une petite conversation, commence Mme Jarman.

Mais avant qu'elle puisse ajouter quoi que ce soit, on frappe à la porte, et un autre prof entre.

— Je peux te parler une minute ? demande-t-il en faisant signe à Mme Jarman. Le superviseur a besoin de données de l'année dernière, et apparemment, il en a besoin pour hier.

Mme Jarman acquiesce.

— Vous n'avez qu'à lire la première scène de notre nouvelle pièce, dit-elle à ses élèves. On travaillera dessus la fois prochaine. Aleksandra, tu peux distribuer les livrets, s'il te plaît ?

Puis elle se retire derrière son bureau avec l'autre prof et se met à lui parler avec animation en agitant les mains comme Tally quand elle est très excitée.

Les mots sur la page du livret n'ont pas de sens pour Tally, même après qu'elle les a lus trois fois. Alors, elle renonce et arrache une page de son cahier pour écrire une nouvelle suggestion qu'elle glisse dans la boîte à idées de Mme Jarman à la fin du cours. Personne ne la voit faire, ce qui n'a rien d'étonnant parce qu'elle a constaté depuis le début de l'année que les seuls moments où les autres la voie, c'est quand Luke lui dit quelque chose de cruel.

Le reste du temps, elle est invisible.

Chapitre 18

Aujourd'hui, Tally a cours d'histoire en première heure. En tournant dans un couloir, elle aperçoit les filles groupées un peu plus loin. Elle les entend chuchoter. Des bribes de phrases – « ... et si elle s'en aperçoit ? », « ... ne sait pas garder un secret » – flottent jusqu'à elle. Puis Layla l'aperçoit et lui sourit très vite.

— Tu vas bien ? demande-t-elle comme Tally s'approche d'elles. Tu es allée déjeuner à la cantine hier ? Je t'ai cherchée quand on est redescendues, mais je ne t'ai pas trouvée.

Tally secoue la tête.

— Non. J'ai fait autre chose.

— Pourquoi tu ne t'es pas assise avec nous au cours de théâtre ? interroge Ayesha. On t'avait gardé une place.

Lucy passe un bras autour des épaules de Tally et l'attire à l'intérieur du cercle.

— On doit se soutenir, tu te souviens ? Rien ne doit venir gâcher notre amitié.

Tally se dit alors qu'elle a peut-être mal compris. Que peut-être elles ne l'évitaient pas. Qu'elle s'est méprise hier en croyant que les autres voulaient juste qu'elle parte.

Après tout, elle sont amies depuis toujours, et Lucy a raison : elle ont promis de toujours se soutenir.

Mais avant qu'elle parvienne à s'en persuader, une voix résonne dans sa tête – la voix de Nell lui disant l'autre jour qu'elle était cassée, et lui rappelant maintenant que ses soi-disant amies ne l'ont pas défendue quand Luke l'a traitée de débile. Elles auraient dû intervenir, et aucune ne l'a fait. Tally cligne des yeux, repousse la voix de Nell et tente de se concentrer. Ces filles sont ses amies. Jamais elles ne l'auraient abandonnée. Tally a dû mal comprendre – ce ne serait pas la première fois.

— Désolée, dit-elle en leur adressant son plus beau sourire. J'aurais dû venir m'asseoir avec vous, mais j'avais une migraine et je préférais rester seule.

Ce n'est pas un mensonge, pas vraiment. Même si le bourdonnement n'est pas tout à fait une migraine, il lui donne l'impression que sa tête va exploser. D'où la deuxième suggestion qu'elle a glissée dans la boîte à idées de Mme Jarman.

Astuce N° 2 : Toutes les écoles devraient avoir un coin tranquille où les élèves peuvent aller quand ils ont besoin de solitude et de calme.

— On n'a qu'à s'asseoir ensemble maintenant, dit Layla en glissant son bras sous celui de Tally. J'espère que M. King ne va pas encore nous faire une présentation PowerPoint aujourd'hui !

Mais quand elles s'installent à leurs places respectives, leur professeur n'est pas debout devant le tableau, prêt à commenter cinq cents diapos sur l'Angleterre médiévale. Au lieu de ça, il fouille dans le tiroir de son bureau, les sourcils froncés. Il se redresse à l'entrée du dernier élève et fait face à la classe avec une mine perplexe.

— Quelqu'un aurait vu une feuille de questions ? J'aurais juré l'avoir laissée dans mon tiroir, mais je ne la trouve plus.

Tous les élèves secouent la tête.

— C'était important ? demande une fille au premier rang.

M. King opine.

— C'était le contrôle dont je vous ai parlé pendant le dernier cours. Celui qui va me permettre de calculer votre note d'histoire finale pour le trimestre.

— Est-ce que ça veut dire que du coup, on n'aura pas de contrôle, monsieur ? lance Ameet. On pourrait peut-être vous dire quelle note on pense mériter, et vous mettriez ça sur notre bulletin ?

— Pour moi, ce sera un A ! s'écrie Jasmine. Ma mère a dit qu'elle me filerait dix pounds pour chaque matière où j'aurais plus qu'un B de moyenne.

M. King se rembrunit tandis que d'autres élèves donnent leur avis sur la note qu'ils devraient recevoir.

— Je ne suis même pas certain d'avoir déjà vu une copie qui mérite un A dans cette classe, réplique-t-il une fois que le vacarme s'est un peu calmé. Quant à gagner de l'argent pour des bonnes notes, hum, dit-il en regardant Jasmine. Il me semble que l'éducation devrait être une récompense en soi.

Un grand rire s'élève dans le fond de la classe. Mais Tally n'écoute pas : elle est trop occupée à se remémorer ce qui s'est passé la veille à l'heure du déjeuner dans cette même salle de classe. La façon dont Luke lui a ordonné d'aller traîner avec d'autres débiles, comme si sa place n'était pas avec ses amies.

— Bref, je trouve ça très mystérieux, parce que je suis certain d'avoir rangé ce questionnaire ici hier matin, poursuit M. King. Et c'est très embêtant, parce que je vais devoir le réimprimer, ce qui signifie que le contrôle est reporté au prochain cours.

Les sourcils toujours froncés, il se met à écrire sur le tableau blanc. Tally jette un coup d'œil à la ronde. De l'autre côté de l'allée, Luke la fixe. Quand leurs regards se croisent, il articule un mot en silence. Pourtant, il parvient à capter l'attention de tout le monde autour de lui, si bien qu'une grande partie de la classe voit la réaction de Tally quand il plisse les yeux et la traite de ce qu'elle déteste le plus au monde.

— Tu as vu le questionnaire, Luke ? lance Tally d'une voix forte et claire qui résonne dans toute la salle. Pendant que tu fouillais dans le tiroir du bureau de M. King ?

Plusieurs choses se produisent alors simultanément.

Layla pousse un grognement étouffé et se dandine sur son siège pour s'éloigner de Tally. Luke vire à l'écarlate et se lève à moitié pour toiser Tally d'une façon menaçante. Les élèves assis au fond se mettent à huer comme des spectateurs de foot. Et sur l'estrade, M. King pivote pour les fixer sévèrement.

— Ça suffit ! rugit-il, faisant frémir Tally sur sa chaise. Le prochain qui moufte sera collé jusqu'à la fin du trimestre !

Le silence retombe, mais il n'a rien de paisible. Au contraire, l'électricité crépite dans l'air comme avant un orage.

— Tu veux bien répéter ce que tu viens de dire ? demande M. King en fixant Tally.

Mais elle pince les lèvres. Le professeur vient juste de dire que le prochain qui moufterait serait collé. Alors si c'est un piège, elle n'a pas l'intention de tomber dedans.

— Tu as dit que Luke avait fouillé dans le tiroir de mon bureau, c'est bien ça ? insiste le prof.

Tally acquiesce, parce qu'il n'a pas menacé de punir la prochaine personne qui hocherait la tête.

— C'est n'importe quoi, proteste Luke.

M. King lève la main.

— Je t'arrête tout de suite, avant que tu ne t'attires encore plus d'ennuis. (Il reporte son attention sur Tally.) Est-ce que tu l'as vu prendre le contrôle ?

Tally hésite. Il l'encourage d'un signe de tête.

— Attends une seconde.

Il fait signe à Luke de le rejoindre près de la porte, et des murmures parcourent le reste de la classe.

Lucy, qui est assise au premier rang, se retourne vers Tally.

— La ferme, siffle-t-elle. Je ne sais pas ce qui t'a pris, mais tu as intérêt à te taire si tu veux rester notre amie.

— Tally, tu veux bien venir ici ? appelle M. King. Les autres, prenez la page cinquante-six. Et si j'entends un seul bruit, attendez-vous à récolter tellement de devoirs d'histoire que vous n'aurez plus une minute jusqu'à la fin de l'année.

Il entraîne Tally et Luke dans le couloir, à la plus grande déception du reste de la classe.

— Je ne sais pas de quoi elle parle, explose Luke dès que la porte s'est refermée derrière eux. Elle me déteste, et elle cherche toujours à m'attirer des ennuis.

— C'est vrai ? demande M. King en dévisageant Tally.

Celle-ci réfléchit.

— Je ne cherche pas toujours à lui attirer des ennuis, répond-elle lentement. Mais oui, je le déteste un peu parce qu'il dit des choses très méchantes sur moi.

— Mais est-ce que tu l'as vu prendre le contrôle dans mon bureau ? demande M. King, l'air grave. C'est très important, Tally. Tu dois dire la vérité.

Tally baisse les yeux et racle le sol du bout de sa chaussure. M. King se montre très exigeant, et elle ne croit pas pouvoir lui parler quand il a un tel air fâché. Puis elle se souvient que Lucy lui a dit de se taire, et que ça ne lui a pas plu du tout. Si ses amies avaient dit quelque chose quand Luke l'a traitée de débile, rien de tout ça ne serait arrivé. Parfois, il faut parler, même quand on a l'impression que c'est impossible.

— Si le contrôle était sur une feuille de papier jaune, alors oui, il l'a regardé hier pendant la pause de midi, se force-t-elle à articuler en continuant à fixer ses pieds.

Elle ne fait rien de mal. Elle répond à la question de M. King. Elle dit la vérité.

— Sérieusement ? Vous allez m'accuser juste parce que Gogole croit avoir vu quelque chose ? geint Luke.

— Tais-toi ! ordonne M. King.

Mais Tally en a assez.

— C'est dans son sac ! s'écrie-t-elle en levant la tête et regardant Luke bien en face. Il l'a mise dedans juste avant de me dire de rendre service à tout le monde en disparaissant.

Luke a blêmi, et il se tait.

— Je parie qu'elle y est toujours, ajoute Tally pour se rendre utile.

M. King se tourne vers Luke et tend le bras.

— Tu as le choix. Ou tu me laisses fouiller ton sac ici, ou tu m'accompagnes chez le proviseur. C'est toi qui vois.

Tally sourit. Elle ne peut pas s'en empêcher. Visiblement, M. King ne comprend pas les règles mieux que Nell. Quand on propose un choix à quelqu'un, il doit forcément y avoir une option meilleure que l'autre, mais celles qu'il propose à Luke sont toutes les deux aussi horribles, et Tally s'en réjouit parce que Luke est quelqu'un d'horrible et que, d'après son expérience, les gens horribles se font rarement pincer.

L'air orageux, Luke tend son sac au professeur.

— Je préfèrerais que tu sortes le contrôle toi-même, si tu veux bien, réclame poliment M. King.

Puis il se tourne vers Tally.

— Tu peux retourner en classe. Et je crois que Luke apprécierait que, pour le moment, tu ne parles à personne de ce qui vient de se passer.

Tally acquiesce, entrebâille la porte, se faufile à l'intérieur et referme doucement derrière elle. Quand elle pivote vers le reste de la classe, vingt-cinq paires d'yeux la fixent d'un regard accusateur. Ce n'était pas la peine que M. King lui recommande la discrétion : ses camarades savent déjà, et à en juger à leur tête, ils ne sont pas ravis.

Chapitre 19

— Je n'irai pas, un point c'est tout.

Tally croise les bras sur sa poitrine et foudroie maman du regard.

Celle-ci ne se trouble pas.

— Ça m'aiderait beaucoup que tu enfiles tes chaussures, s'il te plaît. Tu peux choisir entre tes baskets et tes bottes.

Elles sont dans la cuisine depuis dix minutes. La conversation tourne en rond ; aucune d'elles n'est prête à céder.

— On va être en retard, répète papa pour la troisième fois en passant sa tête par la porte. J'appelle le restaurant pour annuler notre réservation ?

— Non ! s'exclame maman. C'est ton anniversaire, et pour une fois, on va sortir le fêter.

Elle reporte son attention sur Tally et lui sourit, mais Tally voit bien que son sourire est forcé.

— Alors, les baskets ou les bottes ?

Tally connaît les règles. Maman lui propose deux options, et elle en choisit une. C'est comme ça que ça fonctionne. C'est ce qu'on attend d'elle.

Ce qui signifie que ça n'est pas réellement un choix.

— Je ne veux pas mettre de chaussures, grogne-t-elle en se laissant lourdement tomber sur une chaise. J'ai déjà super mal aux pieds. Si je mets des chaussures, ce sera encore pire. (Elle lève les yeux vers sa mère.) Je crois que j'ai un pied d'athlète. Il vaudrait mieux que je me repose.

— Je ne vois vraiment pas comment tu l'aurais attrapé, ricane Nell en contournant papa pour entrer dans la cuisine. Tu ne fais jamais d'exercice.

Tally soupire tristement. Pour une fille de quatorze ans soi-disant intelligente, Nell raconte parfois beaucoup de bêtises.

— Il se trouve que j'ai dû courir très vite jusqu'au collège le jour où tu m'as *abandonnée*, rappelle-t-elle à sa sœur. C'est probablement là que je l'ai attrapé. Donc, c'est ta faute et pas la mienne si je souffre trop pour aller au restaurant.

— Personne ne blâme qui que ce soit, intervient maman en prenant son sac. Et malgré son nom, le pied d'athlète ne s'attrape pas en faisant de l'exercice.

— Ah ! Je savais bien que je pouvais l'avoir ! s'écrie Tally avec un sourire triomphant à l'intention de Nell.

— En fait, c'est une mycose, poursuit maman. Un champignon. C'est ça que tu as, Tally ?

Tally hésite. Elle a étudié les champignons en cours de sciences naturelles. Ce sont des germes répugnants. Alors, elle secoue vigoureusement la tête. Elle ne veut pas de ça sur ses pieds.

— Donc, on va tous au restaurant ? demande Nell en sortant son téléphone de sa poche de derrière. Ou j'y vais seule avec papa, comme toutes les fois où Tally a fichu nos projets en l'air ?

— Je ne fiche rien en l'air ! proteste Tally en repoussant sa chaise et se levant. Ce n'est pas ma faute si... si...

Elle s'interrompt parce qu'elle ne sait pas comment finir sa phrase. Il existe un millier de raisons pour lesquelles elle ne peut pas sortir ce soir, mais là tout de suite, elle ne se souvient d'aucune. Pourtant, elle sait que papa attendait avec impatience ce repas au restaurant. Et elle n'a pas oublié que, l'an dernier, elle a fait une crise avant même d'atteindre la voiture, et que maman a dû rester à la maison avec elle pendant que papa et Nell sortaient sans elles.

— Je monte dans ma chambre, marmonne-t-elle.

Elle passe devant Nell à grands pas furieux. Mais une fois dans le couloir et hors de vue de sa famille, elle s'arrête comme toujours. C'est ainsi qu'elle peut entendre ce qu'ils pensent vraiment d'elle, ce qu'ils n'osent pas lui dire en face de peur que ça la mette en colère.

— Je suis désolée, mon chéri, dit maman à papa d'une voix grise, atone. Si ça peut te consoler, elle t'a fabriqué une magnifique carte d'anniversaire. Elle y a passé des heures hier pour que ce soit parfait. J'espère qu'elle te la donnera plus tard.

— Elle n'avait pas besoin de faire ça, répond papa sur un ton chaleureux.

Tally se rapproche de la porte de la cuisine pour mieux entendre.

— Mon plus beau cadeau aurait été qu'on aille dîner au restaurant tous ensemble.

— Je ne comprends pas pourquoi il faut absolument l'emmener, grommelle Nell sur un ton boudeur qui rampe par terre et se faufile dans le couloir. On ne pourrait pas juste y aller sans elle et passer un bon moment ?

— Non, répond papa avec une fermeté qui surprend Tally, car elle a parfois l'impression qu'en secret, il souhaite juste qu'elle disparaisse. Nous sommes une famille. Nous n'abandonnons personne. Si Tally ne veut pas sortir, on va tous rester ici. Peu m'importe ce qu'on fait du moment qu'on est ensemble.

Dans le couloir, Tally s'est figée. Papa ne comprend pas. Le problème, ce n'est pas qu'elle ne veut pas sortir. C'est qu'elle ne le peut pas. Ce n'est pas du tout pareil. Cette semaine a été horrible au collège. Personne ne voudra plus lui parler. Et même si les vacances de la Toussaint ont tout juste commencé et qu'elle n'ira pas à l'école pendant neuf jours, rien ne va. Tally ne s'est jamais sentie aussi seule. La dernière chose dont elle se sent capable en ce moment, c'est de quitter le cocon douillet et sûr de la maison pour s'aventurer dehors dans la nuit.

Nell souffle, exaspérée.

— Mais elle est tellement pénible, gémit-elle. Aucune de mes copines n'a de sœur qui se conduit comme ça. Ce n'est pas juste.

Des talons hauts claquent sur le plancher signe que maman s'approche de Nell.

— Mais tu sais pourquoi elle se conduit comme ça, non ? Elle ne fait pas exprès de tout gâcher. Je te parie qu'en ce moment, elle est en train de culpabiliser dans sa chambre.

— Je voudrais bien qu'elle ne nous complique pas autant la vie, marmonne Nell. J'en ai assez de devoir gérer tous ses problèmes. Vous n'avez jamais envie qu'elle soit normale, de temps en temps ?

— Ça veut dire quoi, normale ? réplique papa. Je crois que je ne connais personne qui se trouve normal, Nell. Je sais que ce n'est pas toujours facile, mais même si je le pouvais, je ne changerais rien à cette famille. Je t'aime et j'aime Tally exactement telles que vous êtes.

Une secousse minuscule, et la petite aiguille de l'horloge du couloir se rapproche du sept. Tally se mord la lèvre et fixe la porte entrouverte de la cuisine avant de prendre une décision. Puis elle fait volte-face, monte l'escalier en courant et fonce dans sa chambre pour prendre ce dont elle a besoin.

L'horloge est sur le point de sonner dix-neuf heures quand elle déboule au rez-de-chaussée.

— Vous êtes prêts ? demande-t-elle en faisant irruption dans la cuisine. Dépêchez-vous, on va être en retard !

Par les fentes de son masque de tigre, elle voit maman écarquiller les yeux de surprise. Au fond de la pièce, Nell secoue la tête d'un air dégoûté.

— Je ne sors pas avec elle si... commence-t-elle.

Mais papa l'interrompt.

— Très bien, on y va ! s'exclame-t-il en se frottant les mains, l'air réjoui. J'ai entendu beaucoup de bien de ce restaurant. Apparemment, leurs spaghettis aux fruits de mer sont à mourir !

Tally fronce les sourcils, mais décide de ne pas relever. Elle déteste quand papa dit des choses fausses. Il ne va pas mourir pour un plat de pâtes, si bonnes soient-elles, alors pourquoi affirmer une chose aussi ridicule ?

— Tu es fantastique, chuchote maman alors qu'ils enfilent leur manteau. Et tu viens de rendre ton père très heureux.

Tally sourit. La Fille Tigre peut faire les choses dont elle-même est incapable. La Fille Tigre est courageuse, intrépide, et elle rend les gens heureux. Si seulement elle pouvait aller au collège à sa place, tout le monde l'adorerait, Tally en est certaine. Personne ne dirait à la Fille Tigre de disparaître ; personne ne chuchoterait « balance » sur son passage. Mais surtout, Luke aurait très peur d'elle, et il tremblerait chaque fois qu'elle entrerait dans une salle de classe.

Dehors, la nuit est froide, et Tally se réjouit que son masque protège ses oreilles. Ils partent à pied. Pour une fois, elle n'a pas trop peur des voitures qui passent très vite, l'éblouissant de la lumière de leurs phares. Nell marche à côté d'elle, mais ne semble pas d'humeur bavarde. Après quelques tentatives pour engager la conversation, Tally abandonne et se concentre sur le trottoir sous ses pieds, guettant les vers de terre qui auraient pu se perdre après la dernière averse.

La famille finit par arriver à la grande rue, avec ses boutiques aux vitrines illuminées, où beaucoup de monde entre et sort des nombreux bars et restaurants.

— C'est juste là, dit papa désignant leur destination d'un mouvement du menton. Et nous sommes pile à l'heure pour notre réservation. Bien joué, tout le monde.

Tally marche devant le reste de la famille. Elle se sent courageuse avec son masque. Et soudain, tout dérape.

Elle les entend avant de les voir. Leurs rires remontent la rue en ondulant comme des vagues. Tally tourne la tête et les voit : Layla, Ayesha, Lucy et Jasmine en cercle devant le McDonald's. Près d'elles, Luke et Ameet plongent la main dans un sac en papier et la ressortent pleine de frites.

Très vite, Tally arrache son masque de tigre, le cœur battant la chamade.

Une poignée de frites s'écrase à ses pieds. Quand Tally lève les yeux, Luke la fixe. Il la dévisage un moment, puis baisse les yeux vers le masque qu'elle tient dans ses mains – et cache très vite derrière son dos. Puis il se retourne et chuchote quelque chose aux autres, qui pivotent tous vers Tally.

— Ce sont tes amies, non ? lance Nell en rejoignant sa sœur.

Mais Tally n'a pas de mots pour lui répondre et ne peut pas bouger non plus. Elle ne peut rien faire d'autre que fixer le groupe devant elle.

Sa sœur fait signe à leurs parents d'accélérer.

— On y va. Tout de suite. (Elle tire gentiment sur le bras de Tally.) Continue à marcher.

— Allez, murmure maman en posant une main sur l'épaule de Tally. Il ne faut pas qu'on soit en retard.

Tally se laisse pousser en avant, sans écouter sa famille qui se dirige vers le restaurant, un peu plus loin dans la rue. Au lieu de ça, elle se repasse en boucle la scène qui vient juste de se produire. Luke l'a vue, elle le sait. Ils l'ont tous vue. Mais a-t-il vu la Fille Tigre ? Et si oui, va-t-il le dire à tout le monde ?

Les pieds de Tally ralentissent. Elle est effrayée et inquiète. Pas moyen d'entrer dans le restaurant si les gens doivent la voir. Elle tient toujours son masque de tigre dans ses mains. Très vite, elle jette un coup d'œil par-dessus son épaule pour vérifier que Luke, Layla ou les autres ne l'ont pas suivie. Mais le trottoir est désert, et il n'y a aucune raison pour qu'ils viennent manger ici.

— Tu crois qu'ils m'ont vue ? chuchote-t-elle. Qu'ils ont vu mon masque ?

Nell se penche vers elle.

— Non, répond-elle fermement. Je suis sûre que non. J'étais juste derrière toi, et tu l'as enlevé avant qu'ils puissent le remarquer.

Tally n'est pas convaincue, mais elle remet son masque, s'emplit les poumons de son odeur et savoure le contact réconfortant du caoutchouc sur son visage. Si Luke l'avait vu, il aurait sûrement crié quelque chose de méchant. D'un autre côté, ils ont tous chuchoté en la regardant.

L'estomac de Tally se met à tourner comme le tambour d'un lave-linge, et elle serre les poings le plus fort possible. Elle ne peut pas perdre le contrôle maintenant, pas alors qu'ils sont censés fêter l'anniversaire de papa.

Elle entre avec sa famille, et un serveur les conduit à une table au beau milieu de la petite salle accueillante. Maman fronce les sourcils et demande de s'installer dans un coin, mais le serveur hausse les épaules et, d'un geste, désigne la salle pleine.

— Ça va aller, dit papa. Détends-toi, Jennifer.

Dès qu'ils sont assis, Nell sort son téléphone.

— Pas à table, lance automatiquement maman. Tu connais les règles. (Elle pousse un menu vers ses filles.) Cherche plutôt ce que tu veux manger. Et toi, Tally ? Tu as envie de quoi ?

— Du pain grillé, répond distraitement Tally, toujours préoccupée.

Maman rit.

— Tu peux en avoir n'importe quand à la maison. Tu veux bien regarder le menu et choisir quelque chose de différent ? Ils ont un très bon burger qui pourrait te plaire.

— Moi, je prends les spaghettis, c'est sûr, dit papa en souriant à maman. Merci à toutes. Je suis ravi de fêter mon anniversaire ici.

— Vous êtes prêts à commander ? s'enquiert le serveur en revenant à leur table. En plat du jour, nous avons un bœuf bourguignon, et en soupe du jour, un velouté de brocoli au Stilton.

Il jette un coup d'œil à Tally avant de lancer à maman :

— Par ailleurs, je crains que notre règlement interdise aux clients de se couvrir le visage hormis pour des raisons religieuses.

— Trop gênant, marmonne Nell.

— Mais je suis sûr que ça ne s'applique pas aux enfants, n'est-ce pas ? dit papa avec un sourire amical. Ça ne fait de mal à personne.

Le serveur émet un petit bruit de gorge.

— C'est le règlement.

Tally regarde autour d'elle. À la table voisine est installée une famille de cinq personnes. Un des adolescents porte un casque audio, et la mère a gardé ses lunettes de soleil alors qu'il est dix-neuf heures trente et qu'il a plu une grande partie de la journée.

— Ils ont des trucs sur la tête, fait-elle remarquer en les pointant du doigt.

— Tally, ce n'est pas poli, chuchote maman.

— Mais c'est la vérité !

— Peu importe. On ne parle pas des gens devant eux, et on ne les montre pas du doigt.

Maman semble sur le point de se fâcher ou de fondre en larmes. Tally espère qu'elle ne va pas pleurer, parce que ce serait trop embarrassant.

— Je m'en occupe, dit papa en se levant et faisant signe au serveur. Je peux vous dire un mot en privé, s'il vous plaît ?

Ils se dirigent ensemble vers l'entrée du restaurant. Papa parle, et le serveur l'écoute en fronçant les sourcils. Puis ils reviennent tous les deux vers la table. Papa montre Tally du doigt. Elle a envie de lui crier qu'il n'a pas écouté maman, que c'est très malpoli de faire ça. Mais elle se souvient que c'est son anniversaire, qu'elle ne lui a pas acheté de cadeau et qu'elle a fini par jeter sa carte à la poubelle parce qu'elle n'arrivait pas à dessiner correctement. Donc, pour une fois, elle peut laisser tomber. Même si elle se sent encore horrifiée d'avoir croisé Luke et les autres.

— Tu pourrais juste enlever cet horrible masque, marmonne Nell en déchirant des petits bouts de pain qu'elle enfourne dans sa bouche. Tu ne crois pas qu'il t'a déjà causé assez d'ennuis pour aujourd'hui ?

— Ça suffit, Nell, dit maman en pressant la main de Tally. Papa va tout arranger, et on va passer un bon moment.

Papa et le serveur les rejoignent, et papa sourit à maman.

— Tout va bien. Maintenant, commandons.

Papa et maman ont déjà choisi. Après que Nell a fini d'hésiter entre le risotto et la salade de poulet, le serveur se tourne vers Tally.

— Qu'est-ce que tu prendras ? demande-t-il sur un ton pas très amical.

— Du pain grillé, s'il vous plaît.

Il pince les lèvres.

— Nous n'avons pas ça au menu.

— Pourquoi tu ne prends pas le burger ? suggère maman. Je suis sûre qu'on peut le demander sans sauce ni cornichons.

— Certainement, madame, approuve le serveur.

— Mais je veux du pain grillé, insiste Tally. Pas un burger.

— Comme je viens de te le dire, nous n'en avons pas au menu, répète l'homme en la fixant d'un regard dur. Nous pouvons adapter les plats existants, mais tu ne peux pas commander quelque chose que nous ne servons pas.

— Écoute, Tally, tu... commence papa.

Mais elle ne le laisse pas finir.

— Je veux du pain grillé sans rien dessus ! hurle-t-elle. C'est le truc le plus facile du monde à préparer ! Même moi, je sais le faire. Alors, pourquoi vous ne voulez pas m'en donner ?

Quelqu'un souffle à la table voisine. Tally lève les yeux. Les cinq la dévisagent, un peu comme ses soi-disant amis tout à l'heure devant le McDonald's.

— C'est malpoli de fixer les gens ! s'égosille-t-elle. Personne ne vous l'a jamais appris ?

— Cette enfant a besoin qu'on lui enseigne les bonnes manières, lance la mère sur un ton désapprobateur.

Et les gens assis à la table de derrière acquiescent avec conviction.

— Laissez-la moi deux jours, et elle ne se comportera plus comme ça en public, marmonne une autre femme. C'est la faute des parents. Il n'y a plus aucune discipline de nos jours.

— Les enfants passent trop de temps devant leurs écrans, renchérit la première femme. Il faut poser des limites claires dès le départ, c'est ce que je dis toujours.

— Je veux juste un bout de pain grillé ! hurle Tally sans faire attention à Nell, qui a viré à l'écarlate, ni à son père, qui s'est pris la tête entre les mains. Ce n'est pas si difficile !

— Puis-je poliment suggérer qu'un autre établissement conviendrait mieux à vos besoins ? lance le serveur sur un ton glacial. Peut-être un endroit un peu moins huppé où ce genre d'éclats ne dérangerait pas la clientèle.

— Et puis-je poliment suggérer que vous et votre établissement chic alliez-vous faire... ?

Tally n'entend pas la fin de la phrase de papa parce que maman les pousse dehors, Tally et elle, leurs manteaux pliés sur le bras et la bouche frémissante de rage.

Papa sort un moment plus tard. Ils restent sur le trottoir, maman murmurant à l'oreille de Nell et frottant le dos de Tally, qui ne comprend pas trop pourquoi. Mais comme ça semble la réconforter, elle la laisse faire, même quand ça commence à l'agacer.

— Qui veut manger des tartines d'anniversaire à la maison ? finit par lancer papa. Il doit nous rester un pot de pâte à tartiner au fond d'un placard. On n'a qu'à l'ouvrir, puisque c'est jour de fête !

Ils commencent à remonter la rue, quand, soudain, Tally s'arrête devant une porte ouverte. Elle regarde très vite autour d'elle pour vérifier que les autres ne sont plus là.

— Je meurs de faim. On peut manger ici ? demande-t-elle.

— Ils ne servent pas de pain grillé non plus ici, répond papa avec un petit rire. Je crains que cet endroit ne nous convienne pas mieux que l'autre.

L'odeur qui s'échappe du McDonald's fait gargouiller l'estomac de Tally. Elle regarde le reste de sa famille et secoue la tête.

— Mais je ne veux plus de pain grillé. Maintenant, j'ai très envie d'un burger.

— Tu te fous de moi ? marmonne Nell. Après le scandale que tu as causé, tu ne peux pas changer d'avis comme ça.

Tally fronce les sourcils.

— Quel scandale ? Et je n'ai pas changé d'avis. Je veux juste quelque chose de différent maintenant.

— Ton deuxième prénom, c'est Pénible, grommelle Nell.

Tally se tourne vivement vers elle.

— Pas du tout, c'est Olivia. Ce que tu peux être ignorante !

— Allez, ça suffit, intervient papa. On doit prendre une décision.

Il regarde maman, qui hausse les épaules.

— À toi de voir. C'est ton anniversaire.

— Dans ce cas, dit papa en prenant ses deux filles par la main et en les entraînant à l'intérieur, j'adorerais fêter mon anniversaire avec un énorme burger et une portion de frites. Ça paraît beaucoup plus appétissant que tout ce qu'il y avait au menu de ce restaurant cher et prétentieux !

— Joyeux anniversaire, papa, murmure Tally pendant qu'ils se mettent dans la file. J'espère que tu as passé une bonne journée.

— Elle est bonne maintenant, répond papa tout bas. Et c'est la seule chose qui compte.

Date : vendredi 17 octobre
Situation : un repas en famille pour fêter l'anniversaire de papa
Taux d'anxiété : 8 au début, mais c'est descendu à 3 quand j'ai mis mon masque de tigre

Cher journal,

Ce soir, j'étais complètement coincée. Je me rendais compte que j'étais pénible, et je savais que j'embêtais tout le monde. Mais c'était comme si une main glacée m'avait saisie par la gorge et me forçait à me comporter ainsi. Laisse-moi t'expliquer.

Mode d'emploi de l'autisme de Tally : rester coincée

Inconvénients : tout le monde a des accès de mauvaise humeur de temps en temps. Mais les miens peuvent être déclenchés par à peu près n'importe quoi, et quand ça arrive, j'ai beaucoup de mal à en sortir. Il me semble que je ressens tout bien plus fort que les autres. Plus je me débats, plus je m'enfonce.

Quand je suis coincée dans une pensée ou une émotion désagréable, c'est comme si le monde tout entier était gris et déprimé, et que j'étais prisonnière d'un corps qui ne m'appartient pas. C'est affreux et ça me donne envie de pleurer. Ce qui peut m'irriter : que les gens aient un langage corporel négatif, ou qu'ils m'ordonnent de faire des choses. Et bien entendu, une mauvaise journée à l'école. Alors, imagine à quel point je me sentais coincée après cette semaine. C'est comme ce jeu auquel on jouait en primaire, où tu fais semblant d'être embourbée jusqu'à ce que quelqu'un rampe entre tes jambes pour te délivrer. Sauf que je n'ai personne pour me délivrer.

Quand j'ai faim, soif, ou que je suis fatiguée, c'est encore pire. Mais je ne suis pas douée pour écouter les besoins de mon corps et les satisfaire en lui donnant à manger ou à boire, ou en allant dormir, parce que j'ai l'impression qu'il exige quelque chose de moi et que je résiste à ses demandes.

Avantages : le seul avantage de mes accès de mauvaise humeur, c'est que je suis très forte pour aider mes amies quand ça leur arrive à elles. Je sais ce qui m'aide, et parfois, ça peut marcher pour elles aussi. Je crois que quand tu es autiste, tu comprends mieux certaines choses – et pas moins bien comme le pensent certains. Peut-être parce que tu as tellement de problèmes que tu es forcé de trouver des solutions.

Les choses qui m'aident quand je suis coincée :

1/ Mes Squishy, une sorte de balle antistress en mousse. Ils sentent bon ; j'aime leur texture et leur fermeté. Donc, ils m'aident à apaiser mon anxiété. Je mets toujours une éternité à les choisir dans le magasin. Chaque fois, Nell est super gênée parce que je dois sortir tous les Squishy de leur paquet pour les essayer.

2/ M'absorber complètement dans quelque chose : jouer du piano, regarder des vidéos de Taylor Swift sur YouTube ou écrire. Parfois, au bout d'un moment, je réalise que ma mauvaise humeur s'est envolée toute seule.

3/ Les animaux. Tout va toujours mieux avec des animaux.

4/ Les gens qui ignorent ma mauvaise humeur et ne la prennent pas personnellement peuvent m'aider en gardant leur calme. Quand je suis coincée au fond de mon trou et qu'une personne calme me dit des choses apaisantes, c'est comme si elle me lançait une perche. Mais la plupart du temps, les gens se mettent en colère contre moi, et c'est comme s'ils sautaient dans le trou pour m'y maintenir plus longtemps. Quand on est deux au fond du trou, le seul moyen de remonter, c'est de discuter de la meilleure manière de s'y prendre ensemble.

5/ Parfois, mes amies me font rire et ça me fait comme un électrochoc. Mais il faut que ce soit naturel. Je déteste quand les gens essayent trop, que leurs blagues ne sont pas marrantes et que je dois faire semblant de rire quand même. Papa fait souvent ça. Mais au moins, il essaie, et c'est plus que je ne peux en dire de mes soi-disant amies pour le moment.

Chapitre 20

— Ce n'est que moi, Rupert. N'aie pas peur, d'accord ?

Tally jette un coup d'œil rapide par-dessus son épaule, mais il n'y a personne. Papa est parti au travail et maman est dans la cuisine, en train d'installer son chevalet pour travailler à sa dernière toile. Tally n'a pas vu Nell ce matin, ce qui l'arrange parce que sa sœur a été d'une humeur massacrante toutes les vacances de la Toussaint. Ce fut l'une des semaines les plus ennuyeuses que Tally ait jamais vécues, mais ça ne l'a pas vraiment dérangée. Après le stress du collège, elle a trouvé agréable de traîner en pyjama toute la journée, sans devoir aller nulle part. Elle continuerait bien pendant une semaine de plus, mais les cours reprennent aujourd'hui. Au moins, ça ira peut-être mieux après cette pause.

Sur la pointe des pieds, Tally s'approche de la porte de la buanderie. Allongé dans son panier, Rupert lève un regard triste vers elle. Il porte toujours la muselière – maman insiste pour qu'il la garde toute la journée, ce que Tally trouve cruel, même si maman affirme que ça ne lui fait pas mal, et que ça ne l'empêche ni de manger ni de boire. Papa le sort tous les matins et tous les soirs, et Tally l'a entendu admettre devant maman que le chien devenait de plus en plus bruyant et agité au fil du temps. Tous deux ont convenu que si la muselière ne suffisait pas à le calmer et si Mme Jessop ne rentrait pas très vite, ils l'emmèneraient dans une pension canine.

— Tu dois me promettre de ne pas stresser si je m'assois, chuchote Tally en s'accroupissant très lentement derrière la barrière d'escalier. Je ne suis pas dans le même espace que toi et je n'essaierai pas de te toucher, d'accord ? Tout va bien. Tu n'as rien à faire à part rester ici avec moi.

Au fond de la buanderie, Rupert ne la quitte pas des yeux. Lorsqu'elle sort une balle de sa poche, il change de position pour continuer à observer ce qu'elle fait.

— C'est un de mes Squishy préférés, explique Tally en le serrant dans sa main. Il est très doux, et j'aime bien le tenir quand je suis angoissée.

Rupert émet un grondement sourd, et Tally hoche la tête.

— Exactement. Je sais que ça ne te plaît pas d'être ici, Rupert, mais ça va aller. Je te le promets. Tu dois juste arrêter d'être aussi nerveux et d'avoir peur de tout, parce que les gens détestent quand tu leur sautes dessus et que tu fais beaucoup de bruit. Moi aussi, je déteste ça, d'accord ? dit-elle en le fixant d'un regard dur.

Le chien suit des yeux la balle qu'elle fait passer d'une main à l'autre. Puis une porte claque à l'étage, et Tally sait qu'elle n'a plus beaucoup de temps avant que Nell descende en trombe et exige qu'elles partent à l'école. Alors, sans réfléchir, elle se penche en avant et fait rouler son Squishy préféré entre les barreaux de la barrière, vers les pattes avant de Rupert.

Le chien baisse les yeux vers la balle, puis les relève vers Tally.

— Je te le prête pendant que je suis au collège. S'il te plaît, évite de le mâchouiller ou de baver dessus parce que ça ne serait pas très gentil et qu'après je ne te laisserai plus jouer avec mes affaires si tu n'en prends pas soin.

Rupert tend une patte hésitante et donne un petit coup dans la balle. Tally rit et se lève en entendant Nell l'appeler.

— Je viendrai te voir en rentrant, tout à l'heure, promet-elle. Passe une bonne journée.

La cloche sonne au moment où Nell et Tally franchissent le portail du collège. Nell s'élance sans un mot, et Tally soupire en se demandant ce qu'elle a bien pu faire de travers cette fois. Puis elle aperçoit Layla et les autres un peu plus loin et oublie aussitôt les humeurs de sa sœur. Il s'est passé une semaine entière depuis la catastrophe du contrôle d'histoire. Ses amies sont sûrement redevenues normales depuis.

— Layla ! Hé, attendez-moi !

Rajustant les bretelles de son sac à dos, Tally traverse la cour aussi vite que ses jambes veulent bien courir et monte les marches du bâtiment. Elle rattrape ses amies à l'entrée.

— Je suis là, halète-t-elle en contournant deux élèves plus âgés. Layla !

— Vous avez entendu quelque chose ? lance Lucy en se retournant pour jeter un coup d'œil derrière elle.

Son regard balaye Tally sans s'arrêter, comme si elle n'était pas là.

— Non, répond Ayesha en fronçant le nez. Rien du tout.

— Layla ?

Tally fait coucou à sa meilleure amie, mais celle-ci ne lui prête aucune attention. Elle fixe le couloir, au bout duquel Tally voit Jasmine et Luke se diriger vers elles. La poisse !

— Coucou !

Layla bondit sur Jasmine et la serre fort dans ses bras. Avant, elle réservait ce genre de câlins à Tally.

— C'était comment, tes vacances ?

— Chiant, répond Jasmine sur un ton plaintif. Ma mère m'a forcée à garder mon frère, et elle n'a même pas voulu nous donner de l'argent pour aller au McDo. Elle dit que c'est du gaspillage – comme si elle savait de quoi elle parle !

— Heureusement qu'on y était allés tous ensemble le dernier jour de classe, hein ? lance Ayesha avec un grand sourire. On s'est bien amusés, non ?

Jasmine rejette ses cheveux en arrière.

— Grave ! J'aurais tellement voulu que ma mère me laisse traîner avec vous toute la semaine !

Tally ouvre la bouche pour se joindre à la conversation, mais la referme aussitôt : elle s'est brusquement souvenue de leur rencontre en ville, pendant qu'elle allait au restaurant avec sa famille pour l'anniversaire de papa. Elle a passé la moitié des vacances à se demander si Luke l'avait vue avec son masque, mais maintenant qu'ils sont devant elle, une autre question lui traverse l'esprit pour la première fois : pourquoi étaient-ils au McDo sans elle ?

— On devrait se refaire ça vendredi, suggère Lucy. Et peut-être inviter d'autres gens.

— Plus on est de fous, plus on rit, acquiesce Luke. Tout le monde est bienvenu – sauf les balances, évidemment.

Il pivote vers Tally, mais ce qu'il a à lui dire ne l'intéresse pas, et elle l'ignore.

— Pourquoi vous ne m'avez pas proposé de vous accompagner au McDo ? demande-t-elle en regardant Layla. Je serais venue avec vous.

Ce n'est pas tout à fait vrai. Même si ses parents l'avaient laissée sortir avec ses amis, ce qui est très peu probable, Tally n'aurait pas aimé traîner en ville sans un adulte pour la surveiller. Il aurait pu lui arriver n'importe quoi.

Mais quand même, elle aurait aimé que ses amies l'invitent.

— Tu n'as pas entendu ce que je viens de dire ? ricane Luke. Tout le monde est bienvenu – sauf les balances. (Sa bouche s'étire en un large sourire hypocrite.) Donc, tout le monde sauf toi. D'ailleurs, tu avais déjà un truc prévu avec tes parents ce soir-là, non ? Les pauvres ! Ils doivent avoir une vie horrible à cause de toi. Je parie qu'ils ont tout le temps envie d'être ailleurs.

— Je serais venue avec vous, répète Tally, qui a enregistré l'insulte mais ne quitte pas Layla des yeux. Vous avez oublié de me demander ?

Sa meilleure amie fouille dans son sac comme si elle avait perdu quelque chose.

— Personne n'a rien oublié, Tally, réplique Lucy en poussant un soupir comme si elle s'ennuyait affreusement. On ne voulait pas de toi après ce que tu as fait à Luke en cours d'histoire. Point !

Tally fronce les sourcils.

— Mais je n'ai rien fait à Luke. C'est lui qui a volé le contrôle, pas moi. C'est lui qui l'a mis dans son sac.

— Mais tu m'as dénoncé à M. King ! explose Luke en virant à l'écarlate. Il ne l'aurait jamais découvert si tu ne m'avais pas balancé !

Tally secoue la tête en essayant d'ignorer la petite foule qui commence à se masser autour de leur groupe.

— M. King a demandé si quelqu'un avait vu quelque chose. Je n'ai fait que dire la vérité.

Luke plisse les yeux.

— Tu essayais de m'attirer des ennuis.

— Non. Je suis honnête, c'est tout, se défend Tally. Layla, dis-lui.

— Tu me détestes, et tu voulais que je sois collé par M. King.

Luke fait un pas en avant, mais Tally ne bouge pas, pas même quand elle sent le souffle du garçon sur sa figure.

Quelqu'un éclate de rire. Layla jette un regard nerveux autour d'elle.

— On y va. Je vous l'ai dit, elle ne peut pas s'en empêcher. C'est pas sa faute.

Luke rit, mais Tally sait qu'il ne trouve pas ça drôle du tout.

— Tu parles ! Elle savait très bien ce qu'elle faisait. Arrête de lui chercher des excuses, Layla. Franchement, je ne sais pas comment tu as pu la supporter si longtemps.

— Tu n'aurais pas dû me traiter de débile, chuchote Tally en serrant les poings. C'est de ta faute si je l'ai dit à M. King.

— Donc, tu voulais bien te venger, claironne Luke, triomphant. Je le savais !

Il se tourne vers les autres et lève les sourcils.

— Vous l'avez entendue. Elle m'en voulait, alors elle m'a balancé.

— Tu n'étais pas obligée de faire ça, marmonne Jasmine. Tu es allée trop loin, Tally.

— Ce n'est pas ce que j'ai dit, proteste Tally en cherchant de l'aide du regard. Je ne voulais pas...

— Tu sais que M. King a envoyé un mail au père de Luke ? coupe Lucy en posant une main sur sa hanche. Il lui a dit que son fils avait été trouvé en possession d'un contrôle volé, et le père de Luke a pété les plombs !

— La ferme, Lucy, marmonne Luke en ramassant son sac par terre. Ce que mon père a fait ne la regarde pas.

Silence gêné. Subitement, tout le monde regarde n'importe où, sauf en direction de Tally et de Luke. Cette injustice frappe Tally comme la foudre tombée du ciel, si fort qu'elle titube.

— Je me fiche de Luke et de ses parents, claironne-t-elle. Maintenant, on peut arrêter de parler de ça ? Sauf si vous voulez dire qu'ils doivent avoir une vie vraiment horrible avec un fils pareil, les pauvres. À leur place, je m'enfuirais pour ne plus avoir à le supporter.

Le silence qui suit n'est pas gêné : il vibre d'appréhension. Tally voit une expression nouvelle et inconnue s'afficher sur le visage de Luke. Ce n'est pas de la colère, du dégoût, de la menace, de la cruauté ni aucun des autres sentiments qu'elle en est venue à lui associer. On dirait que des flammes dansent dans ses yeux, et sa mâchoire inférieure pend, inerte.

La cloche sonne de nouveau, et la foule se disperse à regret. Mais le petit groupe devant la vitrine aux trophées reste figé là, comme si une méchante fée leur avait jeté un sort.

— Qu'est-ce qu'elle vient de dire sur ma mère ? marmonne Luke.

Seule sa bouche a remué. Mais ses paroles semblent briser le sort qui affectait les autres.

— Viens, on y va, dit Ameet en lui posant une main sur l'épaule. Elle n'en vaut pas la peine.

Lucy prend la main d'Ayesha pour l'entraîner.

— On va être en retard pour l'appel. On se voit à la récré, Layla !

— Nous aussi, on ferait mieux d'y aller, dit Jasmine à Layla.

Voyant que celle-ci ne bouge pas, elle secoue la tête et, flanquée d'Ameet, se joint au flot d'élèves qui se dirigent vers leur salle de cours.

— Ça va aller, dit doucement Layla.

Tally se détend avant de réaliser que ce n'est pas à elle que son amie s'adresse.

— Je te l'ai déjà dit : elle ne peut pas s'en empêcher. Tu dois juste l'ignorer et ne pas le prendre mal quand elle dit des choses blessantes.

— Je suis là ! lance Tally en agitant les mains. Devant toi ! Ne parle pas de moi comme si je n'étais pas là !

Luke ferme les yeux. Quand il les rouvre, le feu s'est éteint dans ses prunelles.

— Dis-lui qu'à partir de maintenant, je l'ignorerai et qu'elle n'aura qu'à faire pareil. Mais si elle parle encore de ma mère... elle le regrettera.

Puis il fait volte-face et disparaît dans la foule.

— On se rejoint où à la récré ? demande Tally en se dandinant d'un pied sur l'autre. On dirait qu'il va pleuvoir ; il vaudrait mieux trouver un endroit à l'abri parce que je ne veux pas être mouillée.

Layla se rembrunit.

— Tu n'as rien entendu ou quoi ? C'était déjà assez nul d'attirer des ennuis à Luke juste avant les vacances de la Toussaint, mais ce que tu viens de dire au sujet de sa mère était impardonnable.

— Mais quoi ? proteste Tally, perplexe. Je n'ai rien dit de pire que ce qu'il m'a balancé !

— Tu plaisantes ? réplique Layla. « Ses parents doivent avoir une vie vraiment horrible avec un fils pareil ; à leur place, je m'enfuirais pour ne plus avoir à le supporter. » Tu as déjà oublié ?

Tally tape du pied.

— Bien sûr que non ! Et je me souviens aussi qu'il m'a dit exactement la même chose ! Donc, je ne vois pas ce que j'ai fait de mal.

Layla grogne.

— Non, ce n'est pas pareil. Il ne t'a pas blessée en le disant, et de toute évidence, c'est un peu vrai : tes parents sont forcés de te supporter.

— Si, il m'a blessée, aboie Tally, effrayée.

Layla ne lui a encore jamais parlé de cette façon, et si même sa meilleure amie pense qu'elle est pénible, peut-être que c'est vrai en fin de compte.

— Et je parie que je suis plus facile à supporter que lui. Je n'ai dit que la vérité : s'il faisait partie de ma famille, je m'enfuirais.

— Il faut que tu arrêtes avec ça, siffle Layla, les joues rouges. Je suis sérieuse, Tally. Cette fois, tu es allée trop loin.

— Pourquoi ? réplique Tally, tout aussi furieuse. Pourquoi lui, il peut le dire, et pas moi ? Ce n'est pas juste !

Layla jette un regard autour d'elle, mais il ne reste presque plus personne dans le couloir.

— Tu sais bien pourquoi. Tu étais avec nous à l'école l'an dernier. Et même si personne n'a jamais parlé de ce qui était arrivé à Luke, on le savait tous. Ne fais pas comme si tu l'avais oublié. La mère de Luke s'est enfuie en le laissant seul avec son père. Voilà pourquoi c'était horrible de lui dire ça.

Puis elle s'en va et Tally reste seule avec le souvenir, malheureusement ressurgi trop tard, de Luke pleurant dans les vestiaires de l'école. Son estomac se noue. Cette fois, c'est la catastrophe.

Chapitre 21

La cloche sonne au moment où Tally et Nell franchissent le portail. Nell s'élance immédiatement sans dire un mot, mais Tally avance en traînant les pieds, scrutant la cour du regard. Aucun signe de Layla, de Lucy ou d'Ayesha. Personne ne l'attend pour entrer avec elle. À la perspective de passer toute la journée seule, son cœur commence à accélérer. D'un autre côté, elle ne sait pas ce qui est pire : être seule ou traîner derrière ses amies qui l'ignorent.

Elle a cours de théâtre en première heure. Mme Jarman attend les élèves dans son studio, un grand sourire aux lèvres.

— Aujourd'hui, on va commencer à répéter notre nouveau texte. Posez vos sacs près du mur et asseyez-vous.

Des chaises sont disposées en cercle au milieu de la pièce. Lucy et Ayesha ont pris place côte à côte. Tally s'approche lentement d'elles en tripotant ses cuticules.

— Salut, murmure-t-elle en s'asseyant à côté d'Ayesha. Je ne vous ai pas vues au portail ce matin.

Lucy chuchote quelque chose à Ayesha, qui ricane.

— Vous étiez où ? insiste Tally.

Elle n'abandonnera pas. Elle a fait des recherches : hier soir, elle a emprunté le magazine de Nell. (Sa sœur prétend qu'elle le lui a volé, mais Tally avait l'intention de le lui rendre, et le magazine ne se serait jamais déchiré si Nell n'avait pas tenté de le lui arracher.) Dedans, il y avait un article sur la façon de se faire des amis. Il s'intitulait « Comment être la star de la soirée ». Tally déteste les soirées, parce qu'il y a trop de bruit et de musique autre que les chansons de Taylor Swift, mais elle a lu quand même. Et l'article disait qu'elle devrait trouver des sujets de discussion intéressants et poser des questions aux autres pour qu'ils se sentent importants et écoutés.

Elle se penche en avant vers ses amies.

— Je voulais vous parler de mon chien, parce que je sais que vous aimez bien les chiens. La tienne s'appelle Rosie, non, Ayesha? Je parie qu'elle est super mignonne. Mon chien aussi est très mignon !

Ayesha tourne la tête vers elle.

— Tu n'as pas de chien, dit-elle sur un ton qui glace Tally. C'est encore une de tes inventions.

Tally la dévisage, incrédule.

— Si, j'ai un chien. Il s'appelle Rupert, et c'est un lévrier. Avant, il gagnait des tas de courses, mais maintenant, il n'a plus que trois pattes, donc il ne peut plus concourir.

— Il pourrait peut-être remporter une course à trois pattes, ricane Lucy. Du moins, s'il existait.

Elle chuchote quelque chose à l'oreille d'Ayesha. La tête de Tally se met à bourdonner. Elle voudrait se lever et se mettre à hurler, mais si elle fait ça, tout le monde la détestera parce que les gens normaux gèrent leurs émotions calmement. Les gens normaux sont capables de se contrôler.

— Ce n'est pas très gentil de dire ça, répond-elle tout bas. Et Rupert existe. Je ne suis pas une menteuse.

Lucy lève les yeux.

— Ben voyons, susurre-t-elle d'une voix doucereuse. Si ça ne te fait rien, on essaie d'avoir une conversation privée.

— Promis, on ne parle pas de toi, ajoute Ayesha.

Et inclinant leurs têtes l'une vers l'autre, toutes deux se mettent à glousser. Leurs petits rires s'élèvent vers le plafond tels des signaux de fumée que Tally ne saurait pas déchiffrer.

Et elle se demande pourquoi ça lui fait aussi mal, si ses amies ne parlent pas d'elle.

— Tout le monde est là ? demande Mme Jarman en s'asseyant.

Elle regarde autour d'elle et fronce les sourcils à la vue d'une chaise vide.

— Ah non, il manque quelqu'un.

— C'est Luke, madame, dit Aleksandra, l'air inquiète. Ce matin, je l'ai vu dans le bureau de M. Kennedy.

Un murmure intéressé parcourt le cercle des élèves.

— J'ai entendu dire qu'il s'est battu avec un troisième, lance un des garçons.

— Il paraît que Luke lui a sauté dessus sans raison, ajoute un autre. Et qu'il y avait du sang partout.

— Quelqu'un dans mon groupe de tutorat m'a dit que Luke va être renvoyé, ajoute Ayesha en s'écartant enfin de Lucy. Sans doute définitivement.

— Assez de spéculations oiseuses, coupe Mme Jarman d'un air grave. Si vous pouvez interrompre vos ragots une minute, nous allons commencer le cours. Cette pièce se déroule en...

Mais avant qu'elle puisse poursuivre, la porte s'ouvre, et M. Kennedy entre. Luke le suit, sa chemise couverte de taches de boue. Une des manches est déchirée au niveau de l'épaule.

— Il faut que je te parle une minute, dit M. Kennedy à Mme Jarman avant de se tourner vers Luke. Toi, va t'asseoir. Et souviens-toi de ce que je t'ai dit : c'est ton dernier avertissement, jeune homme.

Les deux professeurs sortent dans le couloir, mais Tally est soulagée qu'ils laissent la porte entrouverte. Luke jette son sac par terre et s'approche du cercle de chaises.

— Ça va, mec ? lance Ameet. Qu'est-ce qui s'est passé ?

Luke donne un coup de pied dans la chaise vide, la propulsant au milieu du cercle. Puis il se plante à la place qu'elle occupait un instant plus tôt et hausse les épaules.

— Rien. En tout cas, rien d'intéressant.

— Tu as vraiment tabassé un troisième ? interroge Lucy, les yeux écarquillés. C'est vrai qu'il est parti à l'hôpital ?

Luke ricane.

— Il ne faut pas croire tout ce qu'on raconte.

Ameet jette un coup d'œil anxieux vers la porte.

— Remets la chaise à sa place. Elle va revenir dans une seconde, et tu as déjà suffisamment d'ennuis.

— D'après M. Kennedy, mon deuxième prénom, c'est Pénible, marmonne Luke.

Mais il obtempère et se laisse tomber sur la chaise comme s'il venait de courir un marathon.

— Et ce n'est que l'une des nombreuses âneries que j'ai dû l'écouter dire ce matin.

Tally, qui n'avait rien dit depuis quelques minutes, se redresse en entendant ça.

— En fait, c'est quoi ton deuxième prénom ? demande-t-elle à Luke. Parce que les gens me disent la même chose, et je déteste ça. Mon deuxième prénom, c'est Olivia.

Luke la dévisage, surpris. L'espace d'un instant, il semble sur le point de répondre. Puis il s'avachit davantage sur sa chaise.

— On s'en fiche, marmonne-t-il. On sait tous que ton deuxième prénom, c'est Gogole.

— Tu ne devrais pas l'appeler comme ça, murmure Aleskandra.

Mais elle a parlé si bas que personne ne l'entend sauf Tally.

La porte se referme, et Mme Jarman approche.

— D'accord, les sixièmes. On se met au travail.

Elle ramasse une pile de livrets par terre et entreprend de les distribuer.

— J'aimerais que vous regardiez la liste des personnages en page deux. Ils sont par ordre d'importance.

Donc, si vous avez envie d'avoir beaucoup de texte, choisissez un des premiers.

Tally ouvre son livret. Hier encore, elle avait l'intention de réclamer un des rôles principaux. Elle adore jouer la comédie, et elle se sait douée pour ça. Et lire, c'est encore mieux, parce qu'il n'y a même pas besoin de se demander ce qu'on doit faire de ses mains, ce qu'on est censé penser ou ressentir : tout est écrit sur la page.

— Levez la main si vous voulez auditionner pour un des rôles principaux, dit Mme Jarman.

Deux élèves se manifestent. La prof semble déçue.

— C'est tout ? Personne d'autre n'est prêt à relever le défi ?

Elle balaye le cercle des yeux. Son regard s'attarde un instant sur Tally, qui baisse très vite le nez. L'attitude de Lucy et Ayesha à son égard a tout changé. Il n'est plus question de se mettre en avant alors qu'elle ne sait pas ce qu'elle a fait de mal ni où elle en est avec ses amies et le collège en général.

Tally n'a plus assez confiance en elle.

— Pourquoi pas toi, Luke ? suggère Mme Jarman en se tournant vers lui. Tu as toujours quelque chose à dire. Pourquoi ne pas consacrer cette énergie au théâtre ?

— Sûrement pas, répond Luke sans baisser les yeux, et malgré elle, Tally éprouve un bref élan de compassion pour lui. Ma vie est déjà un cirque. C'est bien assez de spectacle pour moi.

Il serre les poings, puis se redresse sur sa chaise, adressant un sourire grimaçant à Ameet.

— Et je parle d'un vrai spectacle, pas d'une pièce idiote écrite par un type mort il y a cinquante mille ans. Je ne sais même pas pourquoi on nous oblige à suivre ce cours, ajoute-t-il en fixant Mme Jarman. Ce n'est pas comme si ça nous apprenait quelque chose.

Et aussitôt, la compassion de Tally s'envole.

Toute la classe retient son souffle tandis que Luke et Mme Jarman se dévisagent. Tally pense aux vieux westerns que papa aime regarder le samedi soir, aux cowboys qui se font face prêts à dégainer au début d'un duel.

Mme Jarman est la première à rompre cet affrontement muet. Elle hoche la tête, se lève et se dirige vers son bureau. Tally réprime un grognement tandis que tous les autres se mettent à chuchoter entre eux. Ce n'est pas bon du tout. Il y a un nouveau shérif en ville, et il s'appelle Luke.

Mme Jarman regagne son siège, un bout de papier à la main.

— Changement de plan, dit-elle sur un ton très calme pour une prof qui vient juste de se faire battre à un duel de regards par un élève de sixième. Posez votre livret par terre, sous votre chaise. Nous allons faire quelque chose d'un peu différent.

Elle attend que le silence revienne, puis déplie le bout de papier. Tally le reconnaît instantanément.

Astuce N° 3 : Quand tout va mal, visez petit.

— À votre avis, ça veut dire quoi ? demande Mme Jarman, les dévisageant tour à tour. « Quand tout va mal, visez petit. »

Tally se fige. Ce n'était pas censé arriver. Ses astuces n'étaient destinées qu'à sa prof de théâtre. Les autres ne comprendront pas. Tally se recroqueville sur sa chaise et se tord les doigts en s'efforçant de contenir sa panique.

— Ça ne veut rien dire du tout, répond Ameet d'une voix forte, ce qui lui vaut un sourire approbateur de Luke.

— Tu en es sûr ? réplique Mme Jarman. Réfléchis une seconde.

Sa voix est toujours calme, mais ses yeux brillent avec l'éclat dur d'un diamant.

De l'autre côté du cercle, une fille hésite et lève la main.

— Peut-être qu'on devrait se rouler en boule pour paraître plus petits, comme quand on est en danger ?

— Ah, oui ! C'est un vieux truc de survie, intervient Aleksandra. Genre, au temps des cavernes, si un lion était sur le point de vous manger, vous vous rouliez instinctivement en boule.

— Bonne chance pour survivre à l'attaque d'un lion si tout ce que tu fais, c'est te rouler en boule, ricane Luke.

Tout le monde rit, et la tension qui flottait encore dans l'air se dissipe. Tally dénoue ses doigts et lève légèrement la tête.

— Moi, je crois que ça veut dire qu'il faut se faire oublier. Ne rien dire jusqu'à ce que les problèmes disparaissent d'eux-mêmes, suggère Lucy.

Mme Jarman lui sourit.

— Tu penses que c'est une tactique efficace ? Qu'on peut résoudre les problèmes en les ignorant ?

Lucy secoue la tête.

— Je suppose que non. Sauf quand le problème, c'est que notre voiture est encore en panne et que ma mère tente de la réparer. Dans ce cas, il vaut vraiment mieux se taire.

— C'est idiot, lance Ameet, qui de toute évidence essaie encore de marquer des points auprès de Luke. Mon père dit toujours : « Bats-toi ou rentre chez toi. » Si quelque chose va mal, il faut chercher une solution jusqu'à ce qu'on la trouve.

Tally ouvre la bouche et la referme très vite. Inutile de leur dire ce que ça signifie réellement, parce qu'ils ne réfléchissent pas comme elle. Elle pourrait essayer de leur expliquer toute la journée, ils ne comprendraient toujours pas, et elle passerait encore pour une idiote. Elle ne sait pas pourquoi Mme Jarman a fait ça, mais une chose est sûre : elle ne mettra plus jamais d'astuces dans la boîte à idées.

— Je voudrais que chacun de vous pense à un problème qu'il a eu récemment, leur dit Mme Jarman. Un moment où les choses ne se sont pas passées comme vous vouliez.

— On peut en choisir plusieurs ? lance Luke en donnant un coup de coude à Ameet. Parce que la liste de certains d'entre nous est très longue.

Mme Jarman lui sourit.

— Pas besoin d'avoir peur. Je ne forcerai personne à partager une histoire qu'il veut garder pour lui.

— Je n'ai pas peur, ricane Luke. Penser, ça n'a rien d'effrayant.

— Sur ce point, beaucoup de gens te contrediraient, réplique Mme Jarman. Parfois, penser à nous-mêmes et à qui nous sommes réellement, c'est la chose la plus terrifiante au monde.

Silence dans la pièce. Les élèves n'osent même pas se regarder. Tally sent ses mains commencer à la picoter, alors elle les coince sous ses jambes. Malgré le tour bizarre que cette journée est en train de prendre, elle ne peut pas les agiter en l'air au collège.

— Maintenant, reprend Mme Jarman, je voudrais que vous vous posiez une question. Est-ce que viser petit aurait pu vous aider dans cette situation ? Si vous aviez décomposé le problème en tout petits bouts et que vous aviez traité ces petits bouts un par un, est-ce que ça aurait rendu la situation plus gérable ?

Les élèves réfléchissent et, au bout d'un moment, quelques-uns hochent la tête.

— Quelqu'un veut partager son expérience ? demande Mme Jarman.

Aleksandra lève la main.

— La semaine dernière, j'ai eu une très mauvaise journée, commence-t-elle lentement. Je me suis disputée avec ma mère, puis j'ai fait tomber mon téléphone et mon père s'est fâché, puis en arrivant au collège il m'a semblé que tous mes amis m'ignoraient. Quand je me suis couchée, j'avais l'impression que tout le monde me détestait et que ma vie était nulle.

Mme Jarman acquiesce d'un air compatissant.

— Je crois qu'on a tous eu des jours comme ça. Alors, en quoi le fait de viser petit aurait-il pu t'aider ?

— Eh bien... Si j'avais réfléchi un peu, je me serais rendu compte que la seule raison pour laquelle tout allait mal, c'est que je m'étais couchée tard plusieurs jours de suite, et que du coup, j'étais crevée. C'est à cause de ça que tout a dérapé, et pas parce que personne ne m'aime.

Tally dévisage Aleksandra. Elle a toujours pensé qu'elle passait son temps à sourire et à se sentir hyper bien dans sa peau, mais apparemment, ce n'est pas le cas. Pourtant, elle n'en a jamais rien laissé paraître.

Ce qui signifie qu'elle dissimule ses véritables sentiments.

— Je crois que nous pouvons tous comprendre ce qu'Aleksandra vient de nous dire, déclare Mme Jarman. Ça peut être dur de comprendre la racine d'un problème à moins de viser petit. Des événements minuscules peuvent déclencher une réaction très forte. Parfois, nous réussissons à gérer les difficultés pendant une longue période, puis soudain, une goutte d'eau fait déborder le vase de nos sentiments parce qu'il était déjà presque plein. Mais nous pensons que le vrai problème, c'est la goutte, sans tenir compte de tout ce qui l'a précédée.

— Ce week-end, je me suis blessé en faisant du vélo, lance un des garçons. J'étais avec mes copains, et ils me poussaient pour que j'essaye un saut. J'ai fini par le faire alors que je n'en avais pas envie, et je suis tombé. Regardez !

Il remonte une jambe de son pantalon, révélant un gros bleu.

— En quoi le fait de viser petit t'aurait-il aidé dans cette situation ? interroge Mme Jarman.

— S'il avait commencé par un plus petit saut, c'est sûr qu'il se serait fait moins mal, plaisante Luke.

Et même Mme Jarman ne peut s'empêcher de rire.

— Je n'ai essayé que parce que j'avais peur de passer pour un trouillard, répond le garçon une fois que les autres se sont tus. Alors que le pire qui aurait pu arriver si j'avais refusé, c'est que mes copains se moquent de moi. Au lieu de ça, je me suis fait mal.

— Et je parie qu'ils se sont moqués de toi de toute façon, ajoute Ameet.

Le garçon acquiesce avec une grimace.

— Ce matin, j'étais de mauvaise humeur avant même d'arriver au collège, dit soudainement Luke en fixant le mur derrière la tête de Mme Jarman. Et puis les problèmes se sont enchaînés.

Mme Jarman garde le silence un moment, puis elle se baisse pour ramasser son livret.

— Je voulais vous informer qu'il existe désormais une salle de pause. Juste à côté de la salle des professeurs. Vous pouvez vous y rendre quand vous le désirez, chaque fois que vous vous sentez submergé et que vous avez besoin de vous isoler un petit moment. Une élève de sixième nous l'a suggéré récemment.

Tally la fixe. C'était sa deuxième astuce. C'est elle, l'élève qui a suggéré que l'on crée un coin tranquille au collège. Et maintenant, Mme Jarman dit à tous ses camarades qu'ils ont le droit d'y aller ? Même Luke ? Comme s'il pouvait avoir besoin de faire une pause...

Mme Jarman adresse un bref sourire à Tally, puis reporte son attention sur le livret.

— Donc, la prochaine fois, n'hésitez pas à vous rendre en salle de pause avant de faire quelque chose que vous pourriez regretter. Mais pour cette fois, nous allons procéder autrement. Nous allons redémarrer la journée à zéro en accomplissant une action positive : lire la première scène de notre pièce. Aleksandra, tu veux bien faire Sylvia ?

Rayonnante, Aleksandra acquiesce pendant que tout le monde ramasse son livret et l'ouvre à la bonne page.

— Luke, tu feras Thomas.

Ce n'est pas une question. Tally lève les yeux. Luke fixe Mme Jarman qui commence à lire tout haut.

— « Acte un, scène un, énonce-t-elle d'une voix claire. La scène se passe dans une maison abandonnée. Sylvia est assise par terre. Thomas entre en scène et regarde autour de lui. »

Tally retient son souffle. Après tout ce qui s'est déjà passé, comment Mme Jarman peut-elle demander une chose pareille à Luke ? Elle se jette droit dans la gueule du loup. Elle lui donne tout le pouvoir. Maintenant, il peut perturber le reste du cours en refusant de participer. Peu importe qu'elle lui ait dit de viser petit – Luke ne comprendra pas. Ce n'est pas pareil pour les gens comme lui. Il n'a pas besoin de décomposer les choses en tout petits bouts, juste pour les comprendre ou pour avoir un sentiment d'accomplissement. C'est le genre de garçon qui traverse ses journées sans avoir besoin de réfléchir. Jamais il ne...

— Ce sera parfait. (La voix de Luke résonne dans la pièce.) Ici, personne ne nous trouvera. C'est l'endroit parfait pour cacher le corps. Bien joué, Sylvia.

Jusqu'à la fin du cours, Tally garde le silence, l'esprit en ébullition. Elle n'est pas la seule à avoir de mauvaises journées. Pas la seule à se sentir parfois submergée. Elle ne s'était jamais posé la question avant, mais... et s'il y avait d'autres élèves de sixième qui étaient différents, et que personne ne le lui avait jamais dit ?

Et si elle n'était pas la seule ?

Chapitre 22

— Elle est vraiment obligée de porter ça à table ? proteste Nell.

Tally l'ignore pour se concentrer sur sa manœuvre en cours : introduire une cuillère par la fente de son masque. Ce n'est pas aussi facile que ça en a l'air ; sa main doit rester bien stable pour ne pas faire couler de soupe à la tomate sur son menton.

Assise face à elle, maman lui sourit.

— Tout va bien, Tally ? C'était comment, l'école, aujourd'hui ?

Tally ne répond pas, parce qu'elle ne sait pas quoi dire. Le collège est de plus en plus horrible, triste et effrayant. Personne ne lui adresse la parole, et elle passe ses journées toute seule. Le pire, c'est la pause de midi, parce qu'elle ne peut pas aller à la cantine sans Layla. Alors, elle erre dans les couloirs. Parfois, elle se rend dans la salle de pause que Mme Jarman a créée. Là-bas, elle est en sécurité, mais elle se sent encore plus seule. Mais si elle dit ça, maman demandera pourquoi elle n'a plus d'amies, et Tally ne pourra pas lui répondre parce qu'elle n'en sait rien.

Donc, c'est plus facile de se taire.

Heureusement qu'il y a Rupert. Chaque soir, quand ses parents vont au salon pour regarder la télé et que Nell disparaît dans sa chambre, Tally file retrouver le chien à la buanderie. Lui, il est toujours là.

Maman soupire et demande à papa comment s'est passée sa journée. Tally bloque leurs voix et mange le plus vite possible avant de monter à l'étage. Mais dès que tout le monde est sorti de la cuisine, elle redescend et se dirige vers la buanderie.

— Coucou, chuchote-t-elle en vérifiant qu'il n'y a personne avant de s'asseoir par terre. C'est moi.

Après plusieurs jours de visites régulières, Rupert semble reprendre confiance. Il a encore l'air un peu effrayé, mais chaque soir, il se rapproche un peu plus de la barrière. Et même s'il ne dit pas grand-chose, il écoute très bien. Tally lui a parlé de Layla, de Lucy et d'Ayesha qui regardent à travers elle comme si elle était invisible. Elle lui a répété ce qui s'est dit pendant le dernier cours de théâtre, et s'est demandé à voix haute s'il y a d'autres élèves de sixième qui ont du mal à s'adapter au collège. Elle lui a avoué qu'elle n'a jamais l'intention de mal se conduire, mais que parfois, elle ne peut pas se contrôler. Et quand il la fixe de ses grands yeux, le tourbillon de ses pensées s'apaise pour quelques minutes.

Tally n'a jamais besoin de fixer un point entre les yeux de Rupert : elle arrive facilement à le regarder en face.

— Tout à l'heure, j'ai entendu papa parler à maman, lui dit-elle en tendant une main entre les barreaux pour s'arrêter à quelques centimètres de sa truffe.

Le chien ne frémit pas, et par-devers elle, Tally sourit. Elle n'a pas encore essayé de le toucher, parce que tout le monde n'aime pas ça. Elle va le laisser venir à elle quand il sera prêt. Son travail, c'est de lui faire savoir qu'elle est là, et qu'elle l'attend.

— Il lui a dit qu'il avait appelé une pension canine, mais qu'ils n'avaient pas de place pour toi avant la semaine prochaine. Et que tu avais fait le fou hier, en tirant sur ta laisse et en sautant partout dès que vous êtes sortis du jardin.

Tally retire sa main pour la plonger dans sa poche, dont elle tire son deuxième Squishy préféré.

— C'est une bonne nouvelle que la pension soit complète. Mais tu dois faire des efforts, parce qu'on n'a plus beaucoup de temps pour leur montrer que tu n'es pas dangereux. Papa et maman en ont assez. Maman dit que tu dois partir, mais si tu t'en vas, à qui je pourrai encore parler, hein ? Alors, cesse de ne penser qu'à toi et commence à suivre les règles. Si tu ne peux pas être un chien normal, tu dois au moins faire semblant, d'accord ?

Rupert frappe le carrelage avec sa queue, et Tally rit.

— Super. Alors, les règles pour avoir l'air d'un chien normal… Tu es très intelligent, donc, je suis sûre que tu apprendras vite. Comme ça, tout le monde t'aimera et personne ne voudra plus se débarrasser de toi.

Elle se penche vers la barrière et se met à énumérer sur ses doigts.

— Règle numéro un : ne fais rien d'inattendu. Les gens normaux aiment qu'on soit calme et tranquille. Donc, tu ne dois pas sauter partout, ni fredonner, agiter les mains quand tu es nerveux ou remuer les jambes quand tu cherches une réponse, même si toutes ces choses t'aideraient à te sentir mieux. C'est non, d'accord ?

Rupert passe une patte sur son oreille, et Tally acquiesce.

— Règle numéro deux : fais semblant d'être quelqu'un d'autre. Quelqu'un qui n'est pas différent. Les gens ne peuvent pas voir dans ta tête, donc, tu peux rester toi là-dedans. Mais à l'extérieur, tu dois te comporter comme eux – t'intéresser aux mêmes choses et copier ce qu'ils font.

Rupert bâille bruyamment, et Tally lui jette un regard sévère.

— Je dis ça pour t'aider. C'est très malpoli de bâiller pendant que quelqu'un parle – d'après maman, ça donne l'impression que tu t'ennuies, et je trouve ça idiot parce que je n'y peux rien si ma bouche a envie de s'ouvrir en grand quand elle me parle de mes devoirs. Mais bon, tu dois te retenir. Même si tu t'ennuies pour de vrai.

Rupert change de position. Il pose sa tête par terre et lève les yeux vers Tally comme s'il n'avait jamais rien entendu de plus fascinant. Tally le gratifie d'un sourire approbateur.

— C'est beaucoup mieux. Enfin, règle numéro trois : quand tu es triste, les gens aiment bien que tu le dises, et peut-être que tu pleures un peu. Ils détestent que tu cries, que tu tapes du pied, que tu aboies ou que tu sautes partout parce que ça leur fait croire que tu es en colère et que tu ne vas pas bien.

Rupert gémit, et Tally lève les yeux au ciel.

— Je sais, c'est ridicule. Mais c'est très important pour eux, et ça t'aidera à te faire accepter. Donc, si tu es heureux, tu dois dire "Je suis heureux" et afficher un grand sourire. Tu ne dois pas chanter fort et te frotter les mains, parce que sinon, ils penseront que tu es stressé, et ils s'inquièteront pour toi alors qu'en fait, tu vas très bien.

La porte du salon s'ouvre. Tally se lève d'un bond.

— Il faut que j'y aille, chuchote-t-elle. Mais pense à ce que je t'ai dit et fais des efforts, Rupert. Sinon, tu te retrouveras tout seul, et je suis bien placée pour savoir que ce n'est pas agréable du tout.

Le lendemain matin, c'est maman qui réveille Tally en entrant dans sa chambre.

— Debout, petite marmotte, chantonne-t-elle. Tu veux quoi pour le petit déjeuner ?

— Rien.

Tally s'enfouit plus profondément sous la couette, les paupières serrées. Billy est blotti contre elle, et elle n'a aucune intention de bouger, surtout si sa mère compte lui faire subir un interrogatoire.

— Tu peux choisir entre du pain grillé et des céréales, reprend maman comme si Tally n'avait rien dit. Papa ne se sent pas bien ; il n'ira pas travailler aujourd'hui. Il pourra manger avec toi.

— Je ne veux pas.

C'est une habitude de dire ça. En réfléchissant un peu, Tally aimerait beaucoup petit-déjeuner avec son père. Ces derniers temps, il est rentré très tard, et elle l'a à peine vu. Elle pourrait en profiter pour lui parler de Rupert et lui demander de convaincre maman de le garder jusqu'au retour de Mme Jessop.

— Il a arrêté de pleuvoir, commente maman en regardant par la fenêtre. Ça change un peu. La météo a prévu de la neige, mais je ne sais pas, il me semble qu'il est un peu tôt.

— Maman !

Nell fait irruption dans la pièce sans même prendre la peine de frapper. Tally se redresse brusquement et tend un doigt vers la porte.

— Dehors ! glapit-elle. Tu n'as pas le droit d'entrer dans ma chambre ! Si tu recommences, tu le regretteras !

— J'ai besoin d'argent pour la sortie scolaire, dit Nell sans lui prêter aucune attention. On devra acheter notre déjeuner au musée. Je peux prendre de la monnaie dans ton sac ?

Maman se lève en secouant la tête.

— La dernière fois que je t'ai autorisée à fouiller dans mon sac, tu as pris de quoi nourrir toute ta classe. Je vais descendre avec toi et te donner de l'argent moi-même.

— Dehors ! hurle Tally, rouge de colère, en repoussant sa couette.

— Comme si j'avais envie de rester, lance Nell sur un ton dédaigneux.

Sans un regard pour sa sœur, elle se détourne et sort. Maman la suit et s'arrête sur le seuil.

— Alors, pain grillé ou céréales ? Puisque tu es levée.

— Pain grillé, marmonne Tally en plissant les yeux.

Elle se rend bien compte de ce que sa mère est en train de faire, mais elle a faim, et elle est prête à céder pour cette fois.

— Parfait. Habille-toi, et tes tartines t'attendront à la cuisine.

Tally enfile son uniforme le plus lentement possible, en s'asseyant entre les deux chaussettes pour lire une bédé. Mais quand elle descend enfin, l'horloge du couloir indique qu'il reste encore plein de temps avant l'heure du départ pour l'école et elle se rembrunit. Maman a dû faire exprès de se lever plus tôt que d'habitude. Donc, Tally va devoir se préparer encore plus lentement le matin, juste pour lui montrer qu'elle n'a pas gagné.

Dans la cuisine, son père sirote une tasse de thé. Il est toujours en robe de chambre. Tally le fixe. Elle n'a pas l'habitude qu'il soit là à son réveil.

— Bonjour, ma chérie, lance-t-il avec un petit sourire. Déjà prête à affronter le monde, à ce que je vois.

— Comment tu te sens, papa ? demande Nell en contournant sa sœur. Maman a dit que tu étais malade.

— Oh, rien de grave. J'ai juste besoin de repos, répond leur père.

Il plaque un bras sur son ventre, et des rides se creusent sur son front.

— Tu as toujours mal ? demande maman, qui l'a vu frémir.

Papa acquiesce. Tally recule, se réjouissant que son masque de tigre empêche les microbes paternels de la contaminer.

— Retourne te coucher, ordonne maman. Je vais appeler ton travail et leur dire que tu prendras deux jours.

— Je suis sûr que... commence papa.

— Ne discute pas, Kevin, coupe sévèrement maman. Si tu ne prends pas soin de toi, tu vas finir par tomber vraiment malade.

Papa acquiesce avec gratitude et se lève de sa chaise.

— Passez une bonne journée, les filles, leur souhaite-t-il avant de sortir lentement de la cuisine.

— Allez, on se bouge, dit maman en posant une assiette de pain grillé sur la table. J'ai besoin que vous soyez prêtes dans les temps et que vous partiez à l'école sans faire d'histoires. Je dois appeler le bureau de papa et trouver quoi faire de cet affreux chien, puisque Mme Jessop ne rentrera pas chez elle.

— Quoi ?

Les deux filles se figent et la dévisagent, sous le choc.

— Qu'est-ce qui est arrivé à Mme Jessop ? demande Nell.

— Qu'est-ce que tu vas faire à Rupert ? interroge Tally en même temps.

Maman ouvre le robinet et remplit la bouilloire d'eau.

— Mme Jessop n'est plus en état de vivre seule, explique-t-elle. Elle va aller en maison de retraite, où on s'occupera bien d'elle, mais elle ne peut pas emmener le chien.

— C'est trop triste, commente Nell.

Et Tally acquiesce, car pour une fois elle est d'accord avec sa sœur.

— Pauvre Rupert. Lui aussi, il devrait avoir le droit d'aller à la maison de retraite.

Nell la fixe.

— Hein ? Je ne voulais pas dire que c'est triste pour cet affreux chien. Je voulais dire que c'est triste qu'une vieille dame soit forcée de quitter sa maison.

— Oh !

Tally hausse les épaules et prend une tranche de pain grillé. Elle ne connaît pas vraiment Mme Jessop. Mais elle connaît Rupert, et c'est pour lui qu'elle a de la peine.

— Je peux vous faire confiance pour vous préparer toutes seules ? s'enquiert maman en jetant un coup d'œil à son téléphone. J'ai beaucoup de choses à faire, et si je ne m'y mets pas tout de suite, je serai débordée toute la journée.

Nell se renfrogne.

— Du moment que Tally ne croit pas que je vais aller à l'école avec elle si elle porte cet horrible masque, tout ira bien.

Maman se tourne vers Tally.

— Tu sais que tu ne peux pas le porter au collège, pas vrai ? Pas même le jour d'Halloween.

Tally opine, mais elle a un plan. La vie serait tellement plus facile si la Fille Tigre pouvait aller à l'école à sa place ! Elle sait qu'elle ne peut pas arriver au collège avec son masque sur le visage, mais rien ne lui interdit de l'emporter dans son sac à dos. Peut-être que le savoir près d'elle l'aidera un peu.

Date : vendredi 31 octobre

Situation : mes soi-disant amies m'ont abandonnée, et maman veut se débarrasser de Rupert

Taux d'anxiété : 12/10. Comme si la soirée pyjama n'avait pas été déjà assez horrible, d'autres problèmes sont encore venus se rajouter

Cher journal,

Ce soir, j'ai un mauvais sentiment, et je ne peux rien y faire. Je voudrais arrêter de me repasser la journée en boucle, mais je n'y arrive pas. Mon esprit zappe sans cesse d'un truc à l'autre. Quand je suis comme ça, maman me dit d'essayer de « changer de chaîne » et de penser à des choses positives. Parfois ça marche, mais ce soir, toutes les chaînes que j'essaie finissent par m'envoyer des mauvaises émissions. Et maintenant, j'ai l'impression d'en avoir plusieurs qui tournent en même temps dans ma tête. L'amie de ma mère dit que c'est comme si mon cerveau était un téléphone avec trop d'applis ouvertes en même temps, et que ça faisait tout planter. C'est exactement ça, et c'est horrible quand ça arrive.

Mode d'emploi de l'autisme de Tally : le bon et le mauvais sentiment

Avantage : le bon sentiment

Ce n'est pas juste un autre moyen de dire que je suis heureuse ou excitée, mais une nouvelle expression que les neurotypiques n'ont pas encore découverte. Avoir le bon sentiment, ça n'empêche pas d'être triste en même temps. C'est doux et chaud, comme si tu étais enveloppé dans du papier à bulles et que rien ne pouvait t'atteindre.

D'habitude, le bon sentiment vient quand je suis dans un endroit ou une situation que j'aime. Par exemple, j'adore quand il pleut et que je suis en voiture, ou mieux encore, sous une tente, surtout la nuit. Mon meilleur bon sentiment, c'est prendre l'avion pour partir en vacances, de nuit alors qu'il pleut (rien que d'y penser, je souris). Les hôtels me font ça aussi (ce qui est étrange puisque j'aime dormir que dans mon lit). Quoi d'autre ? Monter à cheval. Les promenades au bord de la mer. Faire un câlin à mes peluches sur mon lit. Quand le soleil perce à travers les nuages et que tu as l'impression que les rayons descendent tout droit du paradis. Mais ce n'est pas juste du bonheur. C'est la plus grande joie que tu peux imaginer, et tu voudrais qu'elle ne prenne jamais fin. D'ailleurs, parfois, je redoute tellement le moment où le bon sentiment se terminera que ça peut me le gâcher complètement. Le meilleur bon sentiment du monde, ce serait de rencontrer Taylor Swift. Le jour où ça arrivera, je lui dirai qu'elle m'a beaucoup aidée avec ses chansons, que je trouve ça super qu'elle reste toujours elle-même et qu'elle ignore les gens qui la détestent. Si elle a pu supporter ce que Kanye lui a fait, je me dis que je peux supporter mes problèmes d'autisme.

Inconvénient : le mauvais sentiment

C'est tout le contraire du bon sentiment. Si je devais le définir, je dirais que c'est l'anxiété qui te frappe n'importe quand et n'importe où. Mais parfois, il surgit de manière prévisible. Généralement, quand on me force à faire des choses que je ne veux pas faire. Je l'ai systématiquement dans certains endroits, par exemple chez Marks & Spencer (ou dans n'importe quel autre magasin). Et aussi quand on enlève les décorations de Noël ou qu'on rentre de vacances. Et tous les soirs quand je dois aller me coucher.

Chapitre 23

Les journées se traînent, et rien ne change hormis que les choses difficiles empirent encore. Tous les matins, Tally part à la recherche des filles, et tous les matins, il lui faut un peu plus de temps pour les trouver. En général, elles sont en plein milieu d'une conversation à laquelle Tally ne comprend rien, et si elle tente de participer, les autres ne l'écoutent pas. Layla passe toutes les pauses déjeuner à regarder son téléphone avec Jasmine pendant qu'Ayesha sert de messagère entre Luke et Lucy, gloussant d'une façon que Tally trouve débile vu que personne ne dit jamais rien de drôle. Il est possible que Lucy soit d'accord avec elle parce qu'elle non plus ne rit pas, mais inutile de lui demander puisqu'elle ignore Tally.

Tally a essayé de demander à Layla si elle avait fait quelque chose de mal, mais Layla s'est contenté de soupirer « Oh, Tally » sur un ton exaspéré. Tally n'est pas stupide. Elle sait que les autres voudraient juste qu'elle disparaisse. Le problème, c'est qu'elle n'a nulle part où aller. Donc, elle se contente de traîner à la périphérie de leur groupe sans jamais qu'on l'y inclue. Elle passe ses journées à se tenir en retrait, mal à l'aise, et à plonger la main dans son sac à dos pour se réconforter en tâtant son masque de tigre quand personne ne la regarde.

C'est-à-dire la plupart du temps.

Sa mère n'a pas remarqué qu'elle allait mal : elle est très occupée à veiller sur papa, qui ne se sent toujours pas bien, mais refuse d'aller chez le docteur parce que « c'est juste un coup de fatigue qui passera tout seul ». Et il pleut en continu depuis des semaines, raison pour laquelle aujourd'hui le cours d'EPS a lieu dans le gymnase glacé.

— On s'arrête ici ! crie Mlle Perkins. Installez-vous sur les bancs, et en silence !

Tally pousse un soupir de soulagement et se plie en deux pour reprendre son souffle. Elle déteste les cours d'EPS, et particulièrement l'athlétisme. Mlle Perkins leur fait passer le test de Léger, et même en courant le plus vite qu'elle peut, Tally ne parvient pas à atteindre le mur d'en face avant que retentisse la sonnerie stridente. Elle a passé le plus gros de l'heure à éviter ses camarades, qui la distancent très vite et semblent toujours courir dans la direction opposée à la sienne.

— Certaines d'entre vous s'en sont raisonnablement bien tirées, commente Mlle Perkins en posant les mains sur les hanches. Mais d'autres sont dans une forme physique lamentable. À votre âge, vous devriez facilement passer les dix premiers niveaux. Et une ou deux d'entre vous, ajoute-t-elle en fixant Tally, ne font simplement aucun effort. Ce qui est inacceptable.

Tally sent ses joues s'empourprer. Elle faisait un effort, mais à chacune des horribles sonneries, ses poings se serraient et son corps se raidissait. C'est dur de courir avec des jambes taillées dans du bois.

— Vous pouvez aller vous changer, poursuit Mlle Perkins en penchant la tête sur le côté. Sauf toi, Tally. Tu n'as même pas transpiré de tout le cours, donc, tu vas aller ranger le placard des équipements avant de partir.

Les autres filles ricanent et chuchotent entre elles en sortant du gymnase.

— Tâche de ne pas te perdre là-dedans, jette l'une d'elles en passant près de Tally. Souviens-toi de ce que M. Kennedy nous a dit le jour de la rentrée !

Tally ferme les yeux un instant. Quand elle les rouvre, tout le monde est parti et Mlle Perkins attend près de la porte.

— Je veux que tout soit nickel. C'est l'heure de la récréation ; si tu te dépêches, tu ne seras pas en retard pour ton prochain cours. Et, Tally ? J'espère que ça t'incitera à avoir une meilleure attitude pendant les cours de sport.

Puis elle s'en va, et Tally reste assise seule sur le banc, le regard fixé sur la porte du placard des équipements qui se dresse face à elle. Elle sait qu'elle n'a pas le choix, mais ce n'est pas plus facile pour autant de se lever et de traverser le gymnase.

Tally compte jusqu'à dix dans sa tête. Puis elle ouvre brusquement la porte et scrute l'intérieur du placard, dont le contenu lui rend un regard menaçant. Le sol est jonché de ballons de basket. Les dossards de sports collectifs sont entassés n'importe comment sur deux étagères. Des poufs poire, des balles de tennis et des cônes en plastique débordent des paniers en fil de fer qui s'alignent dans le fond. Tout n'est que chaos et confusion. Une vision d'horreur.

Tally n'a qu'une envie : tourner les talons et s'enfuir. Elle pense au masque de tigre caché au fond de son sac dans les vestiaires, et voudrait bien pouvoir le porter. La Fille Tigre serait capable de ranger le placard sans avoir envie de hurler ou de pleurer. Elle ne voudrait pas se rouler en boule et gémir jusqu'à ce que quelqu'un vienne la sauver.

Mais la Fille Tigre n'est pas là, et si Tally ne range pas le placard, la prochaine punition de Mlle Perkins sera encore pire. Et elle ne doit pas perdre de temps si elle veut arriver au studio de théâtre avant le début du cours. Elle n'a aucune envie que Mme Jarman soit fâchée contre elle, d'autant qu'elle a glissé une nouvelle astuce dans la boîte à idées avant la fin du cours précédent.

Ça pue à l'intérieur du placard. Tally tente de retenir son souffle, mais ça ne sert à rien. Quand elle est forcée de respirer, l'odeur de renfermé, de transpiration, de terre et de plastique l'agresse avec une telle force qu'un instant, elle croit qu'elle va se mettre à vomir. Clignant des yeux pour contenir ses larmes, elle ramasse un ballon de basket et regarde autour d'elle, se demandant comment elle est censée mettre de l'ordre dans un bazar pareil.

La cloche sonne, déclenchant une cavalcade dans le couloir du gymnase. La récréation dure un quart d'heure. Donc, Tally n'a pas le temps de réfléchir. Elle balaie la pièce du regard en cherchant les étagères les plus en désordre. Elle peut y arriver. C'est comme résoudre un puzzle, et elle fait ça très bien quand elle est de bonne humeur.

Les minutes défilent pendant que Tally trie et range. Quand elle a fini, les dossards sont soigneusement pliés et chaque panier en fil de fer ne contient qu'un type d'objet. Les cônes en plastique sont empilés proprement, et elle a fourré tous les ballons de basket dans un grand container en plastique trouvé au fond du placard.

— Ça n'a pas été aussi bien rangé depuis longtemps, commente Mlle Perkins en apparaissant sur le seuil. Tu as très bien travaillé, Tally. Je devrais te nommer responsable du placard pour le reste de l'année !

Tally se décompose.

— Pitié, pas ça, implore-t-elle. Je tâcherai de courir plus vite la prochaine fois, c'est promis.

Mlle Perkins a un sourire pincé.

— Très bien. Tâche de ne pas l'oublier. En fait, tu peux commencer tout de suite parce que la cloche va bientôt sonner et que tu seras en retard si tu ne te dépêches pas.

Tally acquiesce et fonce vers les vestiaires, où elle arrache sa tenue de sport qui la gratte et enfile son uniforme le plus vite possible. La cloche sonne pendant qu'elle est en train de chausser ses mocassins. Il lui faut encore un moment pour fourrer ses affaires sales dans son sac. Le temps qu'elle traverse l'école en courant et monte l'escalier, les couloirs sont vides.

En approchant du studio de théâtre, Tally entend des rires à l'intérieur. Elle ralentit et pousse la porte le plus doucement possible, dans l'espoir de pouvoir se glisser à l'intérieur sans que Mme Jarman la remarque.

Elle réalise deux choses, alors que la porte se referme dans son dos. Un, Mme Jarman n'est nulle part en vue. Deux, il se passe un truc au milieu de la pièce. Tous les élèves sont massés là, se poussant et se bousculant pour voir quelque chose. Tally s'avance lentement. La foule s'écarte devant elle, et soudain, elle voit.

Il y a un tigre dans le studio de théâtre. Il fait les cent pas et se dresse sur ses pattes arrière comme pour attaquer les sixièmes, qui le montrent du doigt en riant comme s'ils n'avaient jamais rien vu d'aussi drôle.

— Grrrrrr ! gronde le tigre.

Tally se fige, le cœur battant si fort qu'elle croit qu'elle va mourir.

— Grrrrrr ! Regardez-moi ! Je suis Gogole avec mon masque de tigre ! Vous devriez tous être terrifiés ! Tremblez dans vos chaussures !

Le tigre se ramasse sur lui-même et bondit, arrachant des couinements à quelques filles. Puis il aperçoit Tally et pointe une de ses griffes vers elle. Tout le monde se retourne.

— Salut, Tally, lance-t-il sur un ton désinvolte. J'espère que ça ne t'ennuie pas que je t'aie emprunté ton masque. Je voulais savoir ce que ça faisait de jouer à faire semblant, vu que la plupart d'entre nous ont arrêté quand ils avaient cinq ans.

Tally ouvre la bouche, mais aucun son n'en sort. Le tigre se redresse.

— Tu n'as rien à dire ? Ça change un peu.

Rends-le-moi.

Les mots résonnent si fort dans la tête de Tally qu'ils la font frémir, mais sa voix ne lui obéit plus. Elle sent la pression enfler de plus en plus, et elle sait qu'elle ne peut rien faire pour l'en empêcher.

— Tu veux savoir comment j'ai mis la main dessus ? demande Luke en retirant le masque. Parce qu'à ta place, je me poserais la question. (Il rit.) Ce qui ne veut pas dire que je voudrais être à ta place, hein. Je n'en ai pas cru mes yeux quand on t'a vue avec ce truc devant le McDo. Un vrai petit monstre. Qu'est-ce que ça nous a fait marrer !

— Luke, arrête, intervient Lucy à l'autre bout de la pièce, l'air inquiète. C'était juste pour rire, mais là, c'est plus drôle.

— Tu as raison, acquiesce Luke voyant le regard de Tally, fixé sur celles à qui elle croyait pouvoir faire confiance. Lucy et Ayesha l'ont vu dans ton sac pendant qu'elles se changeaient après le cours d'EPS. Elles l'ont sorti et montré à tout le monde. Je dis bien, tout le monde.

— La ferme, Luke ! crie Lucy.

Mais Tally n'entend plus rien. La vision de son masque entre les mains de Luke oblitère tout le reste. Il a son masque. Le masque qui fait d'elle la Fille Tigre. Il a pris la chose la plus importante pour elle, et il l'a saccagée.

— Rends. Le. Moi.

Elle a parlé si bas que seuls ceux qui sont le plus près d'elle l'ont entendue, mais instinctivement, tous reculent d'un pas.

— Viens le chercher, la provoque Luke en tendant le bras et en laissant le masque pendre au bout de ses doigts. Qu'on se marre un coup.

Les rires de ses camarades s'engouffrent dans les oreilles de Tally et se réverbèrent à l'intérieur de son crâne. Elle plaque les mains sur sa tête et s'accroupit par terre pour se protéger. Mais le bruit continue à l'assaillir, et elle sent les corps massés autour d'elle aspirer tout l'air. Elle ne peut plus respirer.

— La, la, la, la, la, fredonne-t-elle en enfonçant les doigts dans ses oreilles, essayant de se rappeler l'air de sa chanson préférée.

Mais même Taylor Swift l'a abandonnée. Le son qui sort de sa bouche est râpeux et discordant ; il aggrave les choses au lieu de les améliorer.

— C'est quoi, son problème ? lance une voix paniquée.

— Elle a perdu la boule, répond quelqu'un. Elle est trop bizarre !

— Elle se tire les cheveux, commente quelqu'un d'autre. Luke, tu n'aurais pas dû prendre son masque. On va avoir de gros ennuis si la prof arrive et la voit dans cet état.

— Calmez-vous ! crie une voix que Tally identifie spontanément comme celle d'Aleksandra. Arrêtez de crier ! Vous lui faites peur !

Une porte claque. Un courant d'air froid effleure le front brûlant de Tally. Quand elle ouvre les yeux, elle voit que ses camarades se sont écartés d'elle et l'observent de loin, comme si elle était un animal dangereux. Elle a déjà vu cette expression sur les visages de papa, maman et Nell quand ils regardent Rupert.

Tally ne peut pas rester là, mais elle n'est pas sûre que son corps fonctionne normalement. Hésitante, elle lève et baisse lentement les bras. Oui, elle peut bouger et respirer, et même si elle voudrait juste s'enfoncer dans le sol et redevenir invisible, il faut absolument qu'elle sorte d'ici. Frémissante, elle se lève et ramasse son sac sans prêter attention à Aleksandra qui s'approche d'elle, l'air inquiète.

— C'est bon, prends-le.

Luke se détache de la foule et lui tend son masque, qui tremblote bizarrement au bout de sa main.

— Je n'en veux même pas.

Il le jette par terre. Mais Tally est déjà sortie.

Chapitre 24

Tally court sans savoir où elle va et ce qu'elle fera une fois qu'elle y sera. Tout ce qu'elle sait, c'est qu'elle ne pouvait pas rester au studio de théâtre une minute de plus, et qu'elle doit mettre le plus de distance possible entre elle et ce qui vient de se passer.

Elle fonce dans le couloir et pousse la porte qui donne sur la cage d'escalier. Le rire de ses camarades résonne encore à ses oreilles ; elle a du mal à penser à quoi que ce soit d'autre. Mais impossible d'ignorer Mme Jarman qui vient de surgir devant elle.

— Mais enfin, que se passe-t-il ? demande la prof.

Un coup d'œil au visage de Tally, et elle pose son sac par terre.

— Tally ? Qu'est-ce qui t'arrive ?

Tally ne peut pas lui dire. Elle ne peut pas en parler. De toute façon, à la base, c'est la faute de Mme Jarman parce qu'elle n'était pas là alors qu'elle aurait dû. Ce qui signifie qu'elle n'a pas lu l'astuce que Tally a mise dans la boîte il y a plusieurs jours déjà, pour lui dire de s'en tenir au programme et de ne rien changer sans prévenir.

— Rien, madame, marmonne-t-elle. Ça va.

Mme Jarman lui jette un regard qui n'est pas le fameux regard. Et heureusement, parce que Tally sent que sa colère effleure la surface de sa peau, et elle ne veut vraiment pas faire de crise devant sa prof.

— Ça n'en a pas l'air, répond Mme Jarman. Visiblement, il s'est passé quelque chose. Donc, nous allons de ce pas au studio pour éclaircir la situation.

Tally serre les poings.

— Non ! Je ne retournerai pas là-bas, et vous ne pouvez pas me forcer.

Mme Jarman lève les sourcils.

— Je ne vais pas te forcer à quoi que ce soit. Mais d'une façon ou d'une autre, je découvrirai ce qui s'est passé.

Elle ramasse son sac, contourne Tally et s'éloigne dans le couloir très calmement, comme si le monde entier de Tally ne venait pas de s'écrouler.

Tally la suit des yeux, pensant que si Mme Jarman change d'avis et exige qu'elle l'accompagne, elle s'enfuira. Mais sa prof continue à marcher. Dépassant la porte du studio de théâtre, elle se dirige vers la bibliothèque sans vérifier si Tally est derrière elle ni lui crier une seule fois de se dépêcher.

Elle entre et ressort une minute plus tard, flanquée de la bibliothécaire.

— Ils n'auront qu'à lire la pièce pour s'occuper, lui dit-elle. Merci de bien vouloir me remplacer.

La bibliothécaire acquiesce et pousse la porte du studio. Une brève bouffée de vacarme s'échappe dans le couloir, puis la porte se referme et le silence revient.

Mme Jarman fait demi-tour et disparaît à nouveau dans la bibliothèque, laissant Tally seule en haut de l'escalier.

C'est le fait qu'elle ne l'ait pas regardée qui convainc Tally. Mme Jarman ne lui donne pas d'ordre : elle la laisse décider. Lentement, Tally rebrousse chemin dans le couloir, pressant le pas quand elle passe devant le studio. Sa main hésite sur la porte de la bibliothèque, mais quand elle finit par la pousser et jeter un coup d'œil à l'intérieur, elle voit qu'il n'y a personne d'autre que sa prof de théâtre.

— Ce serait bien si tu pouvais t'asseoir, lance Mme Jarman en désignant la chaise face à elle. Comme ça, on pourrait parler de ce qui t'a perturbée.

Tally la fixe.

— Je ne suis pas perturbée. J'étais perturbée quand mon poisson rouge est mort, ou quand Nell a déchiré une page d'un livre qu'elle m'avait emprunté. Là, je suis beaucoup plus que perturbée.

Sa peau est si froide qu'elle a du mal à bouger. Un rugissement impossible à ignorer emplit ses oreilles. Elle a envie de se rouler en boule, de fermer les yeux et de disparaître.

— Alors, tu es quoi exactement ? demande Mme Jarman en se penchant en avant. Parce que moi, je te trouve l'air très perturbée. Tu es malade, peut-être ? Ou tu t'es disputée avec tes amies, c'est ça ?

Tally ferme les yeux. Mme Jarman ne comprend pas davantage que les autres. C'était une erreur de penser le contraire.

— Je vais bien, chuchote-t-elle. Je voudrais juste rentrer chez moi. S'il vous plaît.

— Je ne peux pas te renvoyer chez toi sans savoir quel est le problème, réplique Mme Jarman. Et tu dois connaître ce dicton : un problème partagé est un problème diminué de moitié. Si tu me racontais, on pourrait peut-être trouver une solution ?

Tally ouvre les yeux et cligne très vite des paupières.

— Je ne crois pas qu'en parler m'aiderait, dit-elle tout bas. Et je vais bien, madame. Sincèrement.

Mme Jarman soupire et se lève.

— Bon, je ne peux pas te forcer à me raconter. Mais je ne peux pas non plus te renvoyer chez toi si tu vas bien. Il faut que je retourne en classe, et toi aussi.

Tally fait un pas en arrière.

— Non ! Je n'y retournerai pas. Je les déteste, et si vous essayez de me forcer, je vais me mettre très très en colère.

Mme Jarman se rembrunit.

— Alors dis-moi ce qui s'est passé ! s'écrie-t-elle en levant les mains au ciel. Que t'ont fait tes camarades pour te mettre dans un tel état ? Laisse-moi t'aider, bon sang.

— Vous ne pouvez pas m'aider ! hurle Tally en commençant à battre des bras. Ils m'ont volé mes affaires et ils me trouvent tous bizarre et ils me traitent de balance alors que je n'ai fait que dire la vérité !

Elle se met à faire les cent pas, les mots se déversant de sa bouche en torrents.

— Je n'aime pas Luke, alors peut-être que je voulais qu'il soit puni, mais je ne vois pas pourquoi du coup les autres ne me parlent plus parce qu'eux, ils font ce genre de choses tout le temps. Et peu importe si je fais semblant d'être comme eux, ils me détestent quand même. Alors je dois faire de plus en plus d'efforts pour avoir l'air normale, mais je ne sais même pas ce que ça veut dire et chaque fois que je crois y arriver, les règles changent.

Elle s'interrompt et respire un grand coup.

— Et je suis fatiguée et froissée et cassée et je n'arrête pas d'essayer de me défroisser et de me réparer, mais je ne sais pas comment faire !

Puis elle se retourne vivement et fixe Mme Jarman, les yeux écarquillés.

— Je ne sais pas ce que je dois faire et dire pour être comme tout le monde ! Je n'ai pas les mots !

Silence. Les paroles de Tally restent suspendues en l'air. Elle se force à ne pas bouger pendant que sa prof de théâtre la dévisage avant de jeter un coup d'œil à la ronde.

— Des mots, il y en a beaucoup dans cette bibliothèque, finit-elle par lancer.

Ce n'est pas du tout ce à quoi s'attendait Tally.

— Et des tas d'entre eux ont été écrits par des gens qui pensaient différemment des autres. C'est peut-être pour ça qu'ils ont écrit des livres, pour explorer leurs sentiments d'une façon qui faisait sens pour eux.

Elle fait un pas en avant, sans trop s'approcher de Tally.

— Je crois que c'est un endroit parfait pour se rappeler que le monde serait un endroit bien ennuyeux si nous étions tous semblables.

Tally secoue la tête. Soudain, elle est vidée.

— Mais c'est ce qu'ils veulent tous, murmure-t-elle. C'est pour ça que les gens pensent qu'être autiste est une mauvaise chose. Parce que ça m'empêche d'être comme tout le monde. De m'intégrer.

Mme Jarman sourit.

— La seule mauvaise chose, c'est que tu as perdu beaucoup de temps à essayer de devenir quelqu'un d'autre, alors que tu es différente et fantastique. Au lieu d'essayer de t'intégrer, tu devrais plutôt être toi-même. Il n'existe qu'une seule toi, Tally. Tout comme il n'existe qu'une seule moi, une seule Lucy et un seul Luke.

— Dieu merci, marmonne Tally en fixant le sol.

Mme Jarman ricane.

— Exactement. Et puisqu'il n'existe qu'une seule toi, tu ne crois pas que tu devrais vraiment faire et dire les choses qui font que tu es Tally au lieu d'essayer de te conduire comme quelqu'un d'autre ?

Tally relève brusquement la tête.

— C'est nul, comme idée. Si je fais ça, les autres me détesteront encore plus.

Mme Jarman ne semble pas convaincue.

— Mmmh. Je ne pense pas que ce soit vrai. Mais tu as dit tout à l'heure que quelqu'un t'avait volé quelque chose ? Dis-moi quoi, parce que ça, c'est un problème que je peux bel et bien résoudre.

Tally fourre les mains dans les poches de son manteau.

— Peu importe. Laissez tomber.

L'image de Luke tendant son masque de tigre à bout de bras s'impose à son esprit. Il a dit qu'il n'en voulait pas. Eh bien, elle non plus. Plus maintenant. Par sa faute, elle ne pourra plus jamais le porter.

— ... retourner en cours, est en train de dire Mme Jarman quand sa voix parvient de nouveau au cerveau de Tally. Tu peux rester ici jusqu'à ce que tu te sentes mieux.

Tally acquiesce, se dirige vers les fauteuils et laisse son sac tomber de son épaule comme elle s'affaisse sur les coussins moelleux.

— Et, Tally ?

Mme Jarman s'arrête, la main sur la poignée de la porte.

— Tu as le droit de ne pas aller bien, tu sais ?

Puis elle s'en va, laissant Tally habitée par un vide encore pire que la colère qui la brûlait si fort quelques minutes auparavant.

Chapitre 25

Tally reste à la bibliothèque jusqu'à la fin de la pause déjeuner, et personne ne s'approche d'elle sauf une fois, quand Mme Jarman entre en trombe avec une chemise en carton débordant de papiers dans une main et son masque de tigre dans l'autre.

— Je crois que ceci t'appartient, dit-elle en le posant sur la table. Et ne t'en fais pas. J'ai eu une bonne discussion avec tes camarades. Plus personne ne prendra de choses dans ton sac.

Tally voudrait laisser le masque là où il est, mais l'expression de Mme Jarman suggère qu'elle s'attend à ce que Tally soit contente de le récupérer. Alors, elle le prend et le fourre dans la poche de son manteau. Elle ne sait pas encore ce qu'elle va en faire, mais elle ne le gardera pas – ça, c'est sûr.

L'après-midi s'écoule au ralenti. Tally pose sa tête sur le bureau pendant chaque cours, et malgré les tentatives répétées de ses profs pour la faire se redresser, elle refuse de regarder qui ou quoi que ce soit. Layla tente de lui chuchoter quelque chose pendant le cours d'anglais, mais voyant que Tally ne répond pas, elle renonce, comme les profs.

Comme tout le monde, tout le temps.

Dès que sonne la dernière cloche de la journée, Tally fonce dans le couloir et jaillit dans l'air glacé de novembre. Elle ne s'arrête ni pour boutonner son manteau ni pour attendre Nell au portail. Au lieu de ça, elle marche très vite pour mettre le plus vite possible le plus de distance possible entre elle, le collège et ses autres occupants.

Il commence à pleuvoir. De grosses gouttes d'eau furieuses qui se jettent du ciel comme pour inonder la terre. En quelques secondes, Tally est trempée. Elle relève sa capuche et enfonce les mains dans ses poches pour les garder au chaud. C'est alors qu'elle sent le caoutchouc du masque sous ses doigts.

Sans hésiter une seule seconde, elle le sort, le jette dans une flaque et marche dessus, enfonçant le museau du tigre dans l'eau boueuse. Mme Jarman avait raison. Il n'existe personne comme elle. Autant cesser de faire semblant. Tous les autres la détestent, et elle les déteste deux fois plus.

La Fille Tigre n'est pas réelle, et après ce qui s'est passé aujourd'hui, Tally sait qu'être la Fille Tigre ne l'aiderait pas.

Il n'y a qu'elle.

Le temps d'atteindre sa maison, Tally n'a plus froid. Elle est un tourbillon brûlant, un volcan prêt à entrer en éruption, et elle se fiche de qui le saura parce que Mme Jarman lui a dit qu'elle ne devrait pas tenter de s'intégrer. Donc, elle va arrêter. Elle se sent comme une pièce de puzzle qui aurait atterri dans la mauvaise boîte.

Peu importe ses efforts, elle ne trouvera jamais sa place parmi les autres. Ils ne veulent pas d'elle.

Elle pousse la porte d'entrée. À l'intérieur, il fait chaud, et toutes les lumières sont allumées. Trop de chaleur, trop de lumière, trop de tout.

— C'est vous, les filles ? appelle papa depuis le salon. Je suis là. Maman est sortie faire une course. Venez me dire bonjour.

Tally ne veut pas dire bonjour à papa. Elle veut maman. Maman comprendra. Dès qu'elle verra la tête que fait Tally, elle saura quoi faire. Elle ira chercher sa couverture lestée et prendre Billy sur son lit pour que Tally puisse le câliner. Elle ne lui posera pas de questions, et ne la mettra pas en colère.

— Les filles ? Tout va bien ?

Tally s'adosse au mur et se laisse glisser jusqu'à s'asseoir par terre. Son manteau mouillé imprime une trace humide sur le mur, et ses chaussures boueuses ont laissé des empreintes brunes sur le tapis.

— Tally ? appelle papa en s'accrochant au chambranle de la porte et la toisant. (Il est tout pâle et a l'air barbouillé.) Qu'est-ce que tu fais ? Où est Nell ?

Tally hausse les épaules et gratte une croûte de boue à demi séchée sur sa chaussure. Elle frémit en la sentant, entre ses doigts, plus molle qu'elle ne s'y attendait et, pour s'en débarrasser très vite, la jette par terre aux pieds de papa.

— Hé ! proteste celui-ci. Ramasse ça ! Et enlève tes chaussures ; tu es en train de salir le tapis !

Tally lève les yeux vers lui et les plisse jusqu'à ce que le visage de papa devienne flou.

— Où est Nell ? répète son père. Elle va bien ?

Tally l'ignore. Elle lui laisse encore une chance de faire juste.

— Pour l'amour du ciel, Tally ! aboie papa. Réponds à la question. Où est ta sœur ? Il s'est passé quelque chose sur le chemin du retour ?

Il ne devrait pas lui crier dessus. Maman est toujours en train de le lui dire. Ce n'est pas comme s'il n'était pas au courant. Se mettre en colère contre elle, c'est la pire chose à faire quand elle est stressée : c'est ce que le docteur leur a dit quand Tally a été diagnostiquée. Mais papa refuse d'en tenir compte. Et c'est inexcusable d'enfreindre les règles.

Il continue à parler, mais ce qu'il dit n'a aucun sens pour Tally. Elle n'entend qu'un bourdonnement, comme si ce qui sortait de sa bouche n'était pas une suite de mots mais un essaim de guêpes furieuses. Son visage devient tout rouge ; il jette des coups d'œil anxieux vers la porte, et Tally comprend qu'il s'inquiète beaucoup plus de Nell que de sa journée à elle.

Il s'en fiche. Il voudrait probablement n'avoir qu'une seule fille parfaite, qui ne lui cause jamais de problème. Il aime sans doute Nell bien plus qu'il ne pourra jamais aimer Tally. Il regrette sans doute qu'elle soit née.

Le bourdonnement se change en rugissement, plus fort que toute une embuscade de tigres. Des mots flottent près des oreilles de Tally, mais elle les ignore tandis que l'adrénaline se rue vers ses mains et ses pieds et que son corps s'apprête à prendre le contrôle.

Puis elle se relève. Plus vite qu'une panthère, plus puissamment qu'un lion. Elle est colère, humiliation, fureur et souffrance. Elle est Tally, et elle n'est plus Tally.

Elle ne pense pas à papa, à maman ou à Nell.

Elle ne pense pas à Luke, à Lucy ou à Ayesha.

Elle ne pense pas à son masque de tigre ni au fait que tout les gens censés la soutenir l'ont trahie et abandonnée.

Elle ne pense à rien du tout tandis qu'elle jette son sac par terre et bondit.

Le fracas d'une chaise s'écrasant sur le mur se répercute à travers la cuisine. Tally sent ses doigts se crisper comme la colère se déverse par ses mains. Papa tente de lui saisir le bras, et soudain, Nell jaillit de nulle part en criant quelque chose que Tally ne comprend pas. Elle s'arrache à l'étreinte de papa et attrape la chose la plus proche qui lui tombe sous la main. À en juger par le bruit que fait l'objet en heurtant le mur, ça devait être une des assiettes en porcelaine préférées de maman.

— Calme-toi ! hurle papa.

Et une petite part de Tally voudrait lui dire « Toi d'abord », et lui rappeler que lui crier dessus ne va pas l'aider. Mais pour le moment, elle n'a plus de mots : seulement des actions. Elle lui martèle la poitrine et le repousse de toutes ses forces pour se donner de l'espace et réussir à s'arrêter.

Puis la porte d'entrée s'ouvre à la volée et maman fait irruption dans la cuisine, essoufflée comme si elle avait couru.

— J'ai reçu ton texto, dit-elle à Nell. Je suis rentrée le plus vite possible.

Tally cligne des yeux et regarde autour d'elle. La cuisine est dévastée : chaises renversées, vaisselle brisée par terre... C'est affreux et pas du tout comme d'habitude. Ça ne ressemble même plus à chez elle.

— Tu as l'air d'être fatiguée et d'avoir froid, dit maman en s'approchant lentement d'elle, sans prendre garde au ricanement de Nell. Je suis vraiment désolée, Tally. Nous le sommes tous. Qu'est-ce que je peux faire pour que tu te sentes un peu mieux ?

Tally hésite, mais elle est prête à passer à autre chose, et maman vient de lui fournir une porte de sortie.

— Un chocolat chaud, marmonne-t-elle en fermant les yeux pour ne plus voir la cuisine ravagée. Et peut-être des marshmallows.

— D'accord, opine maman. Va mettre ton pyjama. Je nettoie vite fait, et je te prépare ça.

— Tu es sérieuse ? s'exclame papa, stupéfait. Tu as vu l'état de la cuisine ? C'est un vrai champ de bataille, et toi, tu veux la récompenser avec des marshmallows ?

— Une chose à la fois, murmure maman en poussant Tally hors de la pièce. Il s'est forcément passé quelque chose pour qu'elle réagisse comme ça. (Elle se tourne vers Nell.) Sois gentille, ma chérie : mets la bouilloire à chauffer.

Tally laisse maman l'entraîner à l'étage et dans sa chambre. Elle se tient immobile pendant que sa mère lui enlève son manteau et passe doucement son pull par-dessus sa tête. Elle ne dit rien, parce qu'il n'y a rien à dire. Il n'existe pas de mots capables de la réconforter.

Date : mardi 11 novembre
Situation : la pire journée de ma vie
Taux d'anxiété : 50 sur 10

Cher journal,

Je suis complètement et totalement vidée.

Je n'ai vraiment pas envie de raconter ce qui s'est passé à l'école aujourd'hui. C'est trop affreux. Je vais juste te dire que j'étais comme une bouteille de Coca qu'on aurait secouée toute la journée. Je voulais vraiment me décapsuler pour exploser de partout et faire redescendre la pression, mais je savais que je ne pouvais pas. Que je *devais* la contenir. Alors au lieu de ça, j'ai fini par imploser. Et c'est encore pire qu'exploser, parce que si je ne laisse pas sortir mes sentiments, ils grandissent jusqu'à ce que j'aie l'impression qu'ils vont me noyer. Et tout le monde m'a vue.

Alors, dès que je suis rentrée à la maison, il a suffi d'un commentaire de papa pour faire jaillir toutes mes frustrations de la journée. Tu as déjà vu une bouteille de Coca qui explose en recouvrant tout ce qui l'entoure ? Ce n'est rien comparé à moi.

Mode d'emploi de l'autisme de Tally : le camouflage

Parfois, les gens n'aiment pas la façon dont les personnes autistes pensent ou réagissent. Donc, quand je suis à l'école ou dans des situations nouvelles, je dois me donner beaucoup de mal pour adopter un comportement normal selon leurs critères. Parfois, je copie ce qu'ils font ou disent. Parfois, j'essaie de les faire rire – j'écoute mes amies quand elles bavardent, et je tente de comprendre ce que je devrais dire dans une conversation. C'est beaucoup de boulot. D'autres fois, quand je me sens triste ou effrayée, je sais que les gens n'aimeront pas que je laisse ma tête et mon corps faire ce qu'ils ont besoin de faire, comme m'autostimuler, crier ou m'enfuir. Donc, je repousse ces sentiments à l'intérieur et je fais comme si j'allais bien. Le problème, c'est que tu ne peux pas éternellement dissimuler tes émotions. Je suis bien placée pour le savoir.

Avantages : parfois, dissimuler mes émotions est une bonne chose parce que ça rend les autres heureux au lieu de leur faire penser que je suis bizarre. Ça m'aide à me faire des amies et à ne pas pleurer quand les profs me parlent durement. En gros, ça me permet de ne pas avoir l'air autiste. J'ai parfois l'impression d'être comme Cendrillon au bal : je porte un déguisement jusqu'à ce que l'horloge sonne minuit, révélant le vrai moi... parce que je suis toujours la même personne en dessous.

Inconvénients : parfois, quand je me comporte comme quelqu'un d'autre, j'ai l'impression de m'être perdue. Au collège ou chez mes amies, je fais toujours beaucoup d'efforts pour être ce que les autres pensent que je devrais être, mais en rentrant chez moi, je suis tellement crevée que les émotions enfouies remontent à la surface sans que je puisse les contrôler. Du tout.

Chapitre 26

— Je ne vais pas à l'école aujourd'hui. Je suis occupée.

Tally ne s'est pas donné la peine de crier. Elle n'a pas l'énergie de faire quoi que ce soit, pas même de s'enfuir quand maman insiste pour qu'elle mette son uniforme scolaire. Alors, elle reste assise en tailleur sur son lit et continue à ranger ses peluches. Les plus moelleuses sur la gauche. Celles qui ont un ventre dur sur la droite. Pour les trier, elle doit prendre chacune d'elles et la serrer afin de déterminer où la peluche se situe sur l'échelle du moelleux.

— On en a déjà parlé, insiste maman. Si tu ne vas pas à l'école, papa et moi, on pourrait avoir beaucoup d'ennuis.

Tally hausse les épaules. Les ennuis qu'ils pourraient avoir ne sont rien comparés à ce qui lui arrive. Est-ce qu'on va les ignorer, se moquer d'eux et les traiter de monstres ? Est-ce que tout le monde les déteste ? Non. Donc, peu importe ce que dit maman. Elle n'ira pas à l'école, et personne ne pourra l'y forcer.

— Si seulement tu me disais quel est le problème, je suis sûre qu'on pourrait trouver une solution.

Maman s'assoit près de Tally et saisit Billy.

— Pourquoi tu as fait ça ? s'écrie Tally en le lui arrachant des mains. Maintenant, je vais devoir tout recommencer. Si on te gronde parce que je ne suis pas allée à l'école, tu ne pourras t'en prendre qu'à toi-même !

Puis d'un grand geste, elle ramène toutes les peluches au milieu du lit et se met à fredonner tout bas, ignorant sa mère jusqu'à ce que celle-ci capte le message et sorte enfin.

Trier les animaux lui prend une éternité. Arrivée à la moitié de sa tâche, Tally a envie d'abandonner, mais elle ne peut pas. Pas si elle veut calmer le bruit dans sa tête. Lorsque les peluches sont toutes classées dans l'ordre, elle se laisse prudemment glisser au bas du lit et descend l'escalier. Son estomac gargouille. Elle est prête à petit-déjeuner.

En approchant de la cuisine, elle entend à travers la porte papa et maman parler.

— J'ai appelé le collège pour prévenir qu'elle ne viendrait pas aujourd'hui, dit maman. J'ai parlé à M. Kennedy, le superviseur des sixièmes. Je lui ai demandé de découvrir ce qui s'était passé hier, mais je ne retiens pas mon souffle : à mon avis, il ne sait même pas qui est Tally.

— Je devrais peut-être lui dire deux mots, soupire papa sur un ton las. Si on commence à la laisser manquer les cours, où est-ce que ça s'arrêtera? On ne veut pas qu'elle refuse d'y retourner, pas vrai ? Il faut bien qu'elle soit scolarisée.

— Tu peux toujours essayer. Je ne sais pas, tu auras peut-être plus de chance que moi. Je n'ai pas pu lui tirer un mot sur les raisons de son explosion d'hier. Mais je crois qu'on devrait laisser tomber pour le moment. Elle n'est pas d'humeur à nous écouter.

Tally entend le raclement des pieds d'une chaise sur le carrelage, puis le bruit des pas de son père.

— Dans ce cas, je vais sortir le chien une dernière fois avant de l'emmener au refuge cet après-midi. Je doute que la pauvre bête fasse beaucoup d'exercice là-bas. Et on ne sait jamais, l'air frais me fera peut-être du bien. J'en ai plus qu'assez de rester assis sans rien faire.

Tally pousse la porte et fait irruption dans la cuisine.

— Quel refuge ? demande-t-elle en foudroyant son père du regard. De quoi tu parles ?

Papa jette un coup d'œil à maman et fait une drôle de tête.

— Hier soir, on a reçu un coup de fil... commence maman.

— Vous ne pouvez pas vous débarrasser de Rupert ! crie Tally. C'est de la cruauté !

Papa secoue la tête.

— On s'occupera mieux de lui au refuge, Tally.

— C'est le meilleur endroit pour lui, ajoute maman. Il sera au chaud, en sécurité et bien nourri.

— Mais personne ne le connaît là-bas, se lamente Tally. Ils seront tous comme vous : ils croiront que c'est un mauvais chien alors que c'est faux ! Il a juste peur. Mais personne ne s'intéressera suffisamment à lui pour le comprendre, pas vrai ?

— Il ne peut pas rester, Tally, dit doucement maman. Je suis désolée, mais il est trop dangereux pour qu'on le laisse en liberté avec des enfants dans la maison, et on ne peut pas le garder éternellement enfermé dans la buanderie. Ce ne serait pas juste pour lui.

Papa traverse la pièce et prend son manteau pendu à une patère.

— Je vais le promener, et je le conduirai directement après au refuge, dit-il à maman. Mieux vaut en finir le plus vite possible.

Ils ne peuvent pas emmener Rupert comme ça. Ils n'ont pas le droit. Tally n'a que lui. S'il s'en va, elle sera complètement seule. Elle sent la peur se propager dans tout son corps, faisant trembler ses jambes et crispant ses poings. Sa maison est censée être un endroit sûr. Un endroit où on la comprend et où on se soucie d'elle au lieu de l'ignorer et de l'abandonner.

— Je vous déteste ! hurle Tally en tapant du pied. Je vous déteste tous les deux, et je voudrais que vous ne soyez pas mes parents parce que vous êtes nuls et que vous ne vous souciez que de vous-mêmes !

Puis elle s'enfuit de la cuisine et se réfugie dans le salon, où elle allume la télé pour regarder *Peppa Pig* jusqu'à ce que son cœur ralentisse un peu et que la fureur ne brouille plus sa vue. Si elle reste là pendant une heure entière, peut-être qu'elle arrivera à se calmer.

C'est long. Tally continue à regarder quand papa sort Rupert et que la porte d'entrée claque derrière eux. Elle continue à regarder quand Nell rentre de l'école, vingt minutes plus tard. Elle ne laisse son cerveau penser à rien d'autre qu'à Peppa et George, aux scènes familières et réconfortantes qui se déroulent sur l'écran devant elle.

Elle est à la moitié de l'épisode où papa Pig perd ses lunettes quand le téléphone sonne. La voix de maman flotte depuis le vestibule, puis Tally l'entend appeler Nell avant de pousser la porte du salon et de se précipiter vers elle.

— Tally ! Éteins la télé et mets tes chaussures. Maintenant ! Fais vite !

Tally ne lève pas les yeux et ne bouge pas. Elle commence juste à se sentir un peu mieux. Si elle cesse de regarder, tout va repartir en vrille.

Nell entre au salon, et maman se tourne vers elle.

— Il faut y aller. Je viens de recevoir un coup de fil. Papa a eu un accident, et on l'a emmené à l'hôpital. Il faut y aller *tout de suite* !

Tally se penche vers la télé.

— Vous pourriez parler dehors, s'il vous plaît ? Je n'entends pas mon dessin animé.

Elle saisit la télécommande et monte le son, le cœur battant à grands coups comme un tambour. Concentre-toi sur Peppa et George. N'écoute pas les mots terrifiants qui sortent de la bouche de maman. Respire à fond et compte jusqu'à dix. Ça va aller. Tout va bien se passer.

— J'ai besoin que Tally et toi montiez dans la voiture, dit maman à Nell sans tenir compte de la requête de Tally. Je prends mon sac et je vous rejoins.

Elle parle très vite, d'une voix aiguë qui fait crisser les os de Tally.

— Qu'est-ce qui s'est passé ?

On dirait que Nell pleure, mais Tally ne peut pas détacher ses yeux de l'écran parce que si elle regarde sa sœur et sa mère, elle devra les écouter, et si elle les écoute, elle saura, et elle ne veut pas savoir. Elle ne veut pas savoir qu'il est arrivé quelque chose de grave à papa. Elle ne le supportera pas.

— Tout ce que je sais, c'est qu'il promenait le chien et qu'il s'est écroulé dans la rue, hoquète maman. Quelqu'un l'a vu tomber et a appelé une ambulance. Je suis sûre qu'il va s'en remettre, mais il faut aller à l'hôpital le plus vite possible.

Elle sort en trombe, et Nell renifle un bon coup avant de s'approcher de Tally.

— Viens. Tu as entendu ce qu'a dit maman. Il faut qu'on aille à l'hôpital.

Tally secoue la tête. Son ventre lui fait mal, et sa peau la picote comme si des fourmis lui marchaient sur tout le corps.

— Je ne peux pas. Mon dessin animé n'est pas fini. Il reste encore dix minutes.

Silence. Puis Nell explose.

— Sérieusement ? Papa est peut-être très malade, Tally, et tout ce qui t'intéresse, c'est ce cochon débile ?

Tally tourne brusquement la tête vers sa sœur.

— Ne dis pas que mon dessin animé est débile ! aboie-t-elle. C'est toi qui es débile. Et je ne peux pas mettre mes chaussures avant que ce soit fini.

En deux grandes enjambées, Nell s'approche de la télé et éteint la télévision. L'écran vire au noir.

— Voilà, c'est fini. Maintenant, arrête de faire ton égoïste et mets tes chaussures si tu ne veux pas que je te traîne pieds nus jusqu'à la voiture. Parce que je le ferai si tu ne me laisses pas le choix.

Tally s'enfonce plus profondément dans le canapé et plisse les yeux. Nell a une expression féroce et une voix dure que Tally ne lui a jamais entendue. Elle est certaine que sa sœur ne plaisante pas. Malheureusement pour Nell, Tally plaisante encore moins. Elle ne peut pas aller à l'hôpital, même si papa est là-bas. Son corps est comme une voiture au réservoir vide, et une terreur brumeuse tourbillonne dans sa tête. Il ne lui reste rien.

— N'essaye même pas de me toucher, prévient-elle. Je n'irai pas à l'hôpital, et personne ne peut m'y forcer.

Les deux sœurs se fixent en silence. Les yeux de Nell brillent, et son visage est pâle comme si elle avait très froid, mais Tally se sent plus bouillante que du feu, plus bouillante que de la lave, plus bouillante que le soleil.

Maman revient en courant et comprend tout de suite.

— D'accord. Si Tally refuse de venir, tu vas devoir rester ici avec elle, dit-elle précipitamment à Nell. Je vous appelle dès que je sais ce qu'a papa, c'est promis.

— Non ! proteste Nell en lui saisissant le bras. Ce n'est pas juste ! Je veux voir papa !

Maman la serre dans ses bras.

— Il vaut probablement mieux que vous restiez ici toutes les deux. Je vais voir ce qui se passe, et on décidera ensuite. Interdiction d'ouvrir la porte jusqu'à mon retour, d'accord ?

Puis maman gémit.

— Oh, je ne sais pas quoi faire. Je devrais peut-être vous emmener avec moi ? Ou trouver quelqu'un pour vous garder ?

Elle sort son téléphone de sa poche et tente de le déverrouiller, mais ses mains tremblent tellement qu'il lui échappe et tombe par terre.

— On peut se débrouiller seules, lui assure Nell en ramassant son téléphone pour le lui rendre. Vas-y. Et appelle-nous dès que tu peux.

Maman ne semble pas convaincue, mais Nell la pousse vers la porte.

— Vas-y ! Et roule doucement.

— Tu es une fille merveilleuse, dit maman en la serrant une nouvelle fois dans ses bras.

Puis elle se dirige vers Tally et se penche pour déposer un baiser sur sa tête.

— Ça va aller, chuchote-t-elle. Je te le promets. Papa va s'en remettre.

— Je ne veux pas que tu t'en ailles, marmonne Tally.

Mais maman est déjà partie. Nell se laisse tomber sur le canapé près de Tally, laissant beaucoup d'espace entre elles, et elles écoutent la voiture s'éloigner. Puis elles restent assises là en silence. Tally fait de son mieux pour ne pas penser, ne pas penser, ne pas penser.

Mais c'est impossible de ne pas penser quand vous ne pensez qu'à ça. Parce qu'il y a beaucoup de choses auxquelles penser, et que ce sont toutes de mauvaises choses. Papa qui s'écroule dans la rue. Papa transporté à l'hôpital dans une ambulance avec une lumière bleue clignotante et une sirène pour que tout le monde s'écarte de son chemin. Tally déteste les ambulances, les voitures de police et les camions de pompiers, un peu parce qu'ils sont tellement bruyants, mais aussi parce que leur présence signifie qu'il est arrivé une mauvaise chose. Et maintenant, la mauvaise chose est arrivée à papa, et Tally ne peut pas oublier les dernières paroles qu'elle lui a adressées. Maman dit toujours qu'il faut faire attention à ce qu'on souhaite, mais Tally ne le pensait pas. Elle veut toujours qu'il soit son père, mais maintenant, il va peut-être cesser de l'être, et il ne saura jamais qu'elle était juste de mauvaise humeur.

Elle sait que maman lui a promis qu'il allait s'en remettre, mais maman n'est ni docteure ni voyante. Elle ne peut pas savoir. Et si maman ne peut pas savoir, personne ne peut savoir.

Ce qui est plus effrayant encore que tout le reste.

Chapitre 27

Quand le téléphone sonne, Tally est certaine de ce que maman va dire. Elle a écrit tout le scénario dans sa tête, et elle tente de rassembler son courage pour ne pas péter les plombs quand maman leur annoncera que tout va mal. Elle serre les poings pendant que Nell écoute la voix de leur mère, tendant l'oreille pour capter les paroles qu'elle redoute.

— Tu en es sûre ? demande Nell en serrant la main de Tally si fort que celle-ci pousse un cri. D'accord, à tout de suite !

Puis elle se tourne vers sa sœur avec un sourire rayonnant.

— Ça va aller ! Il va s'en remettre !

Tally cligne des yeux et fixe Nell d'un air ahuri. Tout le temps où elles sont restées assises sur le canapé, elle a imaginé le pire. Ni elle ni sa sœur n'ont bougé depuis le départ de maman, et la pièce s'est assombrie à l'approche de la nuit en même temps que les pensées de Tally. Elle met un moment à extirper son esprit de l'endroit effrayant où il marine depuis une heure.

— Apparemment, c'est un truc en rapport avec son appendice, explique Nell très vite. C'est pour ça qu'il se sentait mal depuis quelques jours. Et ça aurait pu être très grave, mais les docteurs l'ont opéré à temps et il sera bientôt sur pied.

Des larmes ruissellent sur le visage de Nell. Tally s'écarte d'elle, se demandant si elle a mal compris.

— Je pleure de joie, bredouille sa sœur. Tout va bien, Tally. Sérieusement.

Maman n'a pas menti.

Tally jette ses bras autour du cou de sa sœur, et à présent, il ne reste plus d'espace entre elles. Elles se pelotonnent ensemble sur le canapé jusqu'à ce qu'à ce qu'elles entendent la clé de maman tourner dans la porte d'entrée. Alors, Nell se lève d'un bond et allume les lumières avant de courir dans le vestibule pour l'accueillir.

Tally la suit plus lentement. Maman se tient sur le seuil, le visage marbré de rouge et les traits tirés, mais les yeux souriants.

— Tu veux un câlin ? demande-t-elle en ouvrant les bras.

Et sans hésiter, Tally s'élance pour se jeter sur elle.

Une heure plus tard, maman leur dit qu'elle doit retourner à l'hôpital.

— Il faut que j'apporte quelques affaires à papa, explique-t-elle. Il va rester là-bas un petit moment, pour que les docteurs le surveillent. Vous voulez bien m'aider à préparer son sac ?

Alors, Nell et Tally la suivent dans la chambre de leurs parents, et Tally s'assoit sur le lit pendant que maman prend un sac de voyage au-dessus de leur penderie.

— Il aura besoin de plusieurs pyjamas, dit-elle. Et d'une brosse à dents.

— Pourquoi pas quelque chose à lire ? suggère Nell. Ça doit être ennuyeux de rester couché toute la journée.

Maman acquiesce.

— Excellente idée. Tu m'apportes le livre qui est sur sa table de chevet ?

À elles deux, maman et Nell remplissent le sac de choses dont papa pourrait avoir besoin. Elles ajoutent du déodorant, des chaussettes et une brosse à cheveux, ce que Tally ne trouve pas très utile vu que son père est presque chauve. Elle observe sa mère et sa sœur, cherchant ce qu'elle pourrait mettre, elle, dans le sac, mais elle n'a jamais dû séjourner à l'hôpital, donc, elle a du mal.

— Tu es sûre que vous pouvez rester seules jusqu'à mon retour ? demande maman à Nell pour la millionième fois. Je pourrais probablement trouver quelqu'un pour venir vous tenir compagnie pendant mon absence.

Nell secoue la tête.

— Ça va aller. Je fais du baby-sitting depuis un moment, tu te souviens ? Je devrais pouvoir m'occuper de Tally pendant une heure ou deux.

Tally se renfrogne. Elle n'est pas un bébé, et elle n'apprécie pas le sous-entendu dans la proposition de sa sœur. Elle est sur le point de protester quand elle voit l'expression anxieuse de maman. Elle referme la bouche. Papa est à l'hôpital et maman s'inquiète. Tally peut laisser filer les âneries de sa sœur pour cette fois.

— Je ne reste pas trop longtemps, dit maman en fermant le sac. Je vérifie qu'il est bien installé pour la nuit et je reviens tout de suite. N'essayez pas de vous préparer à manger – je m'en occuperai en rentrant.

— N'oublie pas de mettre ta ceinture de sécurité, lance Tally pour se rendre utile. C'est non négociable, tu te souviens ?

Maman éclate d'un rire brusque qui rappelle quelque chose d'important à Tally.

— Vous pourriez peut-être regarder la télé ensemble jusqu'à mon retour ? suggère maman.

Nell acquiesce.

— Ne t'en fais pas. Je ne laisserai pas Tally toute seule. On va juste s'asseoir au salon et t'attendre tranquillement.

Distraite, Tally acquiesce.

— Je dois mettre quelque chose dans le sac, dit-elle à maman en se levant du lit et se précipitant dans le couloir. Attends-moi.

Elle fonce dans sa chambre, puis dévale l'escalier pour rejoindre sa mère, en train d'enfiler son manteau.

— Tiens, prends Billy, halète-t-elle en le lui fourrant entre les mains. Mais tu diras à papa que je le lui prête seulement. Je ne le lui donne pas.

Maman se penche pour l'étreindre.

— C'est très gentil de ta part. Billy tiendra compagnie à papa ; comme ça, il ne se sentira pas trop seul pendant son séjour à l'hôpital.

Puis elle se tourne vers Nell.

— Vous restez ensemble, lui rappelle-t-elle. Et vous n'ouvrez à personne. Je n'en ai pas pour longtemps.

Nell et Tally la regardent partir. Alors qu'elle déverrouille la voiture, Tally regrette soudain d'avoir envoyé son bien-aimé Billy dans un endroit aussi effrayant qu'un hôpital plein de maladies et de microbes. Elle ouvre grand la bouche et crie le plus fort qu'elle peut :

— Maman ?

Sa mère s'interrompt et jette un coup d'œil en arrière.

— Oui, ma chérie ?

— Billy ! Ne... commence Tally.

Puis elle se ravise. Si l'hôpital est vraiment horrible, papa aura besoin d'aide pour rester fort et courageux. Elle pourra toujours passer Billy à la machine quand il rentrera à la maison : ça éliminera les microbes.

— N'oublie pas de dire à papa qu'il ne pourra pas le garder ! crie-t-elle. D'accord ?

Maman lève le pouce et monte en voiture. Nell referme la porte d'entrée et pousse un gros soupir avant de baisser les yeux vers Tally.

— Tu veux un biscuit ? Je crois qu'on l'a bien mérité. Et tu peux regarder *Peppa Pig*, ça ne me dérange pas.

Mais Tally se fiche des biscuits et de la télé parce qu'elle s'est souvenue de quelque chose pendant qu'elle était en haut dans la chambre de papa et maman, quelque chose de très important que tous les autres semblent avoir oublié.

— Il faut aller chercher Rupert, dit-elle à Nell. Papa le promenait quand il est tombé malade, mais maman n'a pas dit qu'on l'avait emmené à l'hôpital lui aussi.

Nell la dévisage.

— Bien sûr que non. Les chiens ne peuvent pas monter dans une ambulance, et encore moins entrer dans un hôpital à moins d'être des chiens d'aveugle ou de thérapie, je crois. Et Rupert est le contraire d'un chien de thérapie, un vrai cauchemar.

Tally serre les dents.

— Ce n'est pas un cauchemar, et en ce moment, il est seul dehors dans le noir, et vous vous en fichez tous.

Nell s'adosse au mur, l'air contrariée.

— Ce n'est pas qu'on s'en fiche. C'est juste que ce qui est arrivé à papa était flippant, et qu'il est plus important qu'un chien.

Tally se dirige vers le placard de l'entrée et en sort ses baskets.

— Mais papa va bien maintenant. C'est maman qui l'a dit. Donc, on doit retrouver Rupert.

Elle s'assoit par terre et lève ses yeux écarquillés vers Nell.

— Il doit avoir tellement peur ! D'abord, il a perdu Mme Jessop, et maintenant, il nous a perdus, nous. Et il n'a que trois pattes, donc, si un gros chien méchant s'en prend à lui, il ne pourra même pas se défendre.

Elle commence à faire ses lacets.

— Je dois le trouver, et si tu ne veux pas venir avec moi, tant pis, j'irai seule.

— Ce n'est pas que je ne *veux* pas, réplique sa sœur, c'est que je ne *peux* pas. Et toi non plus.

Tally s'interrompt. Elle sait que parfois, les gens confondent vouloir et pouvoir. Un instant, elle a pitié de Nell.

Mais elle a davantage pitié de Rupert.

— J'y vais, et tu ne peux pas m'en empêcher, décrète-t-elle en se levant.

Paniquée, Nell fait un pas vers elle.

— Non ! Tu as entendu ce que maman a dit ! On doit rester ensemble, et je lui ai promis qu'on n'ouvrirait pas la porte d'entrée !

Tally prend son manteau et jette un coup d'œil par la fenêtre. Dehors, il fait nuit noire, et elle frissonne en s'imaginant seule dans la rue. Il pourrait y avoir des tas de dangers. Alors que dedans, il fait chaud et elle est en sécurité. Maman a dit qu'elle reviendrait vite. Tally pourrait juste s'enfouir sous sa couverture et continuer à regarder *Peppa Pig*. Personne ne le lui reprocherait.

Mais elle ne peut pas, parce que la seule faute que Rupert a commise, c'est d'être différent. Et elle sait ce que ça fait quand personne ne vous comprend. Elle sait combien c'est douloureux qu'on vous laisse seul à la porte. Jamais elle ne pourrait faire ça à personne, et surtout pas à Rupert.

— Tu n'es pas obligée de venir, répète-t-elle en saisissant la poignée de la porte. Je ne dirai rien à maman, et je serai rentrée avant elle.

— Pourquoi il faut toujours que tu crées des problèmes ? gémit Nell, le visage chiffonné comme si elle se retenait de pleurer. Tu trouves que cette journée n'a pas déjà été assez difficile ?

Tally hausse les épaules et ouvre la porte.

— Désolée. Je ne sais pas quoi faire pour que ça aille mieux ; je sais juste que je dois ramener Rupert. Et moi, je n'ai rien promis, donc je n'enfreins aucune règle.

Puis elle sort dans la nuit, remontant la fermeture de son manteau le plus haut possible et enfouissant les mains dans ses poches avant de descendre l'allée du jardin.

Il y a un lampadaire un peu plus bas dans la rue. Tally s'en approche très vite pour gagner la tache de lumière à son pied. Mais quand elle y arrive, elle ne se sent pas réconfortée : juste exposée. C'est un soulagement de se fondre à nouveau dans l'obscurité où personne ne peut la voir.

Sous le couvert de la nuit, Tally descend la rue en tendant l'oreille. Elle guette un son qui pourrait lui indiquer la position de Rupert. Plus tôt, maman leur a dit que papa s'était écroulé près du portail du parc ; alors, elle prend cette direction en s'imaginant dans la peau d'un tigre qui traque sa proie. Mais avec des bonnes intentions, parce qu'elle va sauver Rupert et non pas le manger.

Et plus elle s'éloigne de chez elle, plus elle se sent courageuse. Les ombres l'enveloppent tel un masque ; si elle bat des mains ou que ses jambes gigotent, peu importe, parce que personne ne peut la voir.

Elle atteint le bout de la rue et tourne à droite. Soudain, des pas précipités résonnent derrière elle. Tally se raidit. Toutes ses perceptions la picotent ; pourtant, elle résiste à l'envie de se retourner. Au lieu de ça, elle accélère jusqu'à presque courir.

— Tally ! s'écrie une voix familière. Attends-moi !

Elle ralentit pour laisser Nell la rejoindre.

— Je croyais que tu ne voulais pas venir. Tu as dit à maman que tu n'ouvrirais pas la porte d'entrée, lui rappelle-t-elle.

— Mais je lui ai également dit que je ne te laisserais pas seule, réplique sa sœur.

Pliée en deux, les mains sur les genoux, elle tente de reprendre son souffle.

— Et je crois que cette promesse-là est la plus importante des deux.

Tally sourit.

— Je suis contente que tu sois là. Je crois que Rupert sera très content de nous voir.

Les deux filles repartent ensemble. Nell n'arrête pas de tourner la tête dans tous les sens ; le moindre bruit la fait sursauter et marmonner entre ses dents. Tally tente de l'ignorer pour se concentrer sur ses recherches, mais le bruit la distrait beaucoup trop.

— Qu'est-ce qui ne va pas ? demande-t-elle alors qu'elles traversent la rue. Tu as peur ?

— Pas toi ? demande Nell en faisant un bond quand un hibou pousse un hululement sur une branche au-dessus d'elles. Je n'y vois rien du tout. C'est flippant.

Tally secoue la tête.

— Je n'ai pas peur. Du moins, je ne crois pas. Je n'ai pas réfléchi. Je ne pense qu'à trouver Rupert.

Puis elle tend la main, prend celle de sa sœur et presse ses doigts comme le fait maman pour lui dire que tout va bien se passer. Et ce n'est pas vraiment un mensonge, parce qu'elle est sûre que Rupert les attend à l'entrée du parc.

Mais quand le grand portail métallique se découpe enfin devant elle, le chien n'est nulle part.

— Rupert ! Au pied ! appelle Tally.

Et Nell lui fait écho. Leurs voix résonnent dans la nuit.

— Il s'est peut-être fait enfermer à l'intérieur, suggère Nell. Et non, je ne te laisserai pas escalader la grille – n'y pense même pas.

— Il n'est pas à l'intérieur, la détrompe Tally. C'est un chien très intelligent. Il a dû trouver un meilleur endroit où aller, j'en suis certaine.

— On ne peut pas traîner dehors toute la nuit, fait remarquer Nell en tapant des pieds pour se réchauffer. Maman sera très inquiète si on n'est pas à la maison quand elle rentre. J'étais tellement pressée de te rattraper que je ne lui ai même pas laissé de mot. Et je n'ai pas mon téléphone non plus. Tu m'écoutes, Tally ?

La réponse est non. Tally a fermé les yeux, et elle réfléchit de toutes ses forces. Elle repense à l'horrible soirée pyjama chez Layla. Il n'y avait qu'un endroit au monde où elle voulait être ce jour-là.

— Je sais où il est ! s'écrie-t-elle en tirant la main de Nell. Viens ! Il est rentré à la maison !

Et elle s'élance aussi vite qu'elle peut, tournant le dos au parc et rebroussant chemin dans les rues obscures avec sa sœur à côté d'elle.

En arrivant près de chez elles, Tally ralentit.

— La voiture de maman n'est pas là, rapporte Nell en se tordant le cou. On va peut-être s'en tirer. Viens. Si on fait vite, elle ne s'apercevra même pas qu'on est sorties.

Mais Tally dépasse leur maison, s'arrête et regarde soigneusement des deux côtés avant de traverser la route.

— Où tu vas ? siffle Nell en courant pour la rattraper. Tu as dit que Rupert était rentré à la maison !

— Oui, chuchote Tally. Ne parle pas si fort, tu vas lui faire peur.

Elle pousse un portail, remonte une allée. Et là, sous le porche de Mme Jessop, elle trouve Rupert trempé et tremblant de froid.

— Ne t'approche pas trop, murmure sa sœur. N'oublie pas qu'il est dangereux.

Tally fait ce que maman lui dit toujours de faire quand quelqu'un dit une ânerie. Elle ignore l'avertissement de Nell.

— Tout va bien, chuchote-t-elle en faisant de tout petits pas vers le chien frissonnant. Je suis là. Tu es sauvé, Rupert.

Avec mille précautions, elle s'assoit sur la marche mouillée dont le froid s'infiltre aussitôt à travers ses vêtements.

— Tu dois être gelé, compatit-elle. Je vais te ramener chez nous pour te réchauffer, d'accord ?

— Qu'est-ce que tu fais ? demande Nell à voix basse.

— Je lui explique ce qui se passe, répond Tally en tendant la main vers le chien. Tout fait moins peur quand on sait à quoi s'attendre, pas vrai, mon garçon ?

Elle lui caresse doucement le dos, puis s'attaque à la lanière attachée dans sa nuque.

— Je t'enlève ta muselière, souffle-t-elle. Puis je me lèverai, et tu pourras choisir. Ou tu me suis jusque chez moi, ou tu restes seul ici. C'est toi qui vois.

— Ne l'enlève pas ! glapit Nell.

Mais trop tard. La muselière gît par terre, et déjà, Tally se lève pour redescendre l'allée.

— Ne le regarde pas, marmonne-t-elle en passant devant sa sœur. Marche avec moi, et ne fais pas comme si on s'attendait à ce qu'il nous suive. Il doit choisir.

Nell la dévisage, interloquée. Mais elle lui emboîte le pas et sort du jardin avec elle lorsque deux phares trouent l'obscurité. Les filles regardent la voiture de leur mère se garer de l'autre côté de la rue.

— Oh, non, gémit Nell. On va se faire disputer.

Mais déjà, Tally traverse la route comme si rien ne lui faisait peur. Bouche bée, Nell la regarde dépasser leur mère et se diriger vers la porte d'entrée, le chien à trois pattes clopinant derrière elle comme s'il était prêt à la suivre au bout du monde.

— Mais enfin, qu'est-ce qui se passe ? glapit maman à la vue de Tally et de Rupert. Pourquoi vous êtes dehors ? D'où sort le chien ? Et pourquoi il ne porte plus sa muselière ?

Et c'est à Nell que revient le privilège d'expliquer les événements de la soirée tandis qu'elles remontent l'allée et pénètrent dans la maison sur les traces de Tally.

— Vous l'avez trouvé devant chez Mme Jessop ? demande maman en observant Tally qui sèche Rupert avec des serviettes de bain. J'imagine qu'elle doit beaucoup lui manquer.

— Il savait que vous vouliez vous débarrasser de lui, lance Tally sur un ton de reproche. Alors qu'il n'est pas dangereux. Il est triste ; ce n'est pas la même chose.

— Je vois ça, acquiesce maman sans quitter le chien des yeux. En tout cas, il a l'air de bien t'aimer.

Tally hoche la tête.

— Oui, parce que je l'aime bien aussi et que je ne le traite jamais comme s'il était anormal, juste parce qu'il ne ressemble pas tout à fait aux autres chiens. Je le laisse être...

Elle s'interrompt, une main sur le dos de Rupert et l'autre sous son menton.

— En fait, je ne sais pas ce que je le laisse être.

Maman renifle.

— Je crois que tu le laisses être, point, suggère-t-elle.

Ce qui ne veut rien dire, mais pour une fois, Tally s'en fiche.

— Tu es très attentionnée, poursuit maman, et même si je ne suis pas contente que vous soyiez sorties chercher Rupert en pleine nuit, je me réjouis que vous l'ayiez trouvé.

— Ça veut dire que tu ne vas pas l'envoyer au refuge ? demande Tally. Parce que c'est mon meilleur ami. Mon seul ami, en fait, vu que les autres ne me parlent plus. Je n'ai que lui, et si tu me l'enlèves, je n'aurai plus personne. Mais si on le garde, il pourra dormir dans ma chambre. Je jouerai avec lui, je lui lirai des histoires et je lui apprendrai à courir très vite sur trois pattes.

Maman renifle de nouveau et se frotte le visage d'une main.

— Dans ce que tu viens de dire, il y a beaucoup de choses dont on devra parler demain. Mais pour le moment, non, je ne vais pas l'envoyer au refuge. Par contre, il est hors de question qu'il dorme dans ta chambre, et il va falloir l'emmener à des cours de dressage pour lui apprendre de meilleures manières. Tu devras l'accompagner.

Nell glousse.

— Tally apprendra peut-être de meilleures manières aussi. Ça fera d'une pierre deux coups.

Tally lui tire la langue.

— Mes manières sont excellentes, merci bien.

Puis elle va chercher le panier de Rupert dans la buanderie et l'installe devant le radiateur de la cuisine pour qu'il soit au chaud et en sécurité toute la nuit.

Chapitre 28

Quand Tally grimpe dans son lit, tant de choses se bousculent dans sa tête qu'elle est sûre de ne jamais réussir à trouver le sommeil. Aussi est-elle surprise lorsque maman fait irruption dans sa chambre.

— Bonjour, ma chérie, dit-elle en s'asseyant au bord du lit. Bien dormi ? Tu as eu une grosse journée hier, pas vrai ?

Hier. Des souvenirs tourbillonnent dans l'esprit de Tally. Papa transporté à l'hôpital. Rupert perdu. Elle et Nell sortant le chercher.

Elle s'assoit et dévisage sa mère.

— Rupert est toujours en bas ? Tu ne t'es pas débarrassée de lui pendant que je dormais, hein ?

Maman lui pose une main sur le bras.

— Bien sûr que non. Je t'ai dit qu'il pouvait rester un peu, et je ne reviens pas là-dessus. Maintenant, il faut que tu te lèves : on doit aller voir papa après le petit déjeuner, et je ne veux pas manquer l'heure du début des visites.

Tally se rembrunit et replonge sous sa couette.

— Non. Je reste au lit.

Maman se lève et se dirige vers la porte.

— C'est vraiment dommage. Si tu ne te lèves pas pour m'aider à sortir Rupert, il ne pourra pas rester ici. Les chiens ont besoin d'exercice, et puisque papa n'est pas là pour le promener, on va devoir le faire à sa place.

Sur ce, elle sort de la chambre et descend l'escalier. Tally l'imagine prendre le téléphone et appeler le refuge canin pour qu'ils lui préparent une cage.

Alors, elle bondit de son lit, enfile les premiers vêtements qui lui tombent sous la main - un pull très doux à motif tigré et un legging violet à rayures de zèbre que maman lui a acheté à Noël dernier. Puis elle dévale l'escalier et fait irruption dans la cuisine où sa mère mange une tartine.

— D'accord, je vais le sortir avec toi. Tu sais que c'est du chantage, hein ? Mais c'est moi qui tiendrai sa laisse.

Maman acquiesce.

— Super. Mange juste un bout de pain grillé pendant que je donne son petit déjeuner à Rupert, et vous serez prêts à y aller tous les deux.

Tally croise les bras et foudroie Maman du regard.

— Je ne veux pas de pain grillé.

Au lieu de répondre, maman sort de la cuisine et revient un moment plus tard avec une gamelle pleine de nourriture pour chien qu'elle pose par terre à côté du panier de Rupert.

— Tu iras te promener une fois que tu auras mangé, lui dit-elle. Si tu ne manges pas, je saurai que tu n'as pas envie de rester chez nous.

Elle se détourne et sourit à Tally.

— Faute de pouvoir parler, les chiens nous communiquent leurs désirs à travers leurs actions. Un chien malheureux refusera de se nourrir. Si Rupert ne finit par son petit déjeuner, ça signifiera qu'il préfèrerait être ailleurs.

Puis elle sort de nouveau. Tally l'entend passer au salon et refermer la porte.

Dans la cuisine, pas un bruit hormis le bourdonnement continu du frigo. Tally regarde Rupert. Allongé dans son panier, il a levé la tête vers elle, mais ne prête aucune attention à sa gamelle.

— Elle me fait ça tout le temps, grogne Tally. Elle se croit très maligne.

Elle hésite une seconde et jette un coup d'œil à la porte fermée du salon.

— Mais je crois qu'on n'a pas le choix aujourd'hui. Alors, sois un bon toutou et mange, parce que c'est le seul moyen pour que tu restes ici.

Rupert cligne des yeux, mais ne bouge pas.

Tally fronce les sourcils et pose les mains sur ses hanches.

— Allez, mange, ordonne-t-elle sévèrement. Il le faut.

Rupert gronde tout bas, comme s'il n'aimait pas qu'elle lui dise quoi faire.

Tally comprend et change d'approche.

— Écoute. Tu as le choix : tu peux manger ou pas. Mais si tu manges, maman te laissera rester ici. Franchement, tu feras une bonne affaire.

Rupert frotte son museau sur sa jambe, et Tally se sent fondre comme une bougie.

— À toi de voir. Désolée, si j'ai eu l'air fâchée contre toi. Je veux juste que tu sois heureux, mais franchement, tu te compliques la vie. Il te suffit de manger. C'est facile – regarde !

Elle saisit le bout de pain que maman lui a fait griller, s'assoit par terre devant Rupert et mord à pleines dents.

— Mmmh, délicieux. Mais probablement pas autant que ta nourriture pour chien. Et si tu goûtais, pour voir ?

Elle prend une autre bouchée de son pain en hochant la tête pour encourager le vieux chien. Il la fixe un moment sans réagir, puis se lève et plonge son museau dans la gamelle.

Tally voudrait pousser des cris de joie, mais elle sait que ce serait une mauvaise idée. Si elle montre à Rupert qu'il fait ce qu'elle veut qu'il fasse, il s'arrêtera peut-être de manger. Alors, elle fait mine de l'ignorer et continue à grignoter son pain bruyamment. De temps en temps, elle regarde du coin de l'œil où il en est.

Elle attend que sa gamelle soit vide et qu'elle-même ait fini sa tartine pour reporter ouvertement son attention sur lui.

— Oh, tu as mangé ton petit déjeuner, lance-t-elle sur un ton qui se veut désinvolte. C'est super. Même si moi, je m'en fichais. C'était à toi de choisir.

Puis, parce que c'est très dur de feindre le détachement, elle passe ses bras autour du cou de Rupert et colle son front sur sa tête.

— Bien joué, chuchote-t-elle. Maintenant, on va pouvoir sortir, et maman te laissera rester un peu. Bon chien, Rupert. Bon chien !

Maman ne fait pas de commentaire quand, revenant à la cuisine, elle voit que la gamelle est vide et que le pain grillé a disparu. Tally s'en réjouit.

— Allons nous promener, lance maman en prenant le manteau de Tally sur la patère pour le lui tendre. Ensuite, on rendra visite à papa.

La promenade passe trop vite. Tally fait tout ce qu'elle peut pour la prolonger, suggérant que Rupert a besoin de faire tout le tour du parc, puis de jouer à rapporter un bâton. Mais au bout de vingt minutes, maman annonce qu'il est temps de rentrer.

— Rupert est vieux, dit-elle à Tally, et il a eu très peur hier. Ça lui fera du bien de se reposer dans son panier pendant notre absence.

— Je ne peux pas rester ici avec Nell ? demande Tally à la seconde où elles mettent le pied dans le vestibule.

Maman secoue la tête.

— Pas aujourd'hui. Après l'escapade d'hier, je préfère vous garder à l'œil. Et puis, papa a envie de vous voir.

— Moi aussi, j'ai envie de le voir, lance Nell.

Et Tally se demande comment sa sœur peut avoir aussi peur du noir et être aussi courageuse quand il s'agit de l'hôpital.

Tout comme la promenade, le trajet est trop court. Maman se gare, et les filles descendent de voiture. Tally scrute l'énorme bâtiment gris devant elle. Elle le trouve sinistre. Et si elle s'y perdait, elle ne retrouverait jamais la sortie, elle le sait.

— Par ici, dit maman en entraînant ses filles vers l'entrée principale.

Elles dépassent un homme en fauteuil roulant et une femme au bras en écharpe. Tally baisse les yeux pour ne plus voir que les pieds de maman devant elle. Le bitume du parking cède la place à du carrelage, puis les pieds de maman s'arrêtent et Tally est forcée de lever les yeux. Il y a des gens partout, et les lumières sont si vives qu'elles lui blessent les yeux.

— Papa est au cinquième étage, annonce maman. On va prendre l'ascenseur.

Tally recule, bousculant Nell sans faire exprès.

— Non. Je ne prendrai pas l'ascenseur. En fait, je n'irai nulle part et tu ne peux pas me forcer.

Maman se tourne vers elle, les lèvres pincées.

— Pas maintenant, répond-elle en jetant un coup d'œil à la ronde. S'il te plaît, Tally. On est déjà en retard parce qu'il t'a fallu une éternité pour trouver tes baskets – je ne sais vraiment pas d'ailleurs comment elles ont atterri sous mon lit. Je n'ai pas de temps à perdre aujourd'hui. Papa nous attend, et je ne veux pas le laisser seul, pas après tout ce qui s'est passé.

On dirait qu'elle va se mettre à crier et piquer une crise. Tally vérifie que personne ne les observe.

— Tu n'as qu'à monter, intervient Nell. Moi, je reste avec Tally, et on vous rejoindra quand elle sera prête, d'accord ?

— Ça pue ici, grommelle Tally entre ses dents.

L'odeur piquante du désinfectant lui serre la gorge, comme si une bille y était coincée. Elle déglutit bruyamment pour chasser la sensation d'étouffement.

— On peut rentrer à la maison, s'il te plaît ?

Mais maman est trop occupée à parler à Nell pour l'entendre.

— Il est au cinquième étage, dans l'aile quatre. Vous pouvez toujours attendre devant l'entrée. Envoie-moi un texto si vous avez besoin de moi, et je viendrai vous chercher tout de suite.

Les portes de l'ascenseur s'ouvrent, et maman entre dans la cabine.

— Envoie-moi un texto, répète-t-elle en se retournant vers ses filles.

Puis elle fait un pas vers elles comme si elle avait changé d'avis.

— Non, laisse tomber. Je peux...

Mais les portes se referment avant qu'elle puisse finir sa phrase, et les sœurs se retrouvent seules.

— Bon. L'escalier est là-bas, dit Nell, prenant les choses en main. On va monter à pied, et on s'arrêtera devant la porte du service pour voir comment tu te sens. D'accord ?

Tally hoche imperceptiblement la tête, parce qu'elle a trop peur pour faire autre chose. Seule la main de sa sœur sur son bras l'empêche de se rouler en boule par terre et de se mettre à pleurer.

Nell l'entraîne. Ensemble, elles montent les escaliers jusqu'au cinquième étage. Ça leur prend un temps fou, et elles sont toutes les deux essoufflées en arrivant à l'étage. Nell ouvre la porte et la tient pour laisser passer Tally.

Dans le couloir, c'est aussi horrible que Tally l'imaginait. Les murs peints en blanc semblent se prolonger à l'infini, comme dans un labyrinthe flippant. Des gens passent, vêtus de tenues qui ressemblent à des pyjamas. Certains sont en bleu, d'autres en vert, mais tous semblent stressés et pressés. Tous courent dans tous les sens, et il y a des tas de bips qui font accélérer le pouls de Tally. Personne ne sourit, ce qui n'est pas surprenant car il n'y a aucune raison de le faire. Tout ce bruit et toute cette agitation sont terrifiants. Elle ne se sent pas du tout en sécurité.

Nell s'adosse au mur et tire sa sœur près d'elle.

— Ça va ? demande-t-elle. Je sais que c'est dur pour toi.

Les yeux de Tally commencent à la picoter.

— Non, ça ne va pas, chuchote-t-elle. Je ne crois pas que je vais y arriver. Je ne suis pas aussi courageuse que toi.

Nell rit.

— Bien sûr que si ! Souviens-toi d'hier soir, quand tu es partie à la recherche de Rupert. C'est toi qui étais courageuse et moi qui avais peur.

Tally fronce les sourcils.

— Ce n'était pas la même chose. Dans le noir, personne ne pouvait me voir.

Elle agite une main et désigne les néons du plafond.

— Ici, tout le monde peut me voir. Et moi, je vois tout.

— Et si tu pouvais te cacher ? suggère Nell en plongeant une main dans son sac. Ça t'aiderait ?

Elle sort quelque chose qu'elle brandit dans la lumière.

— Tu pourrais aller voir papa si tu portais ça ?

Stupéfaite, Tally fixe le masque qui pend de la main de Nell.

— Comment tu... ? Où... ?

Nell rougit.

— Je l'ai trouvé le jour où tu ne m'as pas attendue en sortant de l'école. Abandonné dans une flaque d'eau. Je voulais te le rendre, mais le temps que j'arrive à la maison, tu étais en pleine crise, et je t'en voulais tellement que je l'ai gardé. Pardon !

Tally tend la main et prend le masque. Hormis une traînée de boue séchée sur le museau, il n'a pas changé. Pourtant, ça ne peut pas être le même. Pas après que Lucy l'a volé pour le donner à Luke.

— Mets-le, l'encourage Nell. Mets-le, et allons voir papa.

Tally hésite. Lentement, elle passe le masque au-dessus de sa tête et l'ajuste pour voir par les trous des yeux. Nell appuie sur un bouton près de la porte. Un bourdonnement, puis un cliquetis, et la porte s'ouvre. Tally n'a pas le temps de réfléchir tandis que sa sœur l'entraîne dans le couloir au-delà.

— Je peux vous aider ? demande une infirmière en passant la tête hors d'un bureau.

Nell s'avance.

— On cherche notre père. Kevin Adams.

La femme acquiesce et tend un doigt.

— Il est en chambre individuelle. La huit, plus loin sur la droite. Votre mère est déjà avec lui.

Un, deux, trois, quatre, cinq pas. Tally sent Nell à son côté. Elle prend de courtes inspirations et tente de se souvenir qu'elle est la Fille Tigre. Les Filles Tigre n'ont pas peur de quelques bêtes microbes.

Six, sept, huit, neuf, dix pas. Nell pose une main dans son dos. Les Filles Tigre ne s'enfuient pas quand elles ont peur ; elles n'agitent pas les mains et ne font pas de bruits étranges qui poussent les autres à les regarder de travers.

Onze, douze, treize pas. Nell retire sa main du dos de Tally et la pose sur son bras.

— Il est là.

Avant que Tally puisse changer d'avis, la porte de la chambre s'ouvre. Papa est allongé dans un lit, très pâle.

— Les filles ! s'exclame maman en les attirant à l'intérieur et en passant un bras autour des épaules de Tally. Kevin, regarde ! Les filles sont là !

Nell tire une chaise près du lit, s'assoit et se penche vers leur père.

— Oh, papa !

Puis elle se met à pleurer. Bizarre : elle allait bien il y a dix secondes.

— Ça va ? J'ai eu tellement peur quand maman nous a raconté ce qui t'était arrivé !

Papa ouvre les yeux et dévisage Nell.

— Je suis désolé de t'avoir fait peur. Et oui, ça va. Je dois juste me reposer pendant quelques jours, et je serai comme neuf.

Près de la porte, Tally se raidit. Papa n'est pas docteur. Il n'a pas de diplôme de médecine. Il ne peut pas être certain que ça ira.

— Et tu m'as amené un tigre ! lance-t-il, portant son attention sur Tally avec un léger sourire. J'espère que les infirmières ne t'ont pas vue introduire un féroce prédateur dans leur service !

Soudain, Tally en a assez. Assez de se cacher et de faire semblant. Elle n'est pas la Fille Tigre. Elle est Tally. Elle a été assez courageuse pour chercher Rupert en pleine nuit, assez courageuse pour monter cinq étages à pied et entrer dans cette chambre d'hôpital par ses propres moyens.

La Fille Tigre ne s'enfuit pas, et la Fille Tigre n'agite pas les mains quand elle a peur ou qu'elle est excitée. La Fille Tigre ne fredonne pas tout bas quand il y a trop de bruit ou d'agitation pour elle. La Fille Tigre ne s'énerve jamais parce qu'elle n'est pas réelle. Mais Tally fait toutes ces choses, et elle est réelle.

Elle est ici.

Et peut-être qu'elle peut être elle-même.

Juste pour quelques minutes.

Ôtant son masque, elle s'approche lentement du lit et baisse les yeux vers son père.

— C'est moi, lui dit-elle. Tally.

Papa lui rend son regard, et un sourire naît dans ses yeux avant de se diffuser au reste de son visage.

— En effet, acquiesce-t-il. Et je suis très, très content de te voir. Tu crois que je pourrais avoir une étreinte d'ours ?

Les bras de Tally se mettent à battre l'air, et elle les laisse faire.

Les rêves de Tally pour plus tard

Mes rêves :

- ♥ Publier mon journal pour aider le monde à comprendre ce qu'est l'autisme du point de vue d'une personne concernée.
- ♥ Créer le sanctuaire Tally Adams pour animaux handicapés.
- ♥ Rencontrer Taylor Swift.
- ♥ Fonder ma propre entreprise de fabrication de Squishy.
- ♥ Aider les gens comme moi à être fiers de leur autisme et à ne pas se cacher, pour que les autres cessent de nous traiter différemment.

Chapitre 29

Assise sur le canapé à côté de papa, Tally regarde un de ses vieux westerns avec lui quand on sonne à la porte.

— C'est bon, j'y vais! crie maman depuis la cuisine. Que personne ne bouge ! Restez tous où vous êtes pendant que je m'épuise à vous servir !

Papa adresse un sourire grimaçant à Tally.

— Je crois qu'elle a hâte que je sois de nouveau sur pied. Tout à l'heure, je lui ai demandé un thé, et elle m'a dit qu'elle comptait le nombre de tasses qu'elle m'a servies, parce que je lui en devrai autant une fois rétabli !

Tally prend un coussin et le pose sur ses genoux.

— J'ai eu peur pendant que tu étais à l'hôpital, dit-elle sans quitter la télé des yeux. J'ai cru que tu allais mourir.

Papa acquiesce, l'air grave.

— Moi aussi, j'ai eu peur, avoue-t-il. Ce genre de choses, c'est effrayant pour tout le monde.

Tally réfléchit.

— Pas pour maman. Elle était super autoritaire et énervée, mais elle n'avait pas peur.

Papa secoue la tête.

— Je t'assure que si. Mais elle ne voulait pas que vous le sachiez parce qu'elle pensait que vous seriez encore plus inquiètes. Donc, elle a caché ce qu'elle ressentait, mais ça s'est manifesté autrement – par exemple, dans sa façon d'être autoritaire et énervée.

Il glousse et tire la couverture sur ses genoux.

— Les sentiments font souvent ça. Tu peux essayer de les dissimuler, mais ça ne les fait pas disparaître.

Tally est sur le point de demander à papa ce qu'il veut dire quand maman l'appelle.

— Tally ! Tu as de la visite !

Encore perplexe, elle se lève du canapé et ouvre la porte du salon. Au milieu du couloir se tiennent les trois personnes qu'elle s'attendait le moins à voir.

— Allez donc bavarder dans la cuisine, suggère maman. Tally, tu peux ouvrir un paquet de biscuits pour tes amies. Je vous laisse parler tranquillement.

Tally se rembrunit et se détourne. Elle entre dans la cuisine à grands pas raides, s'appuie contre l'évier et attend que les autres la suivent timidement. Elles ne sont pas ses amies, et Tally n'a aucune envie d'ouvrir un paquet de biscuits – du moins, pas pour les leur donner. Elle en ouvrira peut-être un après leur départ, et mangera alors les biscuits toute seule.

— Tu as été absente toute la semaine, finit par lancer Layla, brisant le silence gêné.

Tally hausse les épaules. Si elles sont venues jusqu'ici pour lui dire ça, elles ont perdu leur temps : elle sait très bien depuis combien de temps elle n'est pas allée au collège.

Et elle sait surtout pourquoi.

— On est venues s'excuser, ajoute Lucy.

Elle a les joues toutes rouges et se dandine d'un pied sur l'autre, un peu comme Tally quand elle se sent agitée.

— On n'aurait pas dû prendre ton masque, et encore moins le donner à Luke.

— Mais vous l'avez fait, réplique Tally. Je sais bien que vous n'auriez pas dû, et vous l'avez fait quand même. À moins d'avoir une machine à remonter le temps, vous ne pouvez rien y changer.

Lucy tourne la tête vers Layla, et Tally s'attend à ce qu'elle lui jette le fameux regard.

Au lieu de ça, Lucy semble sur le point de se mettre à pleurer.

— On sait bien qu'on ne peut pas revenir en arrière, dit Layla tout bas. On n'a pas été de bonnes amies pour toi, Tally. On en est conscientes.

— Et on est vraiment désolées, ajoute Ayesha. On n'aurait pas dû oublier notre promesse de veiller sur toi.

Tally plisse les yeux. Elle n'est peut-être pas la formidable Fille Tigre, mais elle n'est pas non plus une gamine, et elle n'a pas besoin de la pitié des autres ni de leur protection.

— D'accord. Vous vous êtes excusées. Maintenant, vous pouvez y aller, aboie-t-elle. Vous n'avez pas à culpabiliser pour ce qui s'est passé, et vous n'avez pas à veiller sur moi. Je n'en ai pas besoin. Je ne suis pas un bébé.

Les trois filles se regardent et se mettent à parler en même temps.

— Non ! Tally, ce n'est pas...

— Je ne voulais pas dire que tu...

— TU NOUS MANQUES.

C'est Layla qui a parlé le plus fort. Les deux autres se taisent.

— Tu nous manques, Tally, répète-t-elle. Le collège n'est plus pareil sans toi. On s'ennuie.

Tally secoue la tête.

— Je ne vous manque pas. Vous ne me connaissez même pas. Vous croyez que j'aime les mêmes choses que vous, mais c'est faux ! Je déteste les relookings, je ne veux pas regarder de films d'horreur, je ne m'intéresse pas aux garçons et j'en ai marre de faire semblant.

— Moi non plus, je n'aime pas les films d'horreur, avoue Ayesha. J'ai fait des cauchemars pendant une semaine à cause du clown de la dernière fois.

— Et Luke ne me plaît pas vraiment, dit Lucy si bas que Tally doit tendre l'oreille pour l'entendre. Je fais juste comme si.

Tally fronce les sourcils.

— Mais pourquoi ? C'est idiot !

Lucy lui jette un coup d'œil, puis se remet à fixer le sol.

— Je pensais qu'au collège, toutes les filles auraient un copain. Je voulais juste m'intégrer.

Tally hésite. Ça, c'est quelque chose qu'elle peut comprendre.

Layla s'avance, l'air nerveuse.

— Tu nous manques vraiment, Tally. Tu es drôle et brillante et tu dis des choses que personne d'autre n'ose dire et tu fais des choses que personne d'autre n'ose faire, et l'école est bien moins intéressante quand tu n'y es pas.

— Donc, vous n'êtes pas venues parce que vous aviez pitié de moi ? insiste Tally, soupçonneuse.

— Non ! proteste Layla. On est venues parce qu'on avait pitié de *nous*. Et on sait qu'on n'a pas été de bonnes amies, mais on aimerait vraiment que tu reviennes au collège et que tu sois juste *toi*.

Tally pousse un gros soupir.

— Mais et Luke, et Ameet, et Jasmine ? Et tous les autres ? Ils ont vu ce qui s'est passé au studio de théâtre. Je parie qu'ils vont tous m'appeler Gogole.

— Non, la détrompe Lucy, encore toute rouge. Tout le monde a regretté après ton départ.

— Mais on a quelque chose à t'avouer, ajoute Layla. Ou du moins, j'ai quelque chose à t'avouer.

Elle jette un coup d'œil à Ayesha, qui lui adresse un signe de tête encourageant.

— Le reste de la classe a voulu savoir pourquoi tu t'étais mise dans un état pareil pour un masque. Donc, je leur ai dit. (Layla marque une pause et déglutit bruyamment.) Je leur ai dit que tu étais...

Elle dévisage Tally, le visage chiffonné comme si elle essayait de ne pas pleurer.

— Tu peux le dire, tu sais. Ce n'est pas un gros mot, fait remarquer Tally.

— Mme Jarman était là aussi, révèle Ayesha. Elle nous a fait parler de toutes les façons dont nous pensons être différents des autres, et des choses que nous faisons pour nous intégrer.

— Différents, vous ? répète Tally, incrédule. Vous êtes tous pareils. C'est bien ça le problème. Je suis la seule qui ne ressemble pas aux autres. C'est facile pour vous.

Layla secoue la tête.

— Tu te trompes, Tally. On est peut-être pareils sur certains points, mais ça ne veut pas dire que c'est toujours facile. Parfois, je pense à des choses dont je ne peux parler à personne, et je dois faire semblant d'aller bien alors que c'est faux.

— Mme Jarman a donné un bout de papier à tout le monde, et elle nous a fait écrire nos stratégies pour gérer nos angoisses et nos inquiétudes, explique Lucy. Puis on les a mis dans une boîte et elle les a tous lus un par un.

— Ils ont écrit quoi, les autres ? interroge Tally, curieuse.

— C'était anonyme, précise Layla. Mais quelqu'un a dit qu'il mettait son casque pour écouter de la musique. Quelqu'un d'autre, qu'il voulait juste qu'on le laisse seul et qu'on ne lui adresse pas la parole. Une fille a écrit qu'elle se mettait en colère et qu'elle cherchait la bagarre.

— Et une autre qu'elle se rongeait les ongles, ajoute Ayesha.

Les filles se tournent vers Lucy, qui retire son doigt de sa bouche et se rembrunit.

— Bref, on a tous mis quelque chose, conclut Layla. Et on s'est rendu compte qu'on avait tous des manières différentes de réagir au stress, et que ce n'était pas grave.

— Et je ne sais pas si tu vas vouloir le lire, mais Luke m'a donné un message pour toi. Tiens !

Layla glisse une main dans sa poche et tend un morceau de papier à Tally.

Celle-ci le déplie et tourne le dos aux autres pour déchiffrer l'écriture brouillonne pendant que son cerveau tente de compendre les mots.

Salut Tally,

Je suis désolé, d'accord ? Personne ne m'avait dit que tu étais autiste, et je ne t'aurais pas appelée Gogole si j'avais su. Mme Jarman m'a dit que je devrais t'écrire pour m'excuser, et te dire comment moi, je réagis quand tout va mal. Mais je ne sais pas quoi te dire. Je crois que je cherche encore.

Bref, je te demande pardon, et je regrette pour l'histoire du masque. Quand tu reviendras à l'école, je te laisserai tranquille.

Luke

Tally relit le message. N'importe qui peut dire qu'il est désolé. Elle attendra de voir si Luke le lui prouve par ses actions. C'est sa seule condition pour changer d'avis sur lui.

Tally se retourne vers les trois filles en secouant ses pieds.

— Donc, tout le monde sait que je suis autiste maintenant ? Toute la classe ?

Silence. Les autres se regardent, puis Layla répond tout bas :

— Oui.

Tally la dévisage longuement.

— Ce n'était pas à toi de leur dire, tu sais. C'est moi que ça concerne, et c'est à moi de décider à qui je veux en parler.

Les yeux de Layla se remplissent de larmes.

— Je sais, et je suis vraiment désolée. Mais je voulais juste qu'ils comprennent pourquoi tu réagissais comme ça.

— Et est-ce que ça a marché ? demande très sérieusement Tally. Est-ce qu'ils ont compris ?

Les trois autres acquiescent vigoureusement.

— Je leur ai dit comment tu te sens quand les gens font trop de bruit ou te donnent des ordres, précise Layla.

— Et quand les gens sont méchants ? demande Tally en fixant durement Lucy. Tu leur as dit comment je me sentais quand les gens sont méchants avec moi ?

— Je crois qu'ils l'ont compris par eux-mêmes, chuchote Lucy. On est désolées, Tally. Sincèrement.

Tally se retourne vers la fenêtre. Le ciel est gris et menaçant, mais quelque part là-haut, par-delà les nuages, une voûte d'azur glorieux s'étend aussi loin que porte le regard. Tally sait qu'elle est là, même si personne d'autre ne s'en rend compte.

Et ça lui suffit.

— D'accord, dit-elle dos aux trois filles. Je vous crois.

— Alors, tu reviendras demain ? interroge Layla. Les choses pourront redevenir normales ?

Tally sourit à son reflet dans la vitre.

— Je n'aimais pas votre normalité, répond-elle. Donc, non. Je crois qu'à partir de maintenant, je vais me fabriquer la mienne. Mais je suis contente que vous vous soyiez excusées. C'est toujours difficile à faire. Merci pour ça.

Puis elle attend que la porte d'entrée se referme derrière les filles pour ouvrir le paquet de biscuits au chocolat et y plonger la main.

Date : dimanche 16 novembre

Situation : je ne sais pas trop, mais je crois que ça va

Taux d'anxiété : 3. Ce qui n'est vraiment pas mal quand on pense à tout ce qui s'est passé

Cher journal,

Aujourd'hui était une drôle de journée, mais je me sens vraiment soulagée de ne plus avoir à faire semblant. Je ne parle pas de mon autisme à la plupart des gens parce que j'ai peur qu'ils me traitent différemment. Beaucoup d'entre eux réagissent bizarrement quand ils savent. Ils croient que juste parce que tu es autiste, tu dois te comporter d'une certaine façon, et quand tu ne le fais pas, ils pensent que tu ne peux pas être autiste puisque tu ne corresponds pas aux stéréotyes.

Peu de temps après mon diagnostic, quelqu'un m'a dit : « Tu n'as pas l'air autiste. » C'est quoi, l'air autiste ? J'ai répondu : « Désolée », et je me suis éloignée de ma démarche la plus comique en espérant lui donner ce qu'il cherchait. Et puis, il y a l'inévitable : « Ça fait quoi, d'être autiste ? » Ce que ça peut être bête, comme question ! Quand on me la pose, je demande : « Ben... ça fait quoi d'être vous ? » Parce que c'est exactement pareil. Toutes les personnes autistes ne ressentent et ne font pas les mêmes choses ! Si je suis d'humeur patiente (et c'est rare), je réponds que comme les flocons de neige, tous les autistes sont différents les uns des autres. Que chacun d'eux a des besoins, une personnalité, des passions et des goûts bien à lui.

Je ne peux pas parler en notre nom à tous. Je peux juste partager mes propres expériences.

Et désormais, je vais les partager plus souvent. Essayer de montrer davantage mes sentiments et qui je suis vraiment. Ça ne sera pas facile, parce que je cache de grandes parties de moi depuis longtemps, et que c'est dur de révéler les choses dont on vous a appris à avoir honte. Mais tant pis. Attention tout le monde : c'est moi, Tally Adams, autiste désormais sans masque et fière de l'être !

Chapitre 30

L'orage a éclaté au milieu de la nuit. Ce matin, l'air est frais. Tally marche à côté de Nell en faisant attention à enjamber les fissures du bitume.

— Tu sais que maman aurait pu nous emmener, hein ? se plaint Nell en resserrant son écharpe autour de son cou. Je ne comprends pas pourquoi tu n'as pas voulu y aller en voiture.

Tally l'ignore et garde les yeux rivés au sol. Elle a déjà sauvé cinq vers de terre ce matin en sortant le chien avec papa, et elle sait qu'il doit y en avoir plein d'autres sur le chemin du collège.

— On se gèle, marmonne Nell. Je sens à peine mes pieds.

Mais Tally n'a pas froid. Les mots que maman lui a dits ce matin sont pelotonnés dans sa tête, et ils lui tiennent chaud au cœur. Ils se sont enroulés autour d'elle comme une couverture moelleuse. Ses parents ont discuté, et ils sont tombés d'accord : Rupert peut rester pour de bon. Du moment que lui et Tally continuent à bien manger leur petit déjeuner, à aller se promener ensemble et à faire leurs devoirs (ce n'est pas aussi bête que ça en a l'air, car

Rupert a des tonnes de devoirs pour son cours de dressage – presque autant que Tally chaque jour), il sera son chien pour toujours.

Puis maman a ajouté que Rupert avait dix ans et qu'il était déjà vieux, mais Tally a cessé d'écouter pour partir en courant lui annoncer la bonne nouvelle, parce qu'elle ne voulait pas que sa bonne humeur soit gâchée par une perspective affreuse. Elle sait qu'elle devra y penser un jour, mais pas aujourd'hui.

Le portail du collège apparaît au loin.

— Je ne comprends vraiment pas pourquoi c'est toujours toi qui choisis, se plaint Nell. La prochaine fois, je dis à maman que c'est mon tour et que je veux y aller en voiture. Tu n'auras qu'à aller au collège à pied toute seule si tu veux.

Les yeux de Tally se remplissent brusquement de larmes. Surprise, elle cligne des paupières. Ça va beaucoup mieux entre sa sœur et elle depuis la nuit où elles ont retrouvé Rupert, mais elle reste certaine que Nell ne l'aime pas et que même si elle lui a rendu son masque de tigre, sa sœur ne la comprend plus. Pas comme avant. Selon maman, Nell est très occupée à traverser l'adolescence, et ça n'a rien à voir avec son affection pour Tally, mais Tally n'est pas idiote : elle sait bien que Nell la trouve ultrapénible.

Comme elles approchent du portail, le cœur de Tally se met à battre la chamade. C'était peut-être une erreur de revenir. De croire que les choses pourraient changer au collège alors que sa propre sœur ne la supporte pas. Elle pense au masque de tigre, bien en sécurité au fond de son sac au cas où elle en aurait besoin, et tente de se sentir forte. Elle veut être elle-même, mais elle n'est toujours pas convaincue que ce soit une bonne idée de montrer la véritable Tally à tout le monde.

Un groupe de sixièmes est en train de doubler les deux sœurs, se poussant et se bousculant. Tally se fait toute petite et baisse les yeux, espérant qu'ils ne la remarqueront pas. Ils sont plongés dans une grande conversation à propos d'un film qui sortira au cinéma la semaine prochaine.

Elle inspire profondément et expire lentement. Bientôt, ils les auront dépassées. Elle a presque franchi le premier obstacle.

— Ça va, Tally ?

Elle lève brusquement la tête. Aleksandra du cours de théâtre marche à côté d'elle. La même Aleksandra qui a avoué que parfois, elle aussi passait une mauvaise journée. La même Aleksandra qui a dit à Luke qu'il ne devrait pas traiter Tally de monstre. Elle adresse un grand sourire chaleureux à Tally, puis reprend sa conversation au sujet du film.

— Salut, chuchote Tally en regardant son dos s'éloigner.

Elle ne se souvient pas de la dernière fois où quelqu'un lui a parlé ainsi. Quelqu'un qui n'est pas Layla, Lucy ou Ayesha. Elle ne savait même pas que les autres pouvaient la voir.

— Je dois retrouver Rosa près du magasin, dit Nell à Tally. Tu arriveras à entrer toute seule.

Ce n'est pas une question ; aussi, Tally ne répond pas. Elle continue à avancer, les yeux fixés sur la foule qui se masse dans la cour.

Puis quelque chose la pousse à se retourner pour regarder Nell traverser la route et marcher sur le trottoir d'en face. Sa sœur s'arrête soudain en fixant le sol. Ses lèvres remuent comme si elle parlait toute seule - qu'elle s'engueulait ou luttait contre une mauvaise pensée. Ses épaules s'affaissent en signe de renoncement. Tally se tord le cou pour voir ce qu'elle va faire.

Nell se penche et ramasse quelque chose avec une grimace de dégoût. Puis elle l'emporte jusqu'à la plate-bande qui borde la rue et, sous le regard incrédule de sa cadette, le dépose doucement dans l'herbe.

Cela fait, elle se redresse en frottant vigoureusement ses mains sur son manteau. Son regard croise celui de Tally, et elle secoue la tête avec un sourire grimaçant identique à celui de sa sœur.

— Ça va ? articule-t-elle de l'autre côté de la rue.

— Ça va, répond Tally de la même façon.

Et en continuant à traverser la cour, elle laisse ses bras battre l'air au lieu de les forcer à rester immobiles contre ses flancs en se disant que, oui, ça va peut-être aller.

REMERCIEMENTS

Libby voudrait remercier sa mère (Kym), son père (Steve) et sa sœur (Rosie) d'avoir cru en elle, ainsi que le personnel de l'école primaire Valley et toutes ses amies (surtout Aurelie, Brooke, Ellie, Eniz, Erin et Lexie) pour leur soutien.

Rebecca voudrait remercier Adam, Zachary, Georgia et Reuben – quatre personnes qui n'ont pas peur de se démarquer.

Nous voudrions toutes les deux remercier Libby Warren-Green (GrowingUpAutistic@LibbyAutism), Hope Whitmore, Anna Wolfenden, Freya Wall et Polly & Elsie Couldrick pour leurs avis et leurs idées. Également Julia Churchill et l'équipe de Scholastic pour nous avoir réunies dans cette incroyable expérience.

Composition

PRESS·PROD

IMPRIM'VERT®   PEFC™ 10-31-1510

Imprimé en France
par Corlet Imprimeur
14110 Condé-en-Normandie
N° d'impression : 21120563
Dépôt légal : avril 2022
ISBN 978-2-7499-4942-0
LAF 3215